U0917207

常大利 著

神探陈汉雄

红玫瑰之谜

大津出版传媒集团
天津人民出版社

图书在版编目（CIP）数据

神探陈汉雄．红玫瑰之谜 / 常大利著．-- 天津 ：天津人民出版社，2020.1（2021.3重印）

ISBN 978-7-201-15565-4

Ⅰ．①神… Ⅱ．①常… Ⅲ．①侦探小说－中国－当代 Ⅳ．①I247.5

中国版本图书馆 CIP 数据核字（2019）第 243838 号

神探陈汉雄 红玫瑰之谜

SHENTAN CHEN HANXIONG HONGMEIGUI ZHIMI

出　　版　天津人民出版社
出 版 人　刘　庆
地　　址　天津市和平区西康路 35 号康岳大厦
邮政编码　300051
网　　址　http://www.tjrmcbs.com
电子邮箱　reader@tjrmcbs.com

责任编辑　张　凯

特约编辑　李　路　何沁泉
排版设计　西橙设计

制版印刷　合肥市星光印务有限责任公司
经　　销　新华书店
开　　本　660×960 毫米　1/16
印　　张　19.25
字　　数　254 千字
版次印次　2020 年 1 月第 1 版　2021 年 3 月第 2 次印刷
定　　价　59.80 元

目录 CONTENTS

小巷血案

- 01 -

彭思明捧着一束红玫瑰，他显得非常高兴，并在鼻子前嗅了一下，一股香气沁人心脾，想到即将与心上人相见，他心里不禁美滋滋的。走出花店，彭思明上了等在店外的出租车，他要在晚上七点钟之前赶到小城月圆亭酒家，与今天过生日的恋人柳雨倩相见。

出租车沿着幸福大街向小城的东面行驶。就在这时，彭思明腰上的手机响了。彭思明想一定是柳雨倩在月圆亭酒家等急了。原本定在晚上六点的生日庆宴，因他在一个建筑工地处理一项技术问题而推迟。然而，当他看到手机上的号码时却让他大吃一惊。

原来是彭思明以前的恋人刘梦露打来的电话。

彭思明与柳雨倩的恋爱，刘梦露早有耳闻，但他们自去年秋季分手后并没有任何联系，更没有通过电话。彭思明在思虑，今天是柳雨倩的生日，

本是断了关系，此时，她怎么还会想到我？是祝贺，还是讥讽？

彭思明按断手机，不想去接这个电话。

“嘟——嘟——嘟——”手机再次响起，还是那个号码。

彭思明再次按了一下手机，仍然没有去接这个电话。

“嘟——嘟——嘟——”手机仍是响个不停，这种急促的声音，让彭思明显得心神不安。她有什么事？几次打我的电话，而且这样接连不断？于是，他接通了手机。

“思明，我本不想打扰你，实在是万不得已。现在，我找李骆峰又找不到，请你快到我家来，帮帮我，我真的不知道该怎么办好了。思明，我求你了，我害怕！”刘梦露在哭泣。

“你父母不是在家吗？”什么事让刘梦露害怕到如此地步？他想到了她的父母，因为她与她父母生活在一起。

“不，他们都不在，我只好找你了。你快来吧！我真的害怕。”

“梦露，天已晚了，有什么话你在电话中和我说不行吗？”也许出于怨恨，彭思明本就不想接她的电话，更不想与她相见，他冷冷地说。

“不能。思明，想到我们曾恋爱几年的份上，我只有求你到我家来一趟，我有重要的事和你说。要快，要快呀！”刘梦露的声音很急促。

“我们早已没任何关系了，有什么事你不能和你现在的朋友说吗？”

“我找不到他呀。思明，有人要……”刘梦露的话还没有讲完，电话却断了。

彭思明有些莫名其妙，什么事让刘梦露这样着急，而不得不打电话找他呢？

“是她得了重病，身边无人？还是遇到了什么特殊困难？为什么电话中不能说？有人要干什么？电话为什么断了？”

彭思明看着手机上的时间，已快到晚上七点。虽然他不愿与刘梦露相见，但考虑到那四年多他们曾恋爱的情分上，他还是让出租车先到住在城东向阳街十三号小巷刘梦露的住处。途中他给柳雨倩打了电话，告诉她途中有一件小事，也许要晚到一会，让柳雨倩的生日庆宴先开始吧，柳雨倩说因朋友都等急了，只好边吃边等他了。

出租车在向阳街十三号小巷口停下,彭思明手捧着那束红玫瑰下了车。然而，在此时，远处路边一个商场门前，停着的多辆车中，一辆黑蓝色桑塔纳车驾驶室打开的窗口，有一双像猫头鹰一样的眼睛在注视着他，由此才有后来的对他的追杀。

彭思明付了车钱，急匆匆地走入小巷。

这是一条很深的里弄，小巷的西面被一栋建筑堵死。刘梦露住在里弄最深处的第二家，是一个高墙小院落，内有三间楼座子，刘梦露和她的父母就住在这里。

小巷很静，不见一个人影。彭思明走进深深的小巷。来到刘梦露的院门前，推开院门，走入院内。院内静悄悄的，室内没有亮灯，这让彭思明不觉有些惊恐。没有推房门,他便在房门口叫着“梦露,梦露！我是彭思明。”

室内没有言语,彭思明推了一下房门,房门开了。室内很黑,似乎有声音,彭思明迈进室内。“扑腾！”他被一个软软乎乎的东西绊倒，手中的那束鲜花被甩出，手上似乎沾上湿乎乎的硬东西，他吓得大叫一声，心脏在剧烈地跳动，像要蹦出来一样。他惊慌地爬起来，在外屋找到电灯的开关，因以前他常来她家，对她家室内的布局是了解的。

灯亮了，眼前的情景让他惊呆了，只见刘梦露倒在外屋一进门处，面色苍白，瞪着双眼看着彭思明，很是恐怖，她胸部流着血，彭思明摸到的东西是地上的一把带血的尖刀。

“梦露，梦露！”彭思明叫着。此时，刘梦露看到她原先的恋人到了

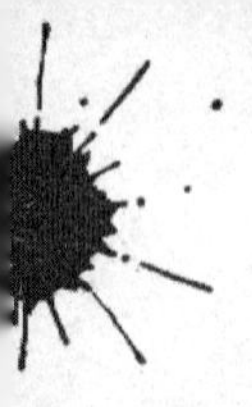

她身边，嘴角似乎在动，她也许要说什么，但没有说出一句话，便没有了声息，她死了。

刘梦露被人杀死了！彭思明不知所措，他站在刘梦露面前好长时间，才想到报警。然而，就在他拿起手机正要打电话时，他的手机响了，他在惊慌中接通手机，原来是一位男子打来的。

“彭思明，你赶快离开刘梦露家，否则有些事情你就说不清了，因为现场只有你的痕迹，警察会将你作为杀人嫌疑犯拘捕的。你现在唯一的选择就是快些离开现场，事后再作打算，也许我会帮你的。快，快，警察马上就会到现场了。”

“你是谁？”

“不要问，时间来不及了。赶快离开她家。”话音急切，但声音很小，电话挂断了。

“这是为什么？”让彭思明百思不解。可也是，现场没有发现凶手，只有自己的足迹和痕迹，如果警察来了真的说是他杀了刘梦露，他真的说不清。本来就有过恋爱关系，又有怨恨，刘梦露一人独自在家，你在晚上来干什么？想到此，彭思明顾不了多想，看一眼倒在地上的刘梦露，他关掉外屋的灯，只好迅速地退到房门外，关上房门。就在这时，他似乎听到小巷中有人走动的声音，也许警察已经来了。他不敢走院落的大门，只好到楼座子的房后，跳出后院墙，从后边的小巷中逃离现场。还好，这条小巷也没有一个人影，但他感到这条小巷有些太长，他极度紧张地走出刘梦露家房后的那条小巷。然而，就在他要出小巷口时遇到一个带有酒气的男子，彭思明急忙低下头与那男子擦肩而过，那男子回头看了他一眼，又慢慢腾腾地向小巷中走去。

天已经黑了，出了小巷，彭思明不知往哪里去。对，他想起来了，该去与柳雨倩约会。于是，他掏出手机给柳雨倩打电话，但刚拨通，手机因没电挂断了。他想到打车去月圆亭酒家，便在马路上截了一辆出租车。上了出租车问司机几点了，司机告诉他已经快到晚上八点了。但他还是决定去月圆亭酒家找柳雨倩。此时，他又想到一件事，由于惊慌，他把要送给柳雨倩的玫瑰花丢在了杀人现场，他越想越害怕。在路上，他听到有警车警报的鸣叫声，又看到警车在马路上奔驰，不觉有些害怕起来，要真的被警察抓到，真是太冤了，向谁能说清此事？在即将要到月圆亭酒家门前时，他改变了主意，决定让出租车司机将他送到附近的平城，等他到那里再与柳雨倩联系。

- 02 -

就在彭思明从刘梦露家逃出来没几分钟，几辆警车停在城东向阳街十三号小巷口，从警车内相继跳下几名刑警，其中有一位是女刑警。

刑警们沿着深深的小巷，来到刘梦露家的宅院，她家在小巷的最深处的第二家，在她家的西边仅有一户人家。刘梦露家宅院门前，一位身高在一米七八、方脸膛、重眉毛、白面孔，有三十多岁的刑警在指挥对现场的勘查。他叫陈汉雄，是秋原市刑警大队重案队队长，别看他年轻，但已参加刑侦工作十多年了，是名侦破疑案的老手，在小城很有名气。

原来，在不久前，刑警大队接到一名男子用路边公用电话报的案，说向阳街十三号里弄中刘梦露家发生一起杀人案，刘梦露自己在家中被人杀死了。而就在这之后，刑警大队又接到刘梦露东边邻居一位女子的电话，说刘梦露家好像发生了什么事。报案人叫韩冬梅，因只有她和三岁的女儿

在家，没有敢去刘家查看，只好打电话报警。

此时，向阳派出所所长王长河带领几名民警闻讯也赶到现场。

“王所长，你安排几名民警立即围绕现场对周围的住户进行走访。首先找刘家的东邻韩冬梅详细地了解一下情况，发现此案线索立即与我联系。”陈汉雄对赶到现场的王所长说。停顿一下，他对身边的侦察员高岩说：“高岩，你参加调查走访。罗玉辉、杜云波你们二人对房外的现场进行勘查，其他人员和我进入房内现场。”

这是一个砖墙院落，院门是一个薄铁门，在里边有一个门划，门划处完好，看来刘梦露晚上没有划上院门。打开房门，再打开室内电灯，首先映入他们眼帘的是刘梦露的尸体，尸体上的血迹还没有凝固，那把带血的尖刀就在死者的身边，现场有着激烈搏斗的痕迹。这是刘梦露家房子的中间，是厨房加走廊，技术员对尸体和室内外现场进行了拍照。

法医开始对刘梦露的尸体进行检查，发现她胸部和腹部中了多刀，从死者体温看，她死去不久。她穿着淡红色上衣，里边还有内衣，绿色裤子，穿着一双平底黑色皮鞋，内有烟灰色袜子，在她的脖子上还套着一条带玉坠的金项链。

刑警江涛在检查房门。

“队长，房门是被人在外硬拽开的，看来外面的人力气很大或是几个强壮的人。”江涛观察房门后，向陈汉雄发表自己的看法。他是一位二十多岁的小伙子，白润的面孔，一米七五的个头，浓眉大眼，从外表上看像个书生。

陈汉雄点了点头，然后说：“看来，房门是在里边划上的，外边的人用力将它拉开的。”

“这说明作案人是一个力气强壮的人，或是几个人。”江涛说。

技术员在收集物证和指纹等现场痕迹。现场那束红玫瑰引起了女侦察员白雪的注意。她是一位二十多岁清秀美丽的姑娘，穿着一身橄榄色警服，梳着短发，显得英姿飒爽。

“队长，现场怎么会有一束红玫瑰？”

“这倒是一个疑点。难道是与他的恋人发生矛盾，是送花人杀了她？”陈汉雄望着地上的红玫瑰也有些疑虑。

陈汉雄和江涛、白雪仔细地观看现场上提取的那束玫瑰花，花的底部用玻璃纸包着，花上面有血迹。

“队长，是不是被害人与拿花的凶手有过搏斗，凶手在杀人时不小心在花上淋上了血，然后将花抛到一边。”白雪说。

“现场虽然有激烈搏斗的痕迹，但这束鲜花为什么没有零散，而又有血迹，这倒是个谜。”陈汉雄看着那束玫瑰花说。回身，他对技术员说：“小刘，收好这束玫瑰花，让法医尽快地检出玫瑰花上血迹的血型。”

之后，他们对东西两屋进行检查。从室内陈设上看，东间住的是刘梦露的父母，西间住的是刘梦露。东间有一部电话，但电话线在外边被人掐断了。接通电线后，从这台电话的显号记录上得知，刘梦露今天清晨向外打过电话，而晚上有人给她来过电话，是手机号，她也给这个手机回过电话，好像没有通。室内有被人翻动的痕迹，但并不太凌乱。

“队长，会不会是抢劫杀人？”江涛说道。

“如果从现场上看有这种可能。但是，从现场这束玫瑰花看，又像与刘梦露相恋的人所为，否则，她身上的贵重项链能在吗？夜晚送花，一是约她出去，二是初次见面的人所赠情人的礼物。如果是抢劫，能带着鲜花来吗？难道是歹徒借机送花，实则杀人抢劫？”

“能不能是刘梦露在外边与人约会回家带回的鲜花？”白雪说。

“你说的这种可能也是有的。”陈汉雄说。

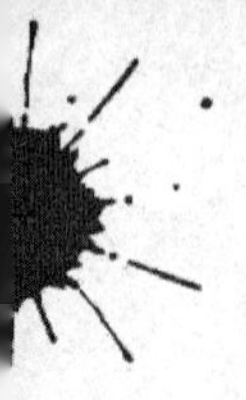

“不知刘家能丢失什么？”

“让王所长立即通知刘梦露的父母回小城。”

就在这时，在外边勘查的重案队队员罗玉辉来到室内：“队长，在刘家房后发现一种残缺不全的足迹。”

“这么说，作案人是从后院跳墙跑的，是一个人？”

“从足迹遗留时间看，是新鲜足迹，可以认定是一个人。”

“江涛、白雪，我们到后院看看去。”

这是“五一”长假后上班的第二天傍晚，虽是初夏，但北方五月初，如果按农历才三月下旬，在晚上六点半钟天就已漆黑，现在已是晚上八点多，后院如果没有灯光，什么也看不到。陈汉雄他们来到刘家后院，借着现场勘查灯的光亮，陈汉雄发现后院是一小片菜地，种了些小葱、韭菜之类的东西，现在仅是刚刚出苗。菜地的土是松软的，所以足迹很明显。菜地的三面是陈旧的土砖墙，在西侧是一个厕所。在院外是一条巷道，北侧仍是一长排住户，约有二十多户。住户的北侧，是一条大街。在刘家的北墙上有两处新的刨痕，一处墙上的砖头被扒掉一块，墙下有一处残缺的男式皮鞋底部印痕。

“江涛，让小刘将足迹提取下来，回去我们要认真研究。”

刘家出事了，附近的邻里闻讯后都围在刘家院外，得知现场有一束红玫瑰，他们在议论着。

陈汉雄和江涛、白雪看完后院的现场又回到前院。

此时，王所长和高岩正在刘梦露家的东邻韩冬梅家调查。韩冬梅家是一个小院落，院内是两间砖平房，在东间开门。她是小城一家铝品厂制造车间的工人，其丈夫是铝品厂的推销员。三天前，丈夫和铝品厂的供销科长去广州开会去了，家中只有她和三岁的女儿在家了。

据韩冬梅说，今天晚上六点钟，天刚黑，她便锁上院门，划上房门，挂上帘。之后，哄睡了孩子。怕惊醒孩子，她在灯下看起了小说。这是一本琼瑶的言情小说《六个梦》。大约在晚上七点多钟，她听到西邻刘梦露家好像有一种关门或开门的声音，似乎听到刘梦露在大喊救命。她放下书想静静地听一听，然而刘家又没有任何声音了。她感到很奇怪，认为自己会不会听错了？于是，她给刘梦露家打电话，刘家的电话却打不通。她知道刘梦露的父母正在青岛，家中现在只有刘梦露一人。难道是她家来了坏人？一种不祥的兆头涌上她的心头。因只有她和三岁的女儿在家，她不敢开房门过去查看。于是便给小城刑警大队打了报警电话，说了此情况，认为刘家可能出了事。但刘家到底出没出事，她不能认定。当从王所长那里知道刘梦露已被杀死的情景，她吓得倒吸一口气。

当王所长问到她刘梦露的社会关系和一些情况时，她说了以下的事情。

刘梦露的父亲叫刘庆山，今年六十二岁，是小城水暖厂退休工人，其母张月云是小城洪达副食品公司退休工人。刘梦露有一个哥哥，哥哥叫刘梦春，从小就会画画，高中毕业，并没有考上大学，便学起装潢手艺。那年在青岛一家广告公司打工，学会很多手艺，后来自己在那里开了一家装潢公司，并在当地娶了媳妇，自此安了家。刘梦露大学毕业后，在甘露糖业公司任文秘人员，并与她高中的一个同学处对象，此人姓彭，是个朴实勤恳的小伙子，据说在建筑行业工作。但自去年秋季，他们分手了。刘梦露与一个什么公司的副经理相处，此人姓李，长得要比姓彭的英俊，很有钱，比姓彭的对刘梦露有感情。姓李的经常到刘家来，二人处得甜甜蜜蜜。只是近日好像没发现姓李的来过，不知是不是他们出现了矛盾。“五一”前，刘梦露的父母去青岛她哥那里，家中只有刘梦露自己，他们单位一位叫高

华的女子和她做了几天伴，可近两天，高华公出，家中只留下刘梦露自己了，没想到今天刘梦露自己在家出事了。

就在这时，陈汉雄和江涛、白雪都来到韩冬梅家。陈汉雄听了王所长对韩冬梅的调查后，思虑片刻。

“这么说，刘梦露这些年共处了两个对象，一个姓彭，一个姓李？”陈汉雄问。

“对，这些邻里都知道。”韩冬梅说。

“他们都是哪个单位的？”陈汉雄问。

“这个不了解，听刘梦露说先前的那个对象是她高中同学，在建筑行业。而另一个在什么公司。”

“刘梦露平时为人和本质怎样？”

“她还算是个好姑娘，只是有些虚荣。年轻姑娘，人人都好美，这也并不是什么坏事。搞对象也是正常的，姑娘大了，当父母的着急，她本人也着急。要说她的为人，一直是受人称赞的，为人热情，性格也开朗。说到她的本质，没有发现什么坏的地方，孝敬父母，工作也积极。”

“近期，她还和什么人有过来往？”

“没发现别人。要说了解她，我们是邻居，时常也到她家去，关系处得挺好。”

“她先后处的两个对象怎样？”

“我看都挺好。姓彭的长得虽说一般，但人勤快，能吃苦，也有一定的文化，品质是好的。姓李的，长得很英俊，对梦露和她的父母都非常敬重，不但给梦露买东西，也时常为梦露的父母买东西，很讨他们喜欢，没发现这二人有什么问题。”

“刘梦露为什么与姓彭的分手与姓李的恋爱？”

“据梦露自己说，她与姓彭的虽然处了几年，但在一起的时间并不多，性格不合,感情也不那么深,所以分手了。与姓李的认识是通过同事介绍的。"

"是这样。"陈汉雄停顿一下,从衣兜中掏出一支香烟,点燃后吸了一口,又问道:"刘家的人与社会上谁有矛盾或冤仇?"

"这个倒没发现。"

"你知道刘梦露的生日吗?"

"知道,她是腊月十三的。"

陈汉雄在想着那束红玫瑰,因为生日也会有人送花的,但今天不是她的生日。送红玫瑰,那是有情人了。他思虑一下便问韩冬梅。

"在刘梦露家出事前,以及这几天你发现什么异常现象或有什么人在小巷中徘徊吗?"

"我每天早上七点多将孩子送到托儿所,然后上班,晚上五点接孩子回家,双休日休息。尽管每天走这条深巷,但除了小巷中的人,并没有发现外来的人。"

"今晚在刘家出事前发现什么了?"

"只是好像听到刘梦露喊救命,但声音极小。因为我没敢出去,又隔着院墙,对她家的情况什么也没有看到,我觉得她家应该有什么事,因为她家电话打不通,所以才给你们打了报警电话。"

"刘梦露本人有手机吗?"

"有,只是我不知道她的电话号。"

"是这样。"

陈汉雄他们想到刘梦露的手机被凶手拿走了。

"刘梦露的西邻是谁家?"

"是周二双家,他们两口子这几天都没在家,据说是周二双的母亲病了,他们一直在城南的他母亲那里。"

走出韩冬梅家，想到那束红玫瑰，陈汉雄认为此案与刘梦露现在的恋人有关，也许这个恋人给她送花时他们有了分歧，矛盾激化对方杀了人。还有一种可能，是她与后处的这个对象是否又分手，还有个第三者在追求，否则不年不节，也不是她过生日，什么人能在晚上给她送花？那只有新的恋人。除此，还要深入了解刘梦露的有关情况。随后，他让江涛带着派出所的一名民警连夜去甘露糖业公司，通过他们的领导或其他人员进一步了解刘梦露的有关情况。

随后，陈汉雄和王长河简要研究一下，趁这个小巷中的人睡觉之前，多走几户，一定要了解到刘梦露先后的两个恋人叫什么名字，哪个单位的或住在哪。同时，对附近的小巷和商业门点也要尽量走访。

晚上十点钟，陈汉雄和白雪来到小巷一个姓丁的居民家中，这家有老两口，六十多岁，都是近几年的退休工人。丁老汉反映一条似乎与刘梦露案件有关的线索。

－ 03 －

丁老汉说，好像是前两天的晚上天黑后，他到外边散步回家，走在这个小巷中遇到一个男子，这个男子捧了一束鲜花。小巷中虽然没有灯光，但从各家窗口射出的光线，还可以看清这个人的体貌特征。此人二十多岁，身高有一米七五左右，他穿着白色的汗衫。丁老汉家住在小巷中的第七户，他是先走入小巷的，这个人是后走入小巷的，因他年轻脚步快，故在丁老汉快到家门口时，这个人追上了他，用诡秘的眼神看了他一眼，便向小巷里边走去。由于丁老汉已到家了，便没有再观察这个男子进入哪家，但可以确定他是向小巷里边走了。

“这个人捧的是什么花？”

“不知道，反正是一束鲜花，还包着玻璃纸呢。”

“竟然有这样的事？”陈汉雄感到疑惑，因为在刘梦露被害的那束红玫瑰上也包着玻璃纸。

“是的。这个人我不认识，不是我们小巷内的人。”丁老汉说。

“在这个小巷中，谁家还有年轻一些的姑娘？”陈汉雄问。

“有两位，一个是刘梦露，另一个是古桥小学的老师王小燕，我们认识她对象呀，叫什么张勇，也是古桥小学老师。昨天他在晚上到王小燕家我还看到了。”丁老汉说。

“除了这两位，有没有离婚的或正在谈恋爱的其他女人？”陈汉雄问。

“没有了。从我家向西走，还有十多户，每一家我都熟悉呀。”

“发没发现近几天这个小巷中哪家来客人了？”

“没发现。不对，第十三家邱家宽家前天下午来了两个人，是他外甥两口子，别人没发现。他外甥姓姜，是个出租车司机，他们每次来都是开着他的出租车来。”

“邱家都有什么人？”

“也是老两口，并且也是近两年退休的老工人。”

今天刘梦露被害，而案发前两天晚上竟有人捧着一束鲜花出现在案发这条小巷中，这个人是谁呢？是否就是杀死刘梦露的凶手？可是，杀人干吗非要在现场扔下一束鲜花，这难道预示着什么？

“江涛、白雪，我们去邱家，然后再走几家，看看还有谁见过丁大叔发现的这个人。”

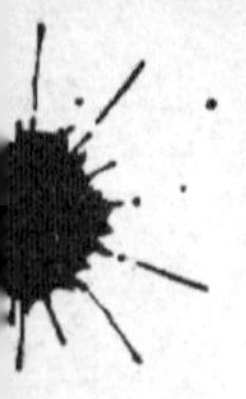

陈汉雄和白雪谢过丁老汉，来到正要睡觉的邱家宽家，然而，当邱老汉说出此事，却让他们大失所望。邱老汉说，这些年，这个小巷内治安一直很好，从没发生过任何案件。得知今晚刘家的女儿被害，他们都大吃一惊。说是刘梦露先后处的对象有嫌疑，但这叫他们也认定不了。因为刘梦露先后处的对象从品质上看都很好，他们也没有什么利害的冲突。但现场出现一束红玫瑰，却叫人不能理解。因为，刘梦露平素喜欢穿戴，并不喜欢花。先前的对象已经黄了，不可能在晚上给她送花来，而后处的对象知道她的爱好，也不可能在晚上给她送花来。小巷的人们也没发现刘梦露与后处的那个对象闹矛盾而分手，既然如此，她不可能这时再处别的对象吧？

谈到有人在前天天黑后发现一个男子捧着一束鲜花走入小巷，丁老汉说：“你们说的这个人是不是二十多岁，穿着白色汗衫？”

“是这样的。”

“他叫丁文才，是我的亲侄儿，家在城南，在城南洁美化工厂上班。因昨天是我父亲去世一周年，我们事先定好了，去平城附近的公墓去祭拜。因那里不准烧纸，只能献花，我让我侄儿买了束鲜花来，我买些祭品，还有我的外甥，由他开车，昨天起早到公墓去。因要起早，我让我侄儿头天买了鲜花，头一天夜里住在我家。第二天天没亮，我外甥开车来接我们，我们共同去的公墓。”

“这么说这个捧花人是你侄儿丁文才？”

“是的。他可是个孝子，品质非常好，大学毕业，在工厂是名技术员，去年结婚的，并生儿育女了。”

“是这样。”

已是深夜，一些住户都已睡觉了。就在陈汉雄和白雪走出丁家时，陈汉雄的手机响了，是罗玉辉打来的。他们对外围现场勘查完，对后院的一些住户走访，有人发现在刘梦露被害期间，在后院的小巷中匆忙走过一个男子，由于天黑，他们没看清此人的面孔。

此人是否就是杀害刘梦露的凶手？

两个疑凶

- 01 -

罗玉辉、杜云波在刘梦露后院的小巷一户姓孟的住户家了解到，在昨夜里七点多钟，这家户主孟庆学从城内一家饭店喝完酒回家，当他走到小巷内，发现迎面匆匆忙忙地走过来一个男人，身高在一米七六左右，体态不胖不瘦，穿深色衣服。由于此人低着头，加之小巷内在夜晚比较暗，他根本就没看清这个人的面孔，但他敢肯定，此人很年轻，也就二十多岁，不是本巷内的人。在这之前，罗玉辉、杜云波对这条小巷内的住户进行了全面排查，但没有发现哪家来过外人。

这样看来，这个人极有可能就是跳出刘梦露家后院墙的杀人凶手。此人身上是否有血迹，作案后能逃到哪去?

陈汉雄决定让罗玉辉和杜云波到火车站及一些出城的路口向遇到的出租车司机了解情况。

随后，陈汉雄将此案报告给在省里开会的小城公安局局长陆长安和主管刑侦工作的副局长兼刑警大队大队长刘天林。陆局长对此案非常重视，他指示陈汉雄要对此案认真调查，尽快侦破此案。因他还要留在省里继续参加会议，让刘天林回小城指挥破案工作，当然主侦任务还是交给了陈汉雄的重案队。

已是半夜，现场周围的住户全部熄灯睡觉了。连路边的商场也关门了。王所长、高岩等民警对这几条小巷及小巷口的商业门点进行走访调查也均没查得与此案有关的情况。而罗玉辉那组在去车站等地走访中也没有发现什么线索。江涛和派出的一名民警来到甘露糖业公司，他找到了值班人员，告知了刘梦露被害的消息，并向在场的一些人员了解情况。

江涛他们还没有回来，陈汉雄决定将办案人员都集中到向阳派出所会议室，他们对案件进行了简要分析。他们刚到派出所，甘露糖业公司总经理和工会主席、办公室主任全都到了派出所，他们是从公司值班人员那得知的信息，虽然已是深夜，但他们公司的职员被害，他们都心神不安，连夜便先到派出所来了。借此机会，陈汉雄向他们了解情况，他们所知道的和陈汉雄他们通过邻居调查的结果几乎一样，对此案提供不出线索。已是下半夜，刘梦露的尸体已送到殡仪馆，陈汉雄让他们先回去休息，等白天协助公安调查和处理刘梦露的后事。甘露糖业公司几位领导走后，陈汉雄与白雪、罗玉辉、王长河等办案人员首先确定案件性质，一致认为刘梦露被害，有可能是一起报复杀人案，但不排除流窜人员入室抢劫的可能，因室内有翻动，至于刘梦露脖子上的金项链为什么没被抢走，有可能是凶手在匆忙中没有发现。那么报复杀人能是谁所为呢?

大家认为，在没有其他线索前，先要对曾与刘梦露有过恋爱关系的两个男人进行调查。就在这时，江涛他们回到了派出所，他查到刘梦露后处

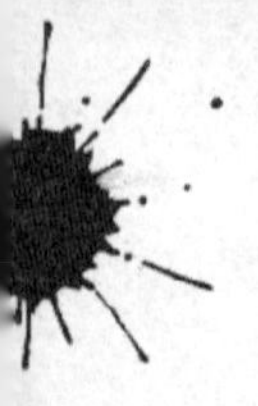

的这个对象的有关情况。

此人叫李骆峰，今年二十八岁，是个英俊的小伙子。他身高一米七六左右，体态不胖不瘦，为人豪爽大方，社交能力很强，现是小城富民房屋出售租赁中介公司副经理。

江涛他们查到了刘梦露后处的对象，但她先处的对象并没有下落。陈汉雄决定将现有的办案人员分成几组，大家先在派出所随便找个地方睡一小会，天亮后分组展开调查。即陈汉雄和罗玉辉负责调查刘梦露现在的恋人。江涛、杜云波、白雪负责调查刘梦露以前的那个姓彭的恋人，并要尽快查清他的姓名及找到他的下落。王长河、高岩他们继续围绕现场调查。

– 02 –

富民公司坐落在城东长顺街二十五号，是在一所六层楼的南角楼的一、二楼。

早上六点多，陈汉雄和罗玉辉找到这个公司时，公司还没有开门，敲开他们的门，发现一楼有一个看门的人，此人六十多岁，叫王子正，原是小城房产退休工人，在这儿做临时工。亮明身份，王老汉允许他们到门卫室来。走进富民公司的楼门，陈汉雄发现走廊中有几块大广告板，上面是一条条卖房屋的信息。比方，某区多少乘多少平方米的楼房，楼内设施情况，出售转让价等。

坐在门卫室，经过与王老汉交谈，王老汉介绍了以下情况。

“我们这个公司，名义上叫公司，实际上才有七人，主要就是给人当中介，掌握些信息，为一些购买二手房的人或租房屋的人牵线搭桥，从中赚点中介费。但下设两个中介所，一年仅向公司交点微不足道的管理费。经理叫侯福军，副经理就是李骆峰，还有三名业务员，一名会计，会计姓沈。要说李骆峰，他是个办事能力很强的小伙子，没发现过任何违法违纪的情况。他在公司是副经理，主要跑房屋信息和中介业务，还要跑银行，近年来成绩也很大。据他本人说现在正与一位姑娘处对象，但这位姑娘叫什么、姓什么我还不了解。李骆峰家是农村的，是距小城五百多里的农村沙岗乡李家屯的。平时他就住在公司的二楼办公室。昨天早晨我看见他很早就出去了，但昨夜至今没见他在楼上。”

“昨天早晨出去的，几点钟，和谁一起走的。”

“大约六点钟吧，也许是吃早点去了，就他一个人。因平素的夜里，这个楼中就我和他。公司没有伙食，他都是到附近的小吃部常年包伙食，公司结账。因中午，公司的人吃饭也是到附近的小吃部包伙食。他每天早晨出去，在七点钟左右便回来。但是，昨天早晨没见他回来。”

“他出去和你说什么了？”

“没说，我正在门卫室看电视，他夹着他平时经常带着的那个黑色公文包，什么也没说就出去了。”

随后，陈汉雄从王老汉那问到李骆峰的手机电话号。这么熟悉的号码，陈汉雄想到刘梦露家晚上打出和打进的电话都有此号。

“吱！”公司门外有停车声。

“是侯经理来了。”王老汉说。

陈汉雄向窗外探望，发现一辆黑色老式奥迪轿车停在公司门口。

“这是公司的车？”

“不，是侯经理个人的车，他每天上下班都自己开这辆车。”

陈汉雄看了一下门卫室墙上的挂钟，已是早七八点了。

一位中年男子走进富民中介公司，他就是富民公司的侯福军经理。

陈汉雄和罗玉辉走出门卫室，侯经理一见两位陌生人有些疑惑：“你们是找我的？”

“你是侯经理吧？我们是小城公安局刑警大队的，我姓陈，找你了解些情况。”陈汉雄说。

“原来是公安局的，请到楼上，请！”侯福军一张笑脸。侯福军，戴副眼镜，身高一米七五左右，三十多岁，体态较胖，头部有些过早地谢顶，已露出光亮。

来到二楼的一个办公室，陈汉雄亮出警官证，侯福军摆了摆手并没有查看。

陈汉雄观察着侯福军的办公室，很普通。一张老板台，一张转椅，一个书柜，一张床，一个空调，还有两套沙发，墙上有张小城地图，另一面墙上还有一张待售的楼房图表及价格表。

“你就是陈汉雄队长吧，久闻大名，是一位能破案的警官，佩服。在此也非常欢迎你们光临我们这个小公司。请坐，请吸烟。”侯福军笑容可掬。

“不必客气。”陈汉雄说，并接过侯福军递过来的一支中华烟，点燃起来。

“陈队长和这位警官一早来我公司，不知有何贵干？”侯福军一边看着陈汉雄一边自己点燃了一支烟。

“我们要向你了解一个人，也不得不打扰你，请给予配合和理解。”陈汉雄说。

“不要这样说，我们公司虽然没有与公安局有什么业务，但小城秩序这样好，你们给我们提供了安宁的社会环境，就是对我们的保护，也是对我们的贡献，我还要感谢你们呢。警察，不容易呀！”侯福军坐在沙发上用手正了一下眼镜，一边吸着烟，一边很有感慨地说。停顿一下，他问到：“不知你们要了解谁？”

“你们公司的副经理李骆峰。”

“李骆峰？”侯福军疑虑一下，微微一笑，然后说：“三年前，他大学毕业后，我是从人才市场上招聘上来的，人很忠厚，有文化，现在是我公司的副经理。我公司虽是一个很小的中介公司，但为小城的经济发展也是作了一定贡献的。至于李骆峰，并没发现任何违法问题。我不知你们要了解他什么问题？”

“他现在在公司吗？”

“很不巧，昨天早上他去天津了，说有一件私事要办，得几天回来。”

“他和谁走的？”

“这不清楚。”

“怎么走的？”

“可能是坐火车吧。咱这没有直通天津的飞机呀，想坐飞机得到省城去。”

“你们知道他处的对象吗？”

“听说过，不过不太了解。”

“你说说他处对象的事。”

“好吧。”侯福军吸了一口烟，然后说道：“听李骆峰说，他是去年秋季处的对象，姓刘，叫什么露。因他们所处时间仅半年多，具体情况我还不了解。不过，前些日子听说他与对象发生了矛盾，向我说过那个女子要与他分手，他很忧伤，并扬言要杀了那个女子，我对他好言相劝，但他仍在生气。但李骆峰是个好小伙子，在我们这个小公司干得还蛮不错，没发现过有其他问题。至于他和他对象的结果，这几天我有些忙，他有时出外联系业务，我们还没有机会谈。前天下午他和我说要去一趟天津，办点私事，我答应了他。今早，我给他打电话，他的手机关机，也许他正在旅馆休息呢，怕谁打扰关机了，不过几天后，他就会回小城。”

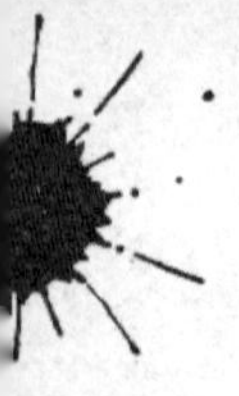

“他去了天津哪儿？去找谁？”

“不知道。”

“他在天津有什么亲朋好友？”

“这个我不了解。”

“他和他现在处的对象有什么矛盾？”

“这是人家的私事，我没有问过，真的不知道。”

“他在小城和谁的关系比较好？”

“这个我也不知道。他每天在公司住宿，晚上去哪儿我都不了解，因为年轻人，还没有成家，我们必须给他些自由。李骆峰也是个好动的人，他成天独自待在办公室是不可能的。”

“他家的情况你了解吗？”

“了解一些。他家是沙岗乡李家屯的，父母都是农民，靠种地为生。在老家他还有一个哥哥，早成家了。他是考大学考出来的，在大学是学经济管理的，我见他很有才，这才从人才市场聘到我这来，直接给他个副经理，否则，人家还不来呢。”

“是这样。”

“你们了解李骆峰，是他出了什么事吗？”侯福军疑惑地问。

“昨晚他处的对象刘梦露被人杀死在家中，我们找他就是想了解一些有关情况。”陈汉雄低沉地说。

“有这样的事？”侯福军感到很惊讶。

“好吧，谢谢你提供的情况，如果李骆峰回来，请你立即通知我们。这是我的名片。”陈汉雄将带有他电话号码的名片递给他。

“慢走，欢迎你们常来。”侯福军一直是很热情的。

走出富民中介公司，他和罗玉辉上了停在公司门前的警车，在车上，想到李骆峰的体貌特征与昨夜孟庆学夜晚见到的可疑人一致，陈汉雄对李骆峰的失踪产生了疑虑。近期他与刘梦露产生了矛盾，难道是他杀死了刘梦露？

- 03 -

陈汉雄将对李骆峰的调查情况用手机报告给刘天林，此时，刘天林已于清晨上了火车正在向小城返程。听说李骆峰去了天津，他让陈汉雄先打李骆峰的手机，看是否能与李骆峰联系上，然后再作下步打算。

陈汉雄试探地打了李骆峰的手机，无法接通。

想到现场的红玫瑰，他决定对小城内的一些花店进行走访。

就在这时，陈汉雄的手机响了，是江涛打来的，他说打听到刘梦露先处的那个对象的下落，此人叫彭思明，是小城天华建筑公司设计室技术员。现在他们正在天华建筑公司等候彭思明，可现在快到上午九点了，彭思明却不知去向，而他的手机也是关机。

"有这样的怪事？"陈汉雄决定也去天华公司。

在天华公司总经理办公室，总经理王恩胜热情地接待了陈汉雄、罗玉辉、江涛他们。

据江涛介绍，昨天夜间他们这组费尽周折才查到与刘梦露相处的最初情人叫彭思明，是小城天华建筑公司的技术员。天亮时，在街委会干部的帮助下，他们在城南找到彭思明的家，但彭思明昨夜并没有回家。据他母亲赵桂荣说，昨晚六点多他们接到儿子彭思明的电话，说今夜有可能不回家了，有份图纸要修改，他要在单位加班。自与刘梦露分手后，彭思明去

年秋天又处个了对象，叫柳雨倩，是江岸中学教师，他们的感情很好，现在一直来往。

分析彭思明有可能在单位，江涛顾不得多问，便急匆匆地奔往天华建筑公司。早晨七点多，江涛和杜云波、白雪找到了天华公司。天华公司在小城城南永吉路上，一座五层楼房，但门口上却挂着七家公司的招牌。经查，这是天华房地产公司的楼房，由于办公用不了这些房子，公司总经理王恩胜将公司的一楼、四楼、五楼都租出去了。江涛他们到楼房大门一进门处，有一位门卫，他是位六十多岁的老翁。当江涛问他要找的人时，他迷迷糊糊地说，这个楼办公人员杂，至于昨夜彭思明什么时间回来或出去的，他不知道。因在这个楼中住宿的人很多，开始时门卫对夜里出入的人审查很严，并都出示工作证，可后来都认识了，打个招呼也就随便了，再后来连招呼也不打了，门卫人员对出入的人看也不看了，晚上只管坐在门卫室中看电视，到夜里十点多便关上房门，一旦有回来晚的人或再出去的人，他给开开门。早上六点多，他再打开房门。

彭思明工作的设计室在这座楼房的二楼西端，江涛和杜云波、白雪来到他的设计室，发现房门锁着，周围的房子中都没有人住宿。正当江涛他们在门口徘徊时，一位中年男子上楼对他们进行询问，当得知他们是小城的刑警，是来找彭思明了解情况的，这人也亮明了他的身份，原来他是设计室的主任，叫钟跃福，在隔壁的办公室办公，但他有钥匙可打开彭思明的办公室。走进彭思明的办公室，江涛他们对室内进行巡视，发现一张办公桌上有几张图纸，在墙角有一张床，床上行李叠放整洁，也许他昨夜没有睡觉，也许是早上起来叠好的。他没有在办公室，也许出去吃早饭去了。在等候彭思明时，江涛向钟主任了解情况。钟主任一直在称赞彭思明是个好小伙子，是个有志气、能吃苦、肯钻研的硬汉。他知道彭思明与刘梦露处对象的事，后来两人分手了，半年前听说他又处个对象，但是女的叫什么他不知道。经进一步了解，钟主任说他们这个设计室共有三名技术员，另两名人员这些日子手头的工作都很繁重，有时也要跑工地。彭思明这几天在设计室设计城南艺术馆的图纸。但是，他还负责城南春江路小区住宅工地的质量监督检查工作，因那片住宅的图纸都是他设计的。工地一旦需要，他随时要去。昨天下午钟主任有点事先走了，在他走时，彭思明仍在设计室。彭思明，今年二十七岁，身高一米七六左右，身体强壮，不胖不瘦，长圆脸，长相虽说不俊，也不丑。

陈汉雄看一下墙上的挂钟已是上午九点四十分，彭思明仍没有上班。

“以前有过他到点不上班而又不请假的事吗？”陈汉雄问。

王恩胜摇摇头说:“他是一个非常守规矩的青年，每次要是晚来或误工，都会向他们主任请假的，这样的情况还是第一次。是不是他去工地了？”

说着，王恩胜给春江路工地负责人打了电话，那边说彭思明根本就没在那里。会不会是彭思明昨夜加班，一早回家睡觉去了？总经理又给彭思明的家打电话，他的母亲接的电话，说彭思明仍没有回家。

“他能去哪呢？不能一早就遇车祸吧！”王恩胜在思虑。

“他会不会在小城哪位朋友家？”陈汉雄问。

“我认为这是不可能的。因我们公司有规章制度，上班时间是不可以办私事的，也不准利用工作时间访朋会友。彭思明不会这样的。”

“在城内他都有哪些朋友？”

“这个我还不清楚。”

为了尽快了解彭思明的有关情况，陈汉雄让罗玉辉和杜云波在天华公司继续等彭思明。他带领江涛、白雪去找彭思明现在处的对象柳雨倩。

- 04 -

中午临近，陈汉雄和江涛、白雪来到江岸中学，通过教导处主任，悄然地找到柳雨倩，她是一位清秀美丽的姑娘。

据柳雨倩说，她是通过彭思明曾经救护她母亲认识他的，至今已有半年多了。她很爱这个诚实正直而又淳朴勤快的小伙子，他们相爱，这种爱也是真诚的。但近阶段，由于彭思明业务过于繁忙，他们已有一周没见面了。昨天是柳雨倩的生日，前几天她就曾给他打过电话，他说他虽然工作忙，但也要在昨天晚上参加她的生日庆宴。他答应了她，并要为她献上一束红玫瑰。昨天晚上，柳雨倩邀请了本校教师、她的好朋友张燕、蓝玉贞，还有她大学的同学于秀丽一同到月圆亭酒家聚会。就在她到月圆亭之前，她还曾给彭思明打了电话，彭思明说他正在办公室修改图纸，今夜要加班，不过在晚上六点前，他一定会赶到月圆亭酒家的。他说他已给家中去了电话，今夜要住在办公室的，因这份图纸很着急。但是，在六点钟时，彭思明并没有准时到达月圆亭酒家。柳雨倩又打了电话追问他，他说他正在一个工地处理一项技术问题，忙完了那里的事，很快就会赶到的。但等到六点半他仍没有到，正在柳雨倩焦急地等待，要再次给他打电话时，他来了电话，说从工地上已经出来，正打出租车往月圆亭酒家赶。然而，不久，他又打来电话，让柳雨倩和她的朋友不要等他了，因路上有事，他要晚一些到。可在晚上七点半左右，彭思明又给他打电话，她刚接电话，他的电话却关机了。她们他等到晚上八点，彭思明也没到酒店，他的电话也打不通了。本是欢乐的生日庆宴，却变成焦急的等待和忧伤，柳雨倩心中流着泪，庆宴不欢而散。今天，柳雨倩也曾几次打了彭思明的手机，手机却一直关机。那么，彭思明为什么没有参加她的生日庆宴，而又说路上有事？是什么事呢？

陈汉雄在思虑，因为他说路上有事，这个时间正是刘梦露被害的时间。难道说这个时间他去了刘梦露家，因某事发生口角杀了她？或想到刘梦露的绝情去报复杀了人。彭思明说要送给柳雨倩一束红玫瑰，现场不正是有一束红玫瑰吗？是他由于逃跑匆忙，将那束花遗留在现场？那么现场有翻动的痕迹是怎么回事？是他有意制造外来人员图财抢劫的假现场，还是他在刘家要找什么东西？

刘梦露被害后，孟庆学在刘家后院的小巷中发现一个可疑人，此人的体貌特正与彭思明相似，现在彭思明又突然失踪，他有可能是作案后外逃了。

“陈队长，彭思明是不是犯法了？”柳雨倩瞪大眼睛看着陈汉雄。

陈汉雄没有回答。

“他人在哪？是不是昨晚路上闯了什么祸，被你们抓起来了？”柳雨倩仍在追问。

陈汉雄摇摇头：“我们没有抓到他，现在他失踪了，我们正在调查他的下落。”

“他到底干了什么？”柳雨倩非常着急地问。

“我们在调查一起杀人案，此案极大可能与他有关。既然你要问，我们还要向你了解些情况，希望你能理解，也要给予配合。”陈汉雄说。

“你们问吧，我知道的，都会说。”

“你知道彭思明原先处的对象吧？”

“我没见过那位女子的面，但听他说过。他们相处四年，那位女子嫌

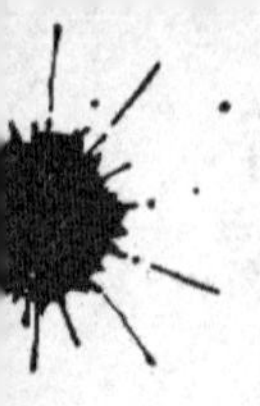

贫爱富与他分手，这样的女子还值得一提吗？不过，彭思明自从与我建立恋爱关系后，我没发现他们再有任何联系。”

“这一段时间彭思明有什么反常行为吗？”

“没有发现呀。”

“他原先的对象给他打过电话吗？”

“没发现。”

“你知道彭思明能去哪吗？”

“不知道。”

陈汉雄停顿一下，像在思虑。

“陈队长，你说是不是彭思明原先处的对象出什么事了？”柳雨倩看来非常聪明，她看着陈汉雄的眼神问道。

“是的。”

“她怎么了？”

“她被人杀死在家中。”

“难道说彭思明与这起杀人案有关？不可能，不可能！绝对不可能！”

“是的。从他们单位领导介绍，到同事口碑都非常好，但他的确与此案有关，否则，也不会突然失踪的。我们现在必须共同努力想办法找到他。”

柳雨倩自昨晚没有见到彭思明，就一直心神不安，一夜都在失眠和苦思中度过，她对彭思明与她失去联系曾做过各种猜测，并往彭家打过电话，彭母说彭思明一夜也没有回家，今天得知他与他原先的对象被杀有关，她流着泪，难以控制情感，竟然痛哭起来。

- 05 -

下午，刘天林下了火车，便急匆匆地回到刑警大队。

此时，从现场上提取的红玫瑰上的血迹早已检验出来，是刘梦露的血迹。在那把尖刀柄上提取下来两枚指纹，而在刀背上的血迹上，也提取一枚模糊的指纹，要经过高科技处理才能分辨清楚。看来，这些指纹是杀人凶手的了。

在刘天林的办公室，陈汉雄将案发后详细情况向他做了汇报。江涛、白雪、王所长来到刘天林的办公室。

刘天林是位参加二十多年刑侦工作的老刑警，听完陈汉雄的汇报，不觉也皱了皱眉头。他今年已是四十多岁的人了，身高要比陈汉雄矮一些，方脸膛，重眉毛，有些络腮胡。

“这么说，两个嫌疑人现在都下落不明。这样的案件，在我市还是第一次，是有些怪。现在看，此案看似简单，也许要复杂了。”刘天林在室内踱着步，一会又停下来问：“刘梦露的父母回来了吗？”

“昨夜我想办法联系上了青岛刘梦露的哥哥，说他们家中发生了点事情，刘梦露受了点伤，让他们不要着急。但要求他们马上回来。他们闻讯后于今早动身，他哥哥也回来了。大约今天晚上就能到家。”王所长说。

“在她的父母回来后，我们从他们那里有可能还会了解些情况。除此，与刘梦露做伴的女孩，等她从外地回来也要找她谈谈。”

“我没有去现场，不了解情况，不妨大家围绕现场和调查的情况发表

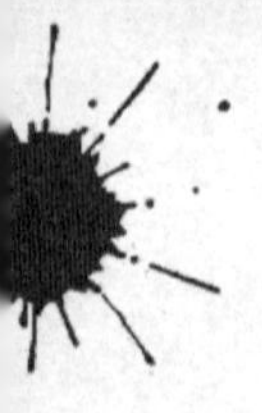

一下自己的看法，以便我们研究下步工作方向和目标。”刘天林说。

大家看了看，王所长先说了话：“还是让陈队长说说吧，我们已初步研究过对此案的意见。”

陈汉雄点燃了一支烟，然后他说道：“现场大家都看到了，从表面上看像是一起图财害命的抢劫案，但从室内翻动情况看似乎是作案人有意设计的假象，我看抢劫作案的可能性不大，这有可能是一起报复杀人案。我为什么要这样说，这还要说现场。刘梦露家是在一条小巷的最深处第二家，如果不了解情况，此处无论是什么因素而作案，从行走到逃跑都容易被人发现，特别是从小巷口行走到刘家要经过一段时间，逃跑最为困难，从前面走要经过漫长的小巷，从后面逃走要跳墙，最容易遇到后边小巷中的行人，或是被后院小巷内的住户发现，即使逃走，还要经过后边较长的小巷，选择这样地点来抢劫杀人似乎违背常理。还有，在作案时间上看似乎也是一种冒险，晚上七点多，天虽然早已黑了，但正是人们吃完饭，看电视或休闲时间，几乎各家各户都有人，也有的人要出外散步，如过被邻居过早发现，作案人是逃不走的。

“从作案现场上，作案人对刘家似乎熟悉也不熟悉，但不管是否熟悉，此案不像外地流窜人员，如果是外地流窜人员所为，刘梦露也许会遭到强暴，但不会在激烈的搏斗中被残忍地杀害；如果是为了财，室内也不会这样简单地翻动一下就过去了。还有刘梦露脖子上的金项链，按理说应被作案者拿走，但没有拿走，也许是他没有发现或目的不在图财。至于是什么人作案，几个人作案，从我们调查的情况看，在刘家后院发现一种足迹，在案发后有人在后院的小巷中发现一可疑人，此人的体貌特征和我们调查的李骆峰相似。据李骆峰的同事说，他近期与刘梦露有矛盾，而且情绪不安，会不会因为感情矛盾杀人？富民中介公司的经理侯福军说李骆峰昨天早上去了天津，但手机一直关机，这是为什么？他是否真的去了天津，还是谎说去了天津，而一直没有离开小城？现在他下落不明，会不会是在小城杀人后外逃？

“还有一人，那就是刘梦露前期处的对象，他对刘梦露也是很怨恨的。只是此人近阶段正在处对象，按常理在这个时候不可能节外生枝去杀死一个旧情人。但从柳雨倩反映的情况看，他本是昨晚给她过生日的，是相会最好的时机，却说路上有事，后来连电话也打不通了。现场有一束红玫瑰，而彭思明曾答应柳雨倩在她生日时送她一束玫瑰花，他是否是带着一束红玫瑰去见柳雨倩的，途中捧着花却去了刘梦露家，杀人后将这束花遗忘在现场？在刘梦露被害后他突然失踪。此人的体貌特征也与刘家后院孟庆学见到的可疑人体貌特征相似。出现了这种现象，我们必须都要调查。

“据查，李骆峰与彭思明并不认识，如果是两个人共同作案，这种可能性我看不存在。那么，此案要排除他俩还能否有第三人或更多的作案人，这种可能也是有的。但目前，我们必须重点对这两个人进行调查。”

“这样说，我们对一些花店还要调查一下。”刘天林说。

“是的，我在一早就想过，只是小城花店至少有几十家，还有一些花窖，因工作量大，我没有抽出警力。”陈汉雄说。

大家沉默一阵，刘天林说：“下步我们要做的工作很多，尤其是围绕这两个人还要进行深入调查。”他看了一下手表，想了想说，“你们已两天一夜没睡觉了，这样要影响同志们的身体了。我看这样，今晚，你们都休息一下，没有完成的工作，今晚我再调几名刑警继续工作，同时，再等一等李骆峰和彭思明的消息。如果再没有消息，那就要调查他的社会关系了。即使是他们所为，他们能逃到哪去呢？何况，这仅是表面现象，真正的凶手是否真是他们？我想，此案并非简单的一两天就可侦破，所以，只好换班，

明天你们接着干。陆局长一直关注着此案，他决定此案还是由陈汉雄的重案队主侦，其他部门配合，需要警力和协调问题，由我安排。”刘天林一直是爱兵的，考虑到此案的工作情况，恐怕在一两天内是没有什么进展的，这样消耗侦察员们的体力就会影响下步工作了。

按刘天林的安排，凡昨夜参加侦破的人员全部休息。刘天林又调集了一些刑警对城内一些旅馆和出租车进行调查，同时他带一名刑警对李骆峰和彭思明的社会关系进行了认真调查，但仍然没有人发现这二人的行踪。

莫名追杀

- 01 -

一路惊恐，彭思明于那天夜里十点多到了平城，在城中的一条马路边，他下了出租车，付给出租车司机一百五十元钱，出租车又向小城的方向开去。

夜里很凉，他感到冷，不禁打了两个寒战。街灯很亮，马路上的车虽不算多，但也不时地穿行，他不知往哪里去。摸一摸衣兜，兜中只有五百多元钱，这本是今天上午刚领的工资，还没来得及回家交给母亲，今天在小城买花打车加之到平城的车费已花出二百多了，还好，在他的内衣兜中有他的身份证。他习惯将身份证放在内衣中，因在小城内时常也要用他的身份证，他怕丢失，所以经常带在身上。有了身份证，他可以住旅店了。

由于天凉，马路上的行人很少。平城很大，他不知到哪去找旅馆。而且，要找最便宜的旅店，因兜内的钱必须省着花，不知今后怎么办？如果在秋原，一些个体的小旅馆都在偏僻的地区或一些陈旧小巷内，最便宜的住一宿几元钱或十元钱，他要找这样的地方。但平城到处是高楼大厦，他只有盲目

地走下去，在夜里去寻找。

一个小时后，他真的在一片老区的路边发现几家个体旅馆，有的真是在小巷深处，犹如刘梦露家的那条小巷，但这里既有一些几层高的楼房，也有一些砖瓦房。在小巷深处的这处小旅馆是一家砖瓦房，住一宿十元钱。一位老翁看了他的身份证，让他填个卡，交了五十元押金后，将他领到一个房间，这是个双人间，因还没有人来住，现在是他一人，屋子很小，有两张床，床下有一双拖鞋和一个脸盆外，墙角处有一个小茶几，上面有一个暖水瓶和两个倒放着的茶碗，除此，几乎没有别的了。奔波了一天，彭思明真的是累了，他想好好睡一觉，但一时又难以睡着。他的眼前仍不时地闪现刘梦露那副恐怖的面孔。他自己也不明白，为什么要逃离小城，为什么要听一个电话中人的话。现在到了平城，这里能安全吗？小城的警察会不会到这里来找到他？但由于劳累，他还是睡着了。

“咚！咚！”

他被一阵敲门声惊醒，原来是天早已大亮，一位女服务员过来收拾房间。

“你看看，都快到上午九点了，你今天是不是不退房？”

“这个时候了，我没想好。不，不退房。”彭思明从床上坐起来，原来昨夜他只脱了外衣，没有脱裤子就睡下了，他揉了一下眼睛，感到饿了。“你们这有食堂吗？”

“没有，小巷口有多家小吃部，吃什么都有。”

从床下拿出脸盆，到走廊一端找到水房，他洗了一把脸，然后决定到小巷口去吃点什么。他还想到一件事，找电话，给家中和柳雨倩打电话。不，不能打，这样家中有警察不就知道他在平城了吗？但是，如果这件事不向柳雨倩说清楚，她拿他当杀人犯，不就什么都完了吗？他很矛盾，想了想，还是到小巷口吃完东西，再想办法吧。

到了小巷口，他随意走进一家小吃部。他从昨晚到现在还没有吃饭，真的有些饿了,吃点什么？要了两碗刀切面。吃完饭,他不知干什么。想了想，到这旅馆四周随意走走吧。穿过这条大街，东面是一个大市场，他在大市场中漫无目标地逛了一圈，最后想到应该买一套牙具和毛巾，他不知道要在外逃奔多久。

- 02 -

下午一点多，他回到旅馆，无所事事，他倒在床上，脑海中还浮现昨天晚上刘梦露倒在血泊中的惨状。他也恨自己，为什么要将那束花遗失到现场，为什么要听那个见不到面的人的话，从而逃走。倒在床上，他睡着了。当他醒来时，已是傍晚。窗外的天色已经发暗了，坐在旅馆的床上他感到无限的孤独，虽然仅是一天一夜，他有些思念父母，还有已一周没有见面的恋人柳雨倩。他也想念天华公司的同事们和他爱恋的工作岗位。白天时，这个旅馆既冷清又肃静，可到傍晚反而有些热闹了，因为只有在这个时候会来些住宿的。今晚，这个仅有几个房间的小旅馆，接二连三地住进八位旅客。但是，他住的房间仍然没有安排进人员。邻居的房间有可能住进一家三口人，因不但有孩子的哭声，还有像是他父母的哄劝孩子声。

彭思明感到饥饿，因为一天没有吃饭了，只有上午吃的那两碗面条。此时，他更感到有些口渴，他想先喝杯水，然后还到小巷口的小吃部吃点什么。他拿起暖水瓶，发现里面是空的。于是，他披上衣服，不料手机掉在床，掉就掉吧，马上就回来了，反正手机也没有电了，打不出去。于是，

他拿起暖水瓶去打水。他知道水房和洗脸间在一起，在走廊北侧，但要经过住宿登记处，早晨他洗脸时，几名在此住宿的人都到这个水房中的电水壶处去打开水。他本是想穿拖鞋去，可床下的拖鞋有一只坏了。他只好穿上他的皮鞋，披上外衣。走出房间，经过住宿登记处，他拿着暖水瓶来到走廊北侧的水房中，打了一壶开水，盖上暖瓶盖，他正要走出水房，突然听到登记处那里又来了旅客，他挑开水房的半截白布门帘，发现在登记处站着两个男子，一高一矮，高的瘦，矮的胖，年龄都不过三十岁左右，高个穿的灰色西服，矮个穿的棕色夹克。只听那个小胖子说："我们是公安局的来查店，将你们的店簿子拿出来，给我们查一下，在你们这住宿的有没有个叫彭思明的人？"

"彭思明？我给你们查查！"这是旅馆那位老翁的声音。

听到此，彭思明心中一惊。

"公安局的，这么快就找到这来了？"他本是已迈出一只脚到水房外，听到此，又缩了回来。怎么办？让公安局的人抓到就没好了，还是逃吧！想到此，他环视一下水房，水房北侧的窗户可打开，窗外是旅馆的后院，有一片院墙，但院墙北是哪里他不知道。不管是哪，也要跳过墙去。于是，他放下暖瓶，推开水房的窗户，跳出后窗，然后快速地翻过院墙。真是天无绝人之路，院墙外是一条僻静的小巷。出了院墙，他便拼命地向小巷出口处奔跑，并不时地回头看，还好，没有人追来。出了巷口，是一条繁华的大马路，虽是傍晚，马路上仍是车水马龙。对面是几家商场，他顾不了多想便穿过大马路，直奔对面的商场。到了商场门口，他不时地往马路对面看，发现仍没有人向他追来。他进了商场，无心来观看商场中的商品，而是从商场内穿过，来到商场的后门，那里又是一条街，马路边上摆摊叫卖各种商品的人很多，原来这是一个夜市。他为自己庆幸，老天让他这个时候到水房中打水，这才让他得以逃脱，否则，在房间内，必然被人家瓮中捉鳖。但是，他将手机掉在了床上，这是个小损失。所幸的是，他除那个仅值二百元的旧手机,还有扔在旅馆的一包牙具,加之搭了几十元押金外，什么也没有损失，连鞋和外衣都穿出来了。

夜市人很多，此时他更感到饿了，他想在摆摊处随便买点什么吃。但又怕那两个便衣公安到这里来发现他。想到此，他转到一个僻静的小街内。

- 03 -

小街上有一家小吃部，店里边有一个包间，已有人正在用餐，外边靠两边墙处各有两个没有封闭的小包间，靠西边的两个小包间内各有两名顾客，靠东边的两个包间都没有人，他选里边的小包间，背对着店门的方向坐下来。

“先生，要点些什么？”一位女服务员过来将菜谱递给彭思明。

彭思明并没有看菜谱，而是问道：“有水饺吗？”

“有，都是芹菜猪肉馅，十元钱一斤，先生要多少？”

“来半斤水饺，再给我起一瓶最便宜的啤酒。”

“两元一瓶。”

“好吧，总计七元钱，我先付钱，将这些快些上来就行。”彭思明从衣兜中掏出七元零钱交给女服务员。

很快，饺子和啤酒上来了，彭思明便像饿狼般吃喝起来。

又有两位顾客走进店来，这是一高一矮的两位男子。

“有地方吗？”一位顾客问。

“只有靠门这个小包间了。”还是那位女服务员。

那两个顾客还是坐在了那里。

“先生要点些什么？”服务员仍是将菜谱递给他们。

矮个子男子说：“熟食切一盘，来个肉炒青椒，再来一个炖鲤鱼吧。来一瓶 50 度的二锅头吧。”

服务员记下这些走了。

“累死咱俩了，给咱这么个苦差事。”矮个子说。

“找了一天，好不容易在那个小旅馆查到姓彭的这个小子的名字，却让他跑了。”高个子说，然后他又对矮个子说：“我说你到底认不认识姓彭的这个小子。”

“我见过这个小子，不过他是不认识我的。这次打草惊蛇，这小子也许会逃出平城。”

“他跑不了，我们必须找到他。好了，不说这些了，找到找不到今晚我们也得找个旅馆住下，明天再找吧。”

彭思明背对着这个包间的两个男子，听到他们谈话，得知他们就是到小旅馆查找他的公安。此地不能再待下去了，只要他们探过头来就能认出他来，他放下啤酒杯。站起身来，用右手捂着半个脸低着头从包间出来，从这两个男子面前走过，推开了店门。

就在彭思明从这两个男子面前经过时，这两个男子还无意地看了他一眼，当彭思明走出店门后，矮个子男子突然叫道：“彭思明！是他，就是他！老七，快，抓住他！”

这两名男子不顾一切地跳出包房，推开店门便大喊道：“彭思明！”

此时，彭思明已听到这两个男子的喊声，他回头一看，从店门中已冲出来那两名男子。见此，他拼命地向附近另条小街中奔跑。那两名男子也在拼命地向他追来。小街中有多个楼院，原来这是一片新建的住宅小区，所有的楼都六层楼。眼看这两个男子就要追过来，慌不择路，他随意地跑到一个住宅区院落门前，这里的大门关着，只开了一个小边门，院里亮着灯，大门内有一间门卫房，一名保安正在室内边看电视边接电话。见此，他悄然走进楼院内，门卫保安并没有注意他。但走进楼院内，他却傻了。原来院内三面半是楼房，只有住宅院门这一个出口，更让他意想不到的是，所有的楼门都是电子防盗门，没有钥匙是进不了任何楼口的。怎么办？楼院内灯光明亮，除了楼中间有一尊雕塑外，都是平坦的彩色水泥板地，任何人都是无处藏身的。现在唯一的出路是想办法进入任何楼口，躲到楼道内。已是夜间，所有的楼门都关着。眼看那两个便衣警察就要追过来，怎么办？看来只有束手被擒了。

这边，两名追捕者真的追到这个楼院大门口，在此停顿一下，互相对了一下眼神，便要闯到楼院内。就在这时，门卫的保安发现了他俩，开门拦住了他们："喂！你们俩是哪的？找谁？"

"同志，别误会，我们是公安局的，追捕一名杀人犯，刚才刚跑到你们这个楼院来。"矮个子说。

"杀人犯跑进来了？我可没看到。你们的警官证呢？"保安说。

"警官证？唉，执行任务紧急，我们换衣服时忘在制服兜了。"瘦高个一摸衣兜说。

"同志，我们在追捕杀人犯，延误时机你能担当得起吗？"矮个子有些发怒了。

"好，你到院内看看吧！"保安让他们进到院内，他随在后边。

虽是夜间，院内的照明乌光灯足可以看清院内的一切。两名追捕者四处观看，院内空无一人，哪还有彭思明的影子。他怎么突然消失了？是敲开哪个楼口的房门，还是没有进这个楼口？

"我说没有进外人吧，你们看好了吧？"保安说。

“他是不是进到哪个楼门内？”矮个子疑惑地说。

“他没有钥匙怎么能进去？”保安说。

“我们会不会看错了？这样的话，这小子说不上跑哪去了。”瘦高个有些疑惑。

“如果真有杀人犯跑进来，你们俩能搜完这么多的住户吗？要不，我给管区的派出所打电话，让他们来支援一下你们？”保安想了想说。

“不了，不了。也许我们看错了，这小子根本就没进这个楼院来。”矮个子笑了笑说。

“多谢了，我们走。”瘦高个说着，他和矮个子快速地走出楼院大门。

望着两个追捕者的背影，保安摇了摇头，又走进门卫室。

那么，彭思明哪去了？原来，紧急之时，他按了南边一楼口四楼一家的门铃，室内问他找谁？他听声音是一位老大娘，便叫人家大娘，说去楼上，楼上的门铃坏了，让他按这个门铃给开一下门。四楼的老大娘真的给他开了门，他进到楼道内，立即上了五楼，从楼道内的窗口观察外边的动静。此楼口正是楼院的东南角，门卫处是看不到这里的情况的。已是深夜了，这个楼道口内没有人出入。想到那两个追捕者不会在外边等他这么久，他悄然地走出这个楼口，并关上楼道门。楼院口的门卫仍在室内看电视，彭思明大步地走去，保安仅看到了他走出的背影，并没有出来过问，也许他以为是院内哪所楼中的人走出呢。

- 04 -

已是深夜，彭思明不知往哪里去。他出了那个小区楼院又返回到那条大街上。街上仍有车辆往来。但为了躲避那两名追捕者，他还不敢就这样走在大路上。于是，他穿过大街，毫无目标地向对面的小街走去。这条街很静，但也有行人。平城的夜晚有些凉，彭思明想到住旅馆，但又怕所有的旅馆都被警察布下罗网，等他到来。走在小街，他还要不时地环顾四周，别再遇上那两个便衣警察。可就在这时，他发现远处走过来两个人影，一高一矮，从形体上看很像追捕他的那两个人。

“真是的，这两个人也够有本事的，怎么在这么大的城中，一直能找到我呢？”彭思明感到这两个人不一般。这时，他急忙地躲到附近一个小巷口内。

果然，从远处来的人就是追捕他的两个人。他们发现前面一个人影也像彭思明，但转眼又不见了。

“老七，刚才前面这个人很像姓彭的，怎么这样贼，到这里又没影了。”矮个子说。

“唉，这个鬼东西，将咱俩折腾坏了。按安排，一会一旦再发现他，就直接杀了他，这里是最好的地点了。跟踪大半宿，咱们还真将这个姓彭的撵到这条黑街上来了。”瘦高个说。

“我想他不会走远，说不定就躲到这条小巷来了。我们进到里边搜一搜。”矮个子说。

“他们要杀我，看来他们不是便衣警察。那么，他们是什么人，为什么要这样拼命追杀我？”听了两名追捕者的对话，藏在暗处的彭思明感到莫名其妙，他感到自己的处境更加危险了。

两名追捕者进了这条小巷，他们终于发现了彭思明，并各自从腰中抽出两把寒光闪闪的尖刀，向彭思明扑来。眼见尖刀就要扎到彭思明的胸部，他敏捷地向墙边一闪，抓起墙头一块砖头砸向瘦高个，瘦高个见此便躲，彭思明乘机一转身向小巷深处跑去。

这是一条很长的小巷，彭思明在前面拼命地奔跑，两名追捕者在后边拼命地追赶。还好，彭思明跑的要比这两个追捕者快得多，他与两名追捕者拉开了很大的距离。前面又是一条大街，街上几乎没有行人和车辆了。彭思明跳过马路上两边的安全栏栅，冲过了大街，逃入对面的另一条小街。就在这时，他冲过的大街上有警车鸣叫，他惊恐地回头看了看，那两名追捕者并没有追上来。于是，他拐进侧面的一条小巷，斜插到另一条街。

夜很静，马路上的路灯尽管在亮着，但有些昏昏沉沉，像是睡着了。彭思明心神不定地停在小巷口，四处观察，这一带已无行人和车辆通行，他认为已抛掉那两名追捕者，此时危险已过去。但是，他感到很累。平城虽大，在这时也无他的立足之地了。到哪去呢？突然他想到，距平城北七八里有一个村，叫樱树村，那里有他的一位朋友，虽是一个普通的村民，但此人讲义气，他一定会帮助他的。此人前几年在天华公司打工，彭思明曾帮助过他，成了好朋友，此人叫杨保田。这两年，杨保田在村外承包一个水库，栽些树，生活过得很好，不用再到小城打工了。后来，杨保田曾来过一次小城办事，并给彭思明带些农副产品，彭思明在饭店请过他。去年彭思明到平城来办事，特意打出租车到他的水库来看他，二人在一起畅饮，他们建立了深厚的情义。

他决定到马路上截出租车，等了好长时间，终于来了一辆出租车，人家听说到樱树村，摆摆手，根本不去。他连续又截了两辆车，人家一看表都快到下半夜两点多了，谁也不去。彭思明明白了，人家这是怕他是坏人，深夜租车出城，怕是有危险，宁愿不赚这笔钱也不去冒那个险。那么，到哪去住呢？他想到城内有几座桥，桥涵内可以躲避一下，等天亮后租车去樱树村。他对平城的环境是比较熟悉的，因这里离秋原很近，每年他都要来几次。半个小时后，他在附近找到一座桥涵，于是，便躲进桥涵中。

即发通缉

- 01 -

彭思明在那座又潮又凉的桥涵下根本难以入睡。他回顾着刚才被人追杀的场面，想到从小城逃出来仅一天一宿就有人在平城找到了他，看来此事与刘梦露的案件有关。但是，他本来与此案无关，为什么被人这样追杀？会不会是凶手以为他也掌握某种秘密，或发现他到了现场，没有断气的刘梦露向他说了什么，怕他说出真相，由此来杀人灭口？因为，彭思明到现场时，刘梦露真的没有断气，想要对他说什么，只是没有说出来就断气了。这样看来，打电话让他逃走的人又是什么人呢？是否是凶手，或是他们在制造某种阴谋，让他无意中卷入了这场阴谋，并充当了阴谋中的一个角色？

此时，他在思念着恋人柳雨倩。柳雨倩是位美丽的姑娘，苗条婀娜的身姿，一头飘逸的长发，一副白润的面孔，一双含情脉脉的大眼睛，总是在向他微笑。

前天上午，他在公司接到恋人柳雨倩的电话，说她那天过生日，约他晚上六点到小城城南月圆亭酒家为她过生日，柳雨倩已邀请了她的几位好友，只要彭思明来就行。彭思明这几天工作也特别忙，他是天华建筑公司的技术员，现在是夏季建筑起步时期，也是万事开头最忙碌的时刻。今天他从工地走出时已是晚上六点多了，决定先给柳雨倩打电话，让她再等他一会，他在晚上七点钟一定会到月圆亭酒家的。他来不及回家换衣服，只好穿那套深蓝色的工作服，打辆出租车首先决定去花店。他答应过她，在今天恋人过生日时，他要送她一束她最喜爱的红玫瑰。

在出租车内，想到即将与爱恋的人相见，彭思明沉浸在幸福的遐想中。他与柳雨倩已有一周没见面了，因这段时间工作太忙，还是五月一日那天中午与柳雨倩在自家吃顿午饭算是相聚了，以后再也没有见面，只是偶尔打打电话。

彭思明是一个建筑工人的儿子，母亲在十年前就下岗了，偶尔在外做点临时工，家境一直很贫困。彭思明从小就爱读书，意志坚强，又非常能吃苦。那年，本是已考上大学，但由于父亲突然得病，经济和家庭窘迫的处境，他放弃了上大学的机会。照料父亲半年多，父亲病情好转后，他便在小城一些建筑工地打工。彭思明虽然相貌平常，却是一个诚实憨厚的小伙子。他曾有过一段恋爱史，在读高中时，他与同班的女同学刘梦露一直保持一种暧昧的关系，那年，他俩双双考上了省城大学，接到录取通知书后，他们在一起庆贺之时，确定了真正的恋爱关系。可就在这时，彭思明的父亲得了脑梗塞，情况非常危险，经医院抢救才脱离危险，但至今仍是半身瘫痪，生活难以自理。彭家本来就贫困，原是给彭思明积攒的上大学费用，这一次花光了不算，还负了几万元的外债。因此，彭思明没有去上大学，除照料有病的父亲外，在建筑公司领导的关照下，他到他父亲原来的建筑

公司当一名合同工人。

起初就是一名架子工人，攀高爬杆那是他的技能。但他不甘心总是这样爬杆上高，他有知识有文化，而且从小受父亲熏陶，他喜爱建筑设计学。工作之余，他买来多种建筑学方面的书籍，认真钻研，又买来多种建筑图纸、设计书籍，暗自学习。他勇于吃苦，虚心向一些技术人员和专家请教，仅几年时间他就精通建筑中的所有业务，不但会看图纸，还会设计、绘制图纸，经过考试取得了专业证书，受到公司领导的重视。

要说刘梦露也是个好姑娘，尽管彭思明没有上大学，但刘梦露一直爱着他。刘梦露大学毕业后，主动应聘回小城，在甘露糖业公司办公室当一名文秘科员，并仍与彭思明保持着恋爱关系。但是，彭思明也是太穷了，竟然连一条贵重一点的项链都买不起，刘梦露感到如果这样和彭思明一辈子真的有些太亏了。也就在这时，她和同伴们夜间到歌舞厅认识了一位美貌的男子，此人就是小城富民房屋中介公司的副经理，叫李骆峰。几次接触，刘梦露被李骆峰的出手大方和为人豪爽所打动，李骆峰不但为她买了多件高档衣物，还为她花几千元买了一条带宝石坠的金项链，她认为这才是她理想中的终身伴侣，于是他们相爱了。去年秋季的一个傍晚，刘梦露约彭思明在西湖岸边的垂柳下进行了最后一次谈话，她感到对不起彭思明，但不得不离开他。彭思明早有心理准备，说实话，他非常怨恨这个嫌贫爱富的虚荣女子。从此分手，他什么也没说。他们相处四年之多，谁让自己穷呢？也是在去年秋季，建筑公司改革，彭思明被调到小城天华建筑公司，他是一个有才华的年轻人，天华公司总经理王恩胜看中了他，虽然他没有大学专业文凭，但还是破格聘他为公司设计室的技术员。

彭思明与柳雨倩相识相爱，要从一件感人的事情说起。

那是去年初冬，彭思明本是到街上给父亲买药，途中见路边围了一群人，原来一位五十多岁的妇人得了急病晕倒在马路边，虽有人围观，却无人来救助，彭思明一见二话没说，背起老妇人就向医院跑去，用本是给父亲买药的钱，替老妇人交了挂号费和救治费。由于抢救及时，老妇人转危为安。原来，这位老妇人就是柳雨倩的母亲，是一名中学退休教师。柳雨倩，也是名大学毕业生，在小城江岸中学当教师，她得知彭思明救助她母亲的全部经过后，非常感激。后来了解到彭思明的才华，竟然对他产生了感情。彭思明曾对这位漂亮女子的爱情认为是报恩，说不定哪天她会反悔。由此，他不敢应允，但柳雨倩对他的爱却是坚贞的。柳雨倩也多次去彭家，照料有病在床的彭思明的父亲。看到她对父亲和家人的孝敬，看到了这位姑娘的诚心，彭思明终于和这位中学教师成了一对恋人。彭思明很爱读一些文学作品，柳雨倩与他接触后，鼓励他多读书。并从学校的图书馆给他借来一本本书籍，有雨果的《悲惨世界》、奥斯特洛夫斯基的《钢铁是怎样炼成的》、柯南·道尔的《福尔摩斯探案集》等。从这些书中，彭思明看到了人生的价值和意义。

屈指可算，彭思明与柳雨倩相爱已经有半年多了，虽然彼此工作忙些，特别是近阶段见面很少，但两颗相爱的心却紧紧地相连。彭思明也喜爱柳雨倩的性格，她是一个既美丽又贤惠的女子，而且事业心强，性格直爽，重感情又富有正义感。“五一”前，他们曾约定，等今年“五一”放长假，他们要到北京去旅游。可是，今年“五一”，彭思明负责的建筑工地根本就不能放假，他必须坚持在工作岗位。他们的计划不但落空，反而，这几天要比平时更忙，只是“五一”那天中午他将柳雨倩接到家中吃顿午饭算是在小聚了。那几天，他连与柳雨倩约会的时间都没有，因为工地每天要很晚才收工，他偶尔还要跑工地。

那天接到柳雨倩电话后，他便在小城“四季花店”这里订了一束鲜花，这便是象征爱情的花——红玫瑰。他要将这束红玫瑰献给心上人。晚上，他打上出租车，顺路到花店来取花，本是兴高采烈地要去与恋人相会，却

中途接到刘梦露的电话，意想不到地卷入到这场谋杀案之中。

天有些放亮，彭思明便钻出桥涵。他小心翼翼地四处巡视一下，并没有发现附近有人，他匆忙地上了马路，马路上通行的车辆逐渐增多了。于是，他在马路上截了一辆出租车，讲好价说去樱树村。路上，司机无意中说：“是哪发生什么案子了吧？我刚从去樱树村那条路上过来，那里有警察在检查，不知在查什么人？在别的路口也有警车。”

听此，彭思明不由得倒吸了一口气，会不会是小城的警察也查明他在平城，到这里来堵截来了？这样，没有被那两个不明身份的人杀死，却被警察抓获，现场有他去的证据，有些事情又说不清，不也得被判死刑吗？彭思明决定先不坐出租车出城，但也必须尽快离开平城。

“师傅，对不起了，我不去樱树村了，你看到这里给你多少钱。我有一件事还没办完，明天再去那里。”彭思明对司机说。

司机看了看他，然后不满地说：“小老弟，下次决定好了再走，这样不逗我玩吗？好了，你给五元吧。”

车停下了，彭思明下了车。

这辆出租车走后，他决定打另一辆出租车，先去樱树村路口最近的一站，他要到那里从一条边路上走过去，城边有一条河，有一条小木桥，走过木桥，那边有一个屯子，过了屯子再往北走六里就到樱树村了。

彭思明不敢走大路，只好穿行在乡间的小路上，一个多小时后，他终于走到杨保田的水库。此时，杨保田正在水库边往鱼塘中扬食料，见彭思明来到他的水库边，又惊又喜。

“彭老弟，你怎么突然光临，连个招呼也不打？”杨保田放下手中的活，奔向彭思明。

"杨大哥，这一年来可好？"彭思明先问候。

"很好，到了这个季节，水库离不开人，这不整天都要在这里。快进屋，你嫂子正做饭，还没吃早饭吧？"杨保田说，他不过是个三十来岁的男子，中等身材，由于风吹日晒，面目有些黑。

彭思明随着杨保田来到他的两间小土房，小土屋门前还放着一台两轮摩托车。走进土屋，外屋烟气袅袅，一位妇人正在灶台上洗小菜。

"金凤，咱们的彭老弟来了，炒个菜，彭老弟还没吃早饭呢。"

"是彭老弟来了，快到里屋，我给你们做菜。"杨保田的媳妇很热情。

坐在土屋的土炕上，他们相互问候。很快，金凤放上一个小炕桌，一盘农家菜，半碗大酱，一盘炒鸡蛋，还有热乎的大米饭。

吃饭中，杨保田对彭思明一大早的到来感到惊奇："彭老弟一大早来我这，是不是昨晚就住在这附近了？"

"不。我在平城住一天两夜了。"

"是公出？"

"不，我是出来逃难的，现在暂时无处可去，只好先到你这躲一下。"彭思明放下饭碗，悲叹地将他在小城遇到的凶杀案和他逃到小城的全部经过讲给了杨保田听。

听完彭思明的讲述，杨保田思虑一下说："可也是，不逃出来，让警察抓到真的说不清。逃出来，可这样下去也不是长久之计。这样吧，彭老弟，你要相信我，就在我这多住些日子，我们慢慢想办法，也许警察会很快破案抓到真凶，你的冤情就会洗清了。"

彭思明是绝对相信杨保田的，故对他毫无隐瞒地讲了实情。杨保田也相信彭思明，他也绝不会告发这位与他建立深厚友情的城中汉子。他认为彭思明讲的是实话，他是冤枉的。可眼前能为他做些什么呢？只有在此保

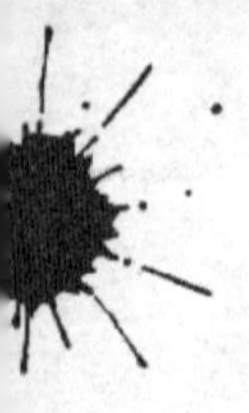

护他吧。

吃过早饭，彭思明感到特别的疲倦，杨保田让他在土炕上安静地睡一觉。又急又累，彭思明在杨保田家的土炕上安静地睡着了。

- 02 -

由于过于劳累，陈汉雄倒在自己办公室内的床上就睡着了。梦中，他开着警车在追捕杀人逃犯。警车警笛一路鸣叫着，一声比一声急。陈汉雄竟然被警笛声惊醒，原来是他的手机响了。陈汉雄睡眼惺忪地拿起手机，只听电话中讲道："你是陈队长吗？"

"我是陈汉雄。你是哪位？"

"陈队长，我是丁加成，就是去年有人要抢我的出租车，是你解救了我的那个出租车司机。"

"哦，我想起来了，有什么事你说吧。"

"陈队长，我今晚听说向阳街十三号小巷内发生一起杀人案。经我回忆，昨晚七点多钟，我在十三号小巷附近，拉了一位男子，此人二十七八岁，先说去月圆亭酒家，但快到月圆亭酒家时，他又说去平城，是我将他送到平城的，在平城庆林区的大街上下车的。想到昨晚十三号小巷发生的事，我看这个人有些可疑，决定向你反映一下。"

"这个人是不是身高一米七六，长圆脸，全身穿一套深蓝色工作服，脚穿黑色皮鞋？"陈汉雄想到要去月圆亭酒家的应该是彭思明，因为他向柳雨倩了解情况时，柳雨倩说她昨晚是在月圆亭过的生日，彭思明没有去。

"对。你们抓到人了？"

“不，他逃走了。你提供的情况很重要，谢谢你了。”

接完这位司机的电话后，陈汉雄立即将此情况报告给刘天林。彭思明到过平城，现在是否还在平城？刘天林决定连夜带些刑警去平城。

陈汉雄一看手机上的时间，已是深夜十点多。还好，他已睡了快五个小时，可以了。于是，他叫醒江涛也一同去平城。

一个半小时后，他们来到平城刑警支队。平城刑警得知此犯罪嫌疑人有可能还在平城，便调动十几名警力，与小城来的十几名刑警分成十几个追捕小组，在平城内连夜展开排查。重点是火车站、全城一些小旅馆、洗浴中心及一些网吧，在一些通往外地的各主要路口也派了几组警力对过往行人和车辆进行排查。

陈汉雄、江涛和平城刑警小何重点对庆林区一些旅馆排查。下半夜一点半，他们排查到春风旅馆，值班的老翁听说是公安局的来查一下叫彭思明的人，感到惊讶。

“傍晚时，你们来了两个便衣不是查过了吗？叫什么来着？对，彭思明，他跑了，那两个便衣拿走他放在床上的手机去追他不知追到没有。”老翁戴着一副老花镜，一边查看住宿登记簿一边说。

“什么，来了两个便衣到此查过，还拿走了他的手机？”陈汉雄感到惊讶。

“是的。他们说他们是公安局的。”

“你看他们的证件了吗？”

“没看。”

“这是几点的事？”

“大约是晚上八点多的事。”

“你说这个叫彭思明的人跑了，他是怎么跑的？”

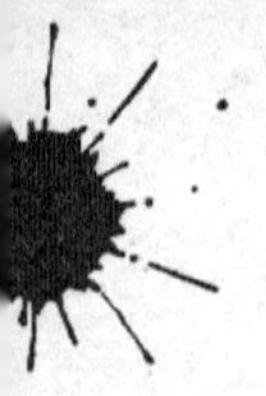

“他本是到水房打开水，发现那两个便衣来旅馆找他，跳出水房的后窗，又跳出后院墙，向东跑了。”

“彭思明是哪天住在你们旅馆的？”

“是昨天深夜十一点了。我看了他的身份证，他交了五十元押金。”

陈汉雄思虑一下，回身问小何：“我们到来之前，你们知道彭思明是杀人嫌疑犯吗？”

“不知道。”

“那怎么会有便衣来到旅馆调查彭思明呢？看来，这两名便衣有些怪了。”

“会不会是彭思明在平城又惹了什么祸，这一带的派出所也在对他进行调查。”

“他住在哪个房间？”陈汉雄问老翁。

“这边，7号房间。他的牙具还在房间内。”

跟着老翁，陈汉雄他们来到7号房间，室内除了一包牙具，没有留下其他物品。陈汉雄对床下也进行检查，仍没有发现什么可疑物品。如果他的手机不被拿走，陈汉雄他们还会查到一些线索，但那两个便衣却拿走了他的手机。

走出春风旅馆，陈汉雄和江涛、小何来到旅馆的东边，但要走出很长的一段小巷，出了小巷，对面是一个大商场，还有多个商家，此时都已闭店。

夜很深，马路上时而有车辆通行，但很少有行人。

- 03 -

天亮了，刘天林和陈汉雄等小城刑警在平城折腾一夜，根本就没有发现彭思明的影子。看来，彭思明昨夜已逃出了平城。

有些事交给了平城的刑警，刘天林决定打道回府，全部人马撤回小城。

对彭思明已调查两天了，除在平城的春风旅馆出现他后，再没有他的线索了。对他的社会关系和一些朋友也进行了排查，也没有发现他的踪迹。关于他在樱树村的朋友一事，他的同事还不知道他的这个关系。

昨晚，刘梦露的父母及哥哥已回到小城，当得知刘梦露惨遭不幸，父母和哥哥悲痛欲绝。他们不相信彭思明会杀了刘梦露，尽管他们分手了，彭思明曾经对她的爱是很深的。要说李骆峰是杀人凶手，他们认为也不可能。但现在两个嫌疑人都失踪，让他们疑惑不解。那么，谁会杀死刘梦露呢？他们还想不出来。

这天上午，白雪找到了外出刚刚回到小城的刘梦露的同事高华，她是一位二十三岁的姑娘，长得很清秀，见到警察有些胆怯，吓得脸直红。她平素和刘梦露的关系非常好，没听说刘梦露有仇人。也没听刘梦露说与彭思明和李骆峰有什么严重矛盾。刘梦露尽管爱美，有些虚荣，但不是乱来的人。她除了和彭思明处过对象，外加李骆峰，还没有第三者。

就在这时，陈汉雄指派侦察员高岩、罗玉辉、杜云波分几组在查花店，他们终于从城南的“四季花店”查得，五月九日一早，一名男子打电话订一

束红玫瑰，晚上六点钟来取花。此人身高一米七六左右，穿着蓝上衣。后经调李骆峰和彭思明的照片，花店女老板林春玉认定这个取花人是彭思明。

经找到彭思明有关指纹印痕，认定那把带血的尖刀上留下的指纹就是彭思明的。

这天下午，刘天林将陈汉雄、江涛、白雪召集到他的办公室，他们要对刘梦露的案件再次进行分析。

经过大家的分析，尽管李骆峰失踪，有杀人的嫌疑，但没有其他证据，认定不了此案与李骆峰有多大关系，他失踪也许另有原因。还有一条，他也有可能因私事在天津，为了不让别人打扰，才关了手机。但他去天津之前是否与刘梦露联系？从刘家的电话号上看，出事的那天晚上，他曾给刘梦露打过电话，刘梦露也曾给他打过电话，但没有通话。至于后来打没打手机，因刘梦露的手机在她被害后被凶手拿走了，现一直还没有查明。但从和据上看，杀死刘梦露的凶手就是彭思明。

“从现场的那束带血的红玫瑰到他逃走的情景看，刘梦露就是被彭思明杀害了，大家都这样认为？刚才也说到彭思明的杀人因素和目的，目的是因为婚姻中的怨恨，也许彭思明的心理有病。已经断了关系，又正在与一位教师处对象，正常人是不会在去女朋友生日庆宴的途中起杀人的恶念的。大家还有别的想法吗？”刘天林坐在自己的办公室的沙发上，注视着参加案件分析的刑警。

“刘局，我是这样认为的，杀死刘梦露的人就是彭思明。”江涛说。

“从现场遗留的红玫瑰，到有人发现彭思明在案发后急匆匆地走出刘梦露家后院的小巷，以及他案后外逃的现象看，我认为他就是杀死刘梦露的凶手。”白雪说。

“刘局，我们要不要对彭思明发通缉令？”江涛说。

“让我再想想。”刘天林边说边思虑。片刻，他对陈汉雄说：“汉雄，你的看法呢？”

陈汉雄自分析会开始到现在就一个劲地坐在沙发上吸烟，并没有言语，他像在思虑，听了刘天林的问话，他掐灭手中的烟说：“从现场和调查情况看，彭思明可以说是杀死刘梦露的首要犯罪嫌疑人。但从我们去平城春风旅馆查得的情况看，又让我有些疑惑。我们没有认定彭思明前，为什么会有便衣警察走在我们前面去寻找彭思明？经查，这两个便衣已查了多家旅馆才找到他的，但他逃走了。两个便衣警察，是当地派出所的，还是假警察？从现场的证据看，彭思明到过现场，刀上的指纹也是他的，还有从彭思明在案发后外逃的情况看，可以认定他就是杀死刘梦露的凶手。我们已经在追捕杀人疑犯，为什么还有人在追查他呢？我看这样吧，今晚，我和江涛、白雪再找刘梦露的父母和彭思明的母亲谈一谈，是不是彭思明还有什么仇人。同时，再给李骆峰老家的派出所打个电话，看他们是否有李骆峰的什么消息。如果没有节外生枝，明天再向各地发通缉令也不迟。”

“好，汉雄想得很周道。你们再深入调查一下，我将发通缉令的事再向陆局长做报告。”

然而，在陈汉雄带着江涛和白雪走出刘天林办公室时，陈汉雄的手机响了。

- 04 -

原来这个此电话是柳雨倩用手机打过来的，她说她要见陈汉雄，有要事相告。

陈汉雄看了一下手机上的时间，是晚上四点半，江岸中学的学生快放学了，柳雨倩邀陈汉雄到学校的办公室找她。

陈汉雄带着江涛、白雪乘着警车来到了江岸中学，在学校的办公室，陈汉雄他们见到了柳雨倩，她的眼睛有些红肿，看来，在不久前她又痛哭了一场。

“陈队长，你们坐下吧。”柳雨倩有些羞涩地说。

“柳老师，有什么事你就和我们说吧。”陈汉雄望着她说。

“今天下午我就两节课，下了这两节课后，我开了手机，不久前我接到了彭思明的电话，他是用一个座机电话打到我手机中的。他说刘梦露不是他杀死的，他也不知谁是凶手。他是在接到刘梦露的一个求助电话才去现场的。他到现场时，刘梦露刚断气。他说他是无辜的。他为什么要外逃，一是现场有他的痕迹，还有那束玫瑰花，他怕说不清受到冤屈；二是有人追杀他。我不信，我说他就是杀人犯，要不为什么逃，为什么不向公安人员说明情况，他说让我听他的解释，并说这其中还有别的原因。陈队长，你说彭思明他说的能是真话吗？”

陈汉雄在思虑，并没有回答。

“我还问他，为什么两天后才来电话？他说他的手机一直没有充电，后来又丢了，这样在外地又不方便打电话。”柳雨倩说。

“他还说什么？”

“他说他冤，他也会给你打电话，请求你们尽快查出真凶。”

“他说他现在在哪儿了吗？”陈汉雄问。

“我问了，他说他在吉林呢。”

“能让我看一下他给你打过的电话号吗？”

柳雨倩调出不久前彭思明打给她的电话，发现此电话是平城地区的电话。他查了一下 114，原来此电话是平城北边槐树镇内路边的公用电话。

“这么说，彭思明在槐树镇。”

当即，陈汉雄将此情况报告给刘天林，此时，刘天林正向陆局长汇报对彭思明发通缉令的事。

“我们是否去槐树镇？”陈汉雄在请示。

“我看暂时不需要去，他现在不可能在槐树镇了。”

此时，陈汉雄一直在思虑彭思明给柳雨倩打来的电话，难道他真的不是杀死刘梦露的凶手？

就在这时，陈汉雄又接到刘梦露的父亲刘庆山的电话。他说不久前，他也接到彭思明的电话，说他不是凶手，他是冤枉的，他之所以外逃是另有原因，还有他正遭人追杀。刘庆山根本不信他，他的老伴在叫骂着，彭思明没有讲完电话就断了。

经查，这个电话也是从槐树镇街内的投币公共电话打来的。

陈汉雄又将这个电话内容报告给刘天林。

听了陈汉雄的报告，陆局长和刘天林都感到此案有些蹊跷，他们决定暂停即将发出的通缉令。

潜回小城

- 01 -

原来，刘天林认为彭思明从槐树镇打过电话后，一定会离开此地。

“我看他虽然是在槐树镇打的电话，但他已有在平城的教训，他也懂得通过电话号码会查到他的所在地，这样的话，他绝不会住在槐树镇的，但也不会太远，而是以此地为中心，暂住附近的亲朋好友家。我看，你们再找彭思明的母亲谈谈，也许会发现些线索。但是，尽管彭思明这样说，他仍是排除不了犯罪的嫌疑，我们也必须尽快找到他。”刘天林在电话中对陈汉雄说。

当晚，陈汉雄和江涛、白雪又来到彭思明家，他的父亲仍是有病卧在床上，他的母亲赵桂荣在喂彭思明父亲吃药。彭思明的母亲从形体上看是比较瘦弱的，但从外表上看她很坚强，对于公安人员几次到他家调查他儿子的事情表示理解。

“彭思明这两天是否往家打了电话？”陈汉雄问。

“没有，一个电话也没打过。”

“你家在平城或槐树镇一带是否有亲属？”

“没有。”

“在平城和槐树镇一带是否有彭思明的朋友？”

她想了想说道：“有一件事我说不清，他在平城附近好像有个朋友，是农村的，叫什么、姓什么我都不知道。前年还是去年呀，他的这个朋友给我家带来过一些花生米、小绿豆，还有十斤荞面。”

“这个人来过你家？”陈汉雄问。

“没有来过。那天，思明带回家这些东西，我问他的来路，他说是住在平城附近的一个朋友带来给他的。我说怎么不领到家里给人家吃点饭，他说在街里请人家吃过了，这个朋友是农村的，还要赶火车回去呢。”彭母说。

“彭思明没说他这个朋友具体住在哪？”

“没有。”

“他们是怎么认识的？”

“不知道。我听别人说是我家思明杀死了梦露之后逃走了，可我不信，思明他不会这样做。他们毕竟相处四年多，还是有感情的。尽管梦露与他分手，他从没说过梦露个不字。再说，他们已断绝关系半年多了，他又有了新的对象，而人家梦露也处了个对象。他怎么会在夜里去到人家杀人呢？”彭思明的母亲在对陈汉雄唠叨。

“我们正对此案调查，现在需要你们的配合，我们希望结果能像你说的那样。但是，你儿子毕竟逃跑了，只有找到他才能将事实澄清。”陈汉雄语重心长地说。

“是呀，他没有杀人为什么要逃跑呀？这让我们也迷惑。陈队长，但我知道我儿子，他不会杀人的，是不是有什么别的原因呀？”彭思明的母

亲流着泪，目光呆滞地望着陈汉雄。

“我们会将此案查清的。不过，你的儿子一定会往家打电话的，如有他的消息你们要告诉我。”

走出彭家，已是满天星斗。城市的夜景很美，此时，陈汉雄他们无心去欣赏夜景，想着刘梦露的案件，心里都感到非常的沉重。

当晚，陈汉雄给沙岗派出所打了电话，请求沙岗派出所协助调查李骆峰。很快，沙岗派出所民警回过电话，说李骆峰已有半年多没回家了，近几天也没往家打过电话。李骆峰的父母，都是农民，他们体格都很健壮。但这些年家中一直贫困，勉强供李骆峰上了大学。李骆峰也很孝心，去年给他父母几千元钱，今年初又给他哥哥寄去三千元钱，因哥哥家也很贫困，那时连买头耕牛的钱都不够。他哥哥只读完小学便务农了，直到二十五岁那年娶妻，现也住在李家屯。看来，他们本都是朴实的农家人。

- 02 -

彭思明来到杨保田家已是第三天了，自到杨保田家的那天晚上由杨保田骑着摩托车带着他到槐树镇给柳雨倩和刘家打过一个电话后，他一直没有离开过水库。白天帮杨保田伺候水库，谈些过去的事。晚上睡在杨家，他一直难以入睡，回想着那个打电话让他逃走的人，想到稀里糊涂地跑到平城，又遭人追杀，他感到刘梦露的死并非简单的事，说不定隐藏着什么秘密，或是与某种事情相连。

杀死刘梦露的人能是谁呢？是李骆峰，不太可能。还有，是什么人追到平城来杀我？他们为什么要追杀我？难道说怕我从刘梦露那里得到什么秘密？明天，我要潜回小城，一定要将此事查个水落石出。

“保田，我决定明天夜里潜回小城。”彭思明对杨保田说。

“我看你不能去。现在，不但警方在追捕你，还有一伙身份不明的人也在追杀你。你一旦回小城可以说处处都有危险。”杨保田劝他。

“我在你这待着暂时看可以保险，但也不是长久之计，说不定还会给你带来危险。再有，我的事由我自己去处理，我必须查清谁是杀死刘梦露的真凶，他们为什么要杀害她，我为什么会遭到追杀，只有解开这些谜，才能洗清我的冤仇。保田大哥，你说我不回去，能行吗？”彭思明坚定地说。

“那这样吧，我让你嫂子照看几天水库，我和你一起去，一旦有什么事也是个帮手。”杨保田望着彭思明说。

“不，我有我的办法。即使有危险，我也会想办法摆脱的。再说，两人目标必然大，有时会更不方便。但我要感谢大哥，将来有机会我会想办法报答的。”

“看你，怎么说出这样的话，谁让你是我兄弟，是我的好朋友。如果你真要一人回去我也不拦你了。不过，千万要注意安全，包括你夜里住的地方都要保证安全。如果小城对你不利，你立即再回我这来。这里到处是树木，远离村庄，不会被人注意的。即使谁看到，你是我雇来的打工者不是非常正常的吗？”

沉默了一天，傍晚，彭思明换上杨保田夫妇为他准备的衣服，一副农民工的装束，杨保田又送给他四百元钱，骑摩托车送他到公路上，直到遇到出租车。

这夜，彭思明到平城后，便在夜色中打了一辆夏利出租车悄然潜回小城。

- 03 -

夜很静，马路上车辆稀少，与白天的车水马龙形成了鲜明的对比。

向阳街十三号小巷更是宁静，多数人家都已熄灯。

刘家的东屋还亮着灯，刘梦露的父亲刘庆山，母亲张月兰正坐在炕上叹息，他们前两天处理完刘梦露的后事，大儿子今天一早回青岛了，亲属们陆续地也都回去了，现在家中只有他们老两口了。回想着刘梦露的生前情景，老两口仍在流泪，他们是经历了一场噩梦呀。

那天下午，刘庆山接到彭思明的电话，回想彭思明说的那些，他与老伴，还有大儿子也在寻思，也许彭思明是冤枉的，但他为什么要逃走呢？他如果不是凶手，那是谁呢？刘梦露已经死去八天了，可这七天中，她的对象李骆峰却也失踪了。是李骆峰杀了刘梦露？这也不可能，他们正处于热恋中，可以看出李骆峰对刘梦露的感情是真诚的。但是，这几天他能上哪去呢？

“咚咚！”有人敲门。

刘庆山下了炕，其实他们还没有划上外边的房门呢。

“谁呀？”刘庆山问。

“刘大叔，是我，小彭。请你允许我进屋和你二老说几句话，但我绝对不会伤害你们。我知道你们外边的房门没有划上，但你们不允许我，我也不会进入的。”外门开着一条小缝，彭思明对着这条小缝向走到门边的刘庆山说。

刘庆山想了想说:“反正女儿已死了,我们也不愿意活了,你愿杀就杀吧,愿进就进来吧!”

彭思明还是走进刘家的外屋,并关好房门,随着刘庆山走进刘家东屋。

当彭思明出现在东屋门口时,刘梦露的母亲张月兰先是一惊,然后大叫道:“凶手,凶手,你也杀了我吧!”

还是刘庆山制止了她。

“大婶,你别这样,我不是凶手,请你相信我。否则,我也不会冒险到你家来,也不会逃走了。”彭思明说。

“那我女儿是谁杀死的?”张月兰怒视彭思明。

“大婶,我正是为这事来你家的。让我把话说完,怕不安全,我就在门口这,让大叔看着我,你拿着电话,一旦我有什么危害你们的举动,你立即拨打 110 都来得及。但我希望你们一定要相信我,如果我是杀人犯,我还敢来你家吗?”彭思明给张月兰跪下了。

张月兰什么也不说了。

“孩子,你起来吧。既然事情已经发生了,随他去吧。小彭呀,你到我家有什么事,或有什么话就说吧。”刘庆山扶起了彭思明。

彭思明站起身来说:“我知道失去梦露,你们二老非常悲痛,我的心也与你们一样,我毕竟和梦露相处四年之久。你们失去了女儿,如果不嫌弃,就将我当你们的亲儿子都行。我这次到你家,并不是来安慰你们的,但我可以向你们表明,我真不是杀死梦露的凶手,我是被无意中卷入进来的,是冤枉的。我是想通过二老,我们共同查明害死梦露的真凶。”

刘庆山和张月兰沉默着,并没有言语。

接着,彭思明将那天晚上的情况简要地向刘庆山夫妇陈述一遍。然后

他问道：“这几天，梦露的朋友李骆峰来过吗？”

“没有，自梦露出事后，他不知去向，也没有任何信息，公安也要找他呢。”刘庆山说。

“竟然有这事？”

“是的，现在的事不知怎么了，都这么怪。”张月兰说。

“李骆峰是在什么单位工作？”

“听我女儿说是什么富民房屋中介公司，他在那里是副经理。”刘庆山说。

“富民房屋中介公司？”彭思明用心记着。

“是帮人买楼卖楼和租房的。”

“这个公司在什么地方？”

“说是在城东，具体地点我们也不知道。”

“李骆峰能去哪呢？”

“据他们公司的侯经理说，就在刘梦露出事的那天上午，他去天津说是有私事，这天晚上梦露出的事。但自那天起，他的手机一直关机，并没往回打来一个电话。公司也曾往天津一些业务部门打了电话，都没发现他的踪迹。为此，公安机关也在寻找他。”刘庆山说。

“李骆峰平素和谁经常来往？”

“这些还不知道。但我听梦露说，有一个姓周的是他高中时同学，他们关系挺好，但这个人叫什么、是哪的不知道。”

“这个同学你们见过吗？”

“没有。”

“都怪我们，这些日子去什么青岛。”刘庆山感叹地说。

“你们这些天在青岛我大哥家？”彭思明对刘家的情况是了解的。

“是的。”

“在你们去青岛前，梦露和你们说过什么，或有什么值得注意的事情？”

“没有。只是梦露有一天说，这些日子不知为什么，李骆峰好像有心事，一直闷闷不乐，问他为什么，他没有说。没想到我们去青岛才几天梦露就出事了。”

与二老谈了半个多小时，该问的都问了，彭思明怕时间长了引起邻里注意，安慰二老几句便悄然离开了刘家。

- 04 -

夜深了，马路上的车辆更少了，人行道上的行人更是寥寥无几，连路边的路灯也昏昏沉沉，虽然亮着灯光，但像是要睡着了。

“富民公司在哪呢？”彭思明按刘庆山说的方位来到了城东。

城东多为一些教学部门及一些轻工业区。有大学一所、教师培训学校一所、高中四所、中学和小学各两所，有化工厂五家、食品厂三家、服装厂、车轮厂、气垫厂等三十多家，有各类公司几十家，有一处公园，当然也有一些大商场、酒店和居民住宅楼群。

彭思明穿过大街小巷，但找了很多地方，也没有找到富民公司。考虑到已到下半夜两点多，彭思明想到应该找住处了，住哪呢？回家，一旦被警方发现就跑不了了。去朋友家，又怕给人家找来麻烦。穿过一条小巷，他来到一条小街上，是城东长顺街二十五号。突然，一所白楼的南角楼的方形牌子引起了他的注意，只见上面的字是“富民房屋出售租赁中介公司”。

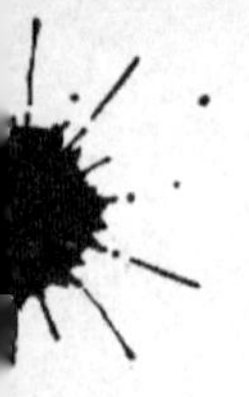

“原来，这个富民公司在这里。”彭思明一阵惊喜。

他环视这所白楼，共有六层，富民公司占了靠南侧一边的楼口，也许六层都是这家公司的，也许就占下面的两层。因从上面的阳台看，像居民住宅。但在这栋楼的正中间有一组门，门两边有几块牌子。原来这栋楼内有多家公司，这几家公司的人员上下班都要经过这个门。中间的门边有一个门卫室，此时还亮着灯光。在这栋楼的二三层内一些房间，此时仍有一些灯光，已到了下半夜是什么人还没有入睡呢？

彭思明又转到这所房子的后边，在这所白楼的北侧，又发现了一组跨外楼梯，果真这栋楼三层以上是居民住宅，住宅前是一条小巷，再后边都是居民住宅楼。转了一圈，彭思明又回到白楼的前面，他注视着中门两边的牌子，发现是“珠光制镜有限公司”“精美仪器责任公司”“城东化学研究所”和“计量监督所”。

“计量监督所？”彭思明想到在这个单位有他一个高中时的同学，叫穆小东，去年他们还聚会过，只是没来过他的单位，原来他的单位在这里。明天晚上可以想办法找找这个同学了解些情况。

在白楼边徘徊了一阵，远处有车辆驶来，彭思明躲到楼一端的暗处，他仍在思虑那几块牌子，正在彭思明望着这几块牌子思虑时，突然从小街上走来一高一矮两个男子，很像在平城追杀他的两名杀手。彭思明不觉格外的小心，但躲是来不及了，因为，这两名男子已站在他面前。

“你小子在这干什么呢？”高个男子问，口中带着酒气。

“路过这，想找亲属家没找到呢。”彭思明解释着。

“不对，你在这已站了半天了，分明是要偷东西。”矮个男子凶恶地说。

“不，你看我像偷东西的人吗？再说这栋楼门紧闭我怎么能进得去？”

“走，和我们去派出所，到那就知道了。”

“不，我走行吧。”

“不行。”说着那个高个男子上前就打了彭思明脸上一拳，回身又踢他一脚。

“你们怎么打人？”

“打你，今天就宰了你。”高个男子吼叫着，说着从腰中掏出一把匕首直逼彭思明而来。另一个矮个也从腰中掏出一把匕首比划着。

彭思明一看架势不对，一转身撒腿便向一边的小巷中逃跑，两名男子在后拼命地追着。

“快些，别让姓彭这小子跑了。”高个男子边追边叫着。

“原来他俩真是在平城追杀我的两名杀手。看来，我必须摆脱他们。”彭思明边跑边思虑着。

“抓住他，不能让他跑了！”

彭思明拼命地奔跑，已抛掉一名杀手，但另一名杀手却手持匕首仍然紧紧地跟在彭思明的后边。前面是一条岔路，彭思明奔向北边这条小巷，跑出小巷尽头，过了一条小街，前面又是几条小巷，彭思明迅速地冲入一条小巷内，可跑了几十米，却发现这条小巷是一个死胡同，原来前面被一栋楼封死了。无路可逃，彭思明又向回跑，但已来不及了，高个杀手已到了他面前，持匕首对他便刺，彭思明一躲没有刺上。但是，这名杀手虽然很瘦，但力气却很大，几个回合就将彭思明扑倒，他的胳膊中了一刀，鲜血直流，那名高个子又将他压在身下，然后按着他的脖子，持尖刀又要刺向他的胸部。就在这生死之际，突然从小巷口窜过一条黑影，一脚踹倒骑在彭思明身上的杀手，随之对他一阵乱脚，将这名杀手打倒在地，然后他拽着彭思明的手，将他拉起：“快起来，和我走！”

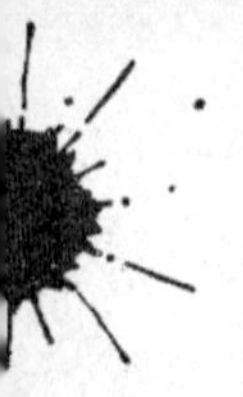

彭思明来不及看清这个人的面孔，但发现他是名青年男子。跟着这名男子，彭思明跑出这条小巷，窜到附近的另一条小巷。

- 05 -

“你是谁，为什么救我？”彭思明不解地问着身边这名勇士。

“你先不要多问，随我来吧！”那名男子说。

他们跑出这条小巷后，发现后边再也没有人追赶了，这才放下心。跟着这名男子，彭思明穿过一条大街，又进入前面的一条小街。

“不用害怕了，他们不会找到我们了。前面是我住的宿舍，今天正好与我同住一起的两名同事公出了，你就到我那住。”那名男子说。

在这条小街中七拐八拐，这名男子带他到一个楼院内，他们走进南面的一个楼道口内，上了五楼，这名男子打开东侧的房门。原来，这是一所五十来平方米的小居室。室内有卫生间，有个小厨房，南边的卧室内摆着一张床，本是客厅的房间摆了两张床。有两张木椅，一个茶几，墙角有一台彩电。

“你胳膊伤了，快脱下衣服，我这里有纱布为你包扎一下。”那个人看着彭思明流血的左胳膊。

“不要紧，只是表皮伤。”彭思明虽然这样说，还是感到胳膊疼痛。

那名男子还是脱下他的衣服，在客厅的茶几抽屉找出纱布为他包扎上伤口，又为他找件干净衣服。

“彭思明，这是我们单位为我们三名男职工租的宿舍，今天你就放心地在这住吧。是不是饿了，厨房中有昨天我买的花卷，但只有咸菜了。如果饿，就着开水吃一点吧。”那名男子很温和地说。

“你认识我？”彭思明此时才认真地注视眼前这位男子，只见他身穿一身蓝色运动服，身高一米七五左右，年龄与自己相仿，但体质很好。

“我看你饿了，先吃些东西吧。”这名男子说着，从厨房中找到两个花卷放在一个盘子中，还有一盘咸菜放在客厅中的一个茶几上，又为彭思明倒了一杯开水。彭思明还真是饿了，坐在椅子上，狼吞虎咽地吃起来。

“你一定急着知道我是谁吧？我告诉你，我叫周玉成，是小城城南丰禾淀粉厂的技术员。这里的楼挡着视线，但过了几栋居民楼，上了前面那条大街，就能看到我们的工厂。那天你去刘梦露家，是我给你打电话让你离开现场的。因为你从那时起就带着被警方追捕和被一伙不明身份人追杀的危险。不过，以前我们通过电话。”那名男子说。

“我谢谢你，但你为什么要救我，而且让我离开小城？还有，我们什么时候通过电话。”彭思明对此事仍然不解。

“你别着急，听我慢慢说。”

周玉成说，他是李骆峰高中到大学的同学，又是最好的朋友，彼此是相互相信的。以前在双休日时，他们经常在一起。后来，李骆峰与刘梦露处对象，李骆峰也将刘梦露介绍给他认识，他对这个美貌的女孩也很喜欢。在多次交往中，李骆峰和周玉成到刘家，从刘梦露的影集中还发现一个小伙子，经询问知道刘梦露以前的对象叫彭思明，周玉成从照片上对彭思明有了一定的印象。

一个月前，他们单位要在厂内盖一所配电小楼，考虑到小楼外形设计，受厂长指派，周玉成到彭思明的设计室申报求助设计图纸，设计室主任让他找彭思明，并将彭思明的电话号告诉了他。为此，周玉成曾与彭思

明通过电话。后来，彭思明真的为丰禾淀粉厂配电楼设计出一份精美的图纸和几种草图。取图纸时，是厂长派办公室主任来的，所以他们没有见过面。

那天傍晚，周玉成正在工作单位加班，突然他的手机响了，是李骆峰打来的，说有一件紧急的事拜托他了，此时，李骆峰正面临一种危险。周玉成问他遇到了什么危险，他现在在哪。李骆峰没有说。只是急切地说，快去刘梦露家去保护刘梦露，她也许今夜会有危险，要快，一定要快，并要告诉她。但话没说完手机就断了。周玉成感到惊奇，因为李骆峰不会和他开这样的玩笑。他给李骆峰打电话，却发现李骆峰的手机关机。以后又打了多次，却怎么也打不通了。直到今天手机也没通。看来，李骆峰有可能出事了。周玉成安排一下手头的工作，出了厂门，打车便往刘梦露家去。下了出租车，周玉成来到刘家的小巷口，发现各家各户已亮起灯，小巷中偶尔还有人通过，他想刘梦露会出什么事？他悄然走进小巷内，但越走越感到小巷内阴深，里面却没有一个人影。他走到刘家东边这家院门口时，发现这家已熄灯，而到刘家院门口时，发现刘家也熄灯了，但院门口有台两轮摩托车，他正要推门进入院内，突然听到刘家有动静，为了慎重起见，他躲到刘家西边的院门口，发现这家也熄了灯，但院门没锁，他悄然进到这家院中，从隔壁的院墙头上的空隙处向刘家望去，发现刘家的房门开了，从里边走出两个男人，好像一高一矮。其中一人说：杀死了她有些可惜，这小姑娘长得还挺好。另一个说，什么也没找到，这小姑娘嘴够硬的。两个蒙面人关上刘家房门，在院内看了看，走出院门，并将院门也关上了。然后二人骑一台摩托车冲出小巷口。

等这两个人走远，周玉成发现刘家西边这家锁着房门，原来这家没有人。想到刘梦露，他走出这家院门，又走进刘家院门，推开刘家房门，借着外边昏暗的夜光，发现刘梦露已倒在门口处，他叫着刘梦露，但刘梦露没有一点声息，看来，她真的被人杀死了。周玉成感觉自己也许是来晚了，没有完成李骆峰交代的事情。他不敢进现场了，想打电话报警。于是，又关上房门，走出院门，刚要走出小巷时，发现小巷口有个人影，他不知来者是谁，想到先躲一躲，于是，又快速地转到刘家西边那家院中。但他发现这个人影直奔刘梦露家，进了刘家院内后，走到房门口时，周玉成发现他是名男子，然后听到这名男子低声地叫着：梦露，我是彭思明！彭思明，这个熟悉的名字，周玉成想起谁是彭思明了，他怎么会来了。而彭思明还进入了现场，这样有些事就说不清了。想到此，他从自己的手机中调出彭思明的手机号，给他打了电话。

“原来是这样！”彭思明长叹一声。

“那夜我见你逃远了，到街上找个公共电话向警方报了警，但从此之后，心里一直不安。刘梦露为什么被杀，两个杀手是谁，而李骆峰为什么失踪？这些都成了不解之谜。你从小城走后，我曾多次给李骆峰打电话，仍是打不通。于是，我利用工作之余，开始暗中调查这一系列案件。也曾到富民中介公司附近暗访，得知这个公司的经理叫侯福军，经常开一台黑色老式奥迪车，他平素与李骆峰的关系是非常好的，我没有接触过他，但从这个公司外表和这里的人们看，没有看出什么与刘梦露被害有牵连的线索。昨夜我睡不着觉又出来准备到这边来，途中发现两名持刀人在追杀你，于是尾随着，才救了你。”周玉成说。

“我这次回小城，就是想解开这一系列不解之谜。周老弟，也许今后要麻烦你了。”

“不，我们要担当同样的责任。”周玉成说。思虑片刻，他又说道：

“我们必然是单枪匹马，我想能不能通过警方工作，我们暗中给他们些支持？”

“已是这个时候，他们能相信我们吗？特别是我这样的嫌疑犯，如果他们真的破不了案，我能洗清冤枉吗？我也怕呀。等我们查到证据，再找警方也就好说了。”彭思明感叹地说。

“现在看，只有如此了。”

雨夜相会

- 01 -

这两天，陈汉雄带领江涛、白雪继续对刘梦露的案件展开调查。他们围绕刘梦露平素接触的人员一一排查，但一个个又全部被排除。彭思明给柳雨倩和刘庆山都打了电话说他不是凶手，是冤枉的，他说的能否相信？陈汉雄想到去平城时有人在追杀彭思明，这样看，这起案件真是有些玄机。但是，现场上只有他一人的痕迹，没有查到第二人的痕迹，这让陈汉雄有些迷惑。如果彭思明真的不是杀死刘梦露的凶手，那么刘梦露是被谁害死的呢？陈汉雄想到李骆峰，他们公司经理侯福军说他在刘梦露出事的那天早晨去天津了，但此去却没了声息。刘梦露的死是否与他有关，他是否是凶手？

今天早晨，天空一片阴云，一阵浓似一阵，很快一场风雨来临了。天空阴暗，空气低沉，人们有一种说不出的忧郁感。

“江涛、白雪，我们去富民公司。”陈汉雄决定着。

“队长，外面在下雨呀！”江涛说。

“那怕什么，我们走！”陈汉雄严肃地说。

上了警车，由江涛驾驶，警车驶出刑警大队的后院大门。由于是阴雨天，能见度很低，江涛不得不打开近光灯，雨刷器“吱嘎、吱嘎”不停地响着，划着车前窗上的雨渍。他们穿过几条大街，驶过立交桥，来到了东城，警车在城东长顺街二十五号朝辉路一条小街前停下了。

眼前这所白楼的南端就是富民公司，门前停着侯福军的老式奥迪车，看来他正在公司里。

他们走进富民公司的办公楼，发现门卫室没有人，便直接上了二楼，一个小伙子正在擦二楼走廊的地板砖，见到陈汉雄他们到来，问：“你们找谁啊？”

“我们找你们公司的侯经理。”

“你们是？”

“我们是小城刑警队的。”

就在这时，侯福军闻讯从他的办公室走出来：“哈哈！是陈队长又来了。欢迎！”随后他对那个擦地的小伙子说：“你下去到门卫吧，这里不用擦了。”

小伙子拿着拖布下楼了。

“陈队长，有请！”侯福军将陈汉雄他们让到他的办公室。因前几天陈汉雄和罗玉辉来过，他认识陈汉雄了。

“侯经理来得挺早呀！”陈汉雄说。

“哪里。这还不是为了这个公司多赚点钱，企业嘛，就是这样。快请坐。”侯福军笑容可掬。他今天穿的是一身高档的灰色西服。

“你们公司挺清静呀？”陈汉雄说。

“今天是阴雨天，本来我们公司就没有几名职工，现在仅来了两名。”侯福军说着，从办公室的桌上拿起一盒中华烟抽出一根递给陈汉雄，随后，他给楼下打电话，叫人上来给客人泡茶。

刚才那个小伙子走进来，为陈汉雄他们各泡了一杯绿茶，随后走出经理室。

“侯经理，我们今天来你公司，还是想进一步了解李骆峰的有关情况。”陈汉雄开门见山地说。

“你不来今天我也要给你打电话。昨天，我又给李骆峰打电话，电话仍是不通。我给天津一些关系单位也打了电话，他们说根本没见到他的踪影。我想他是不是出了意外。但是，无论在哪出事，我想他出门必带身份证，人家也会与我们联系的，可这些都没有呀！”侯福军说。

“他在外地有亲属吗？”陈汉雄问。

“这些我还不清楚。”

“你再说说李骆峰到你公司后的有关情况。”

“前几天我说过，我认为他是个好小伙子，有文化、懂经济、进入角色快。虽然来我公司才几年，在业务和外交上还是有一定能力的。至于他有什么问题，我们还没有发现。你要问他在小城有什么关系，我知道他在小城内没有亲属，但有几位大学时的同学，他到小城来也是投奔这几名同学的。我仅是听说，但一个也没见过，也不认识。他是去年秋季与刘家姑娘处对象，至今有半年多了，听说他们原本感情挺好，只是近期有些矛盾。但是，刘梦露我们不了解，无法下定论。”

“在社会中，他经常和谁来往，或者说是好朋友？”

“这个我还真不知道。”

“你下属还有单位吗？”

“有两个中介所，每个所只有两三个人，也就是向我们通通信息，交些管理费而已。”

“李骆峰经常到这些中介所吗？”陈汉雄问。

“一年也要去上十几次，是业务联系。”

“这两个中介所都在哪？叫什么名字？”

“一个是城南中介所，在城南中街上；另一个叫河岸中介所，在城西河岸路上。”

“中介所中哪些人和李骆峰的关系好些？”

“这些我还不了解，不妨你们到两个中介所调查一下。”

“关于李骆峰你还能说点什么？”

“没什么可说的。如果他再无信息，我准备到天津一带找找他。”

陈汉雄没有表态，想了想说：“李骆峰平时住在哪里？”

“就住在我对面的办公室。”

“我们到他的办公室看看行吗？”

随即，侯经理给楼下打了电话，还是那个小伙子上楼，打开对面副经理办公室。陈汉雄巡视李骆峰的办公室，发现里边的陈设与侯福军的办公室差不多。从室内看，没有发现任何可疑物品或与李骆峰失踪的有关线索。

随即，陈汉雄问那个开门的小伙子：“你叫什么名字？在这里是干什么的？”

“我叫苏蒙，是新到这里的门卫。”

“门卫不是姓王的老头吗？”陈汉雄疑惑着。

“你是说老王头呀，他近几天身体不好，有病了要住院，自己提出不干了，我们找到了这个小青年。”侯福军跟过来解释着。

“原来是这样。”

外面下雨了，陈汉雄决定离开富民公司，围绕李骆峰的一些接触人员继续调查。他们去了两个中介所，但没有查到任何线索。

- 02 -

彭思明和周玉成仅休息了几个小时，便都起床了。因周玉成还要上班，怕下雨，他要早些走，到单位食堂去吃早饭。临行时，叮嘱彭思明，让他白天先住在这里，注意养好胳膊上的伤，千万不要出门，他的两个同伴到晚上才能回来，他安排一下单位工作，下午会早些回来的。另外，厨房中有大米，自己煮点饭，吃些咸菜吧。

周玉成走后，彭思明打开墙角的电视，坐在沙发上看了一会，电视中的节目难以吸引住他。外面下雨了，但不大。彭思明还不饿，他到这个宿舍的前窗向外观看，发现前面是一条小街，又到后窗向这个楼院看了看，楼院北也是住宅楼，西边也是楼房，只有东边一个大门出口，楼院中有打伞的，穿雨衣的，人们要去上班呀。

此时，他思念他的父母，不知父亲的病这几天怎么样，母亲为他的事是否会上火？还有，怎么才能向柳雨倩解释？说实话，那几天倒没什么，现在他真的有些思念雨倩姑娘了。他决定晚上在街内找公共电话往家打电，还要再给柳雨倩打一个。可后来一想，不能，这样会暴露他已回小城了，陈汉雄精明得很，一旦抓到自己就什么都完了。他也想到给陈汉雄打电话，但是，陈汉雄能信任他吗？他想，还是独来独往，走几步再看看。

他还想到，杀死刘梦露的是两个人，骑一台摩托车，是否就是追杀他

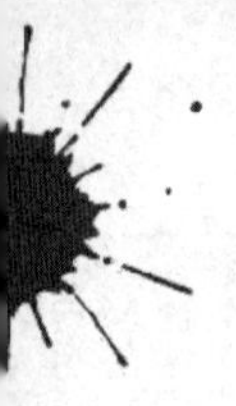

的那一高一矮的杀手？我要找到这两名杀手，看看他们的庐山真面目。可是，他们为什么要杀死刘梦露，是有人雇凶？因为，彭思明已几次和这两名杀手接触过，他根本不认识这两个人。以前和刘梦露来往时，也没听说过刘梦露和这样的人有过来往或有冤仇。

一上午，整个楼中都非常的安静，彭思明想出去，但外面的雨一直没有停。中午，他煮了些粥，吃些咸菜。因为有些累，他倒在床上竟然睡着了。有人开门锁，彭思明惊醒。原来是周玉成回来了，他手中带着两大包食品和菜。

“几点了？”彭思明问。

“还不到下午四点，我请了假，提前回来一会儿。这回你可以在我这多住两天，我的两个同事后天晚上才能回来。”周玉成高兴地说。

“也好，我还真不知这两天住哪呢。但是，今晚我必须去找我的一个同学，也有可能要晚些才能回来。”彭思明说。

“那也得天黑后才能去，否则，被人认出来就麻烦了。”

“好吧。”

“你胳膊上的伤还疼吗？”

“不怎么疼了。”

“你看，我给你带回些云南白药粉，还有纱布。来我给你上点药。”

“你还真行，这样再有两天就会好了。”彭思明很高兴。

于是，周玉成放下手中的食品包，从一个塑料袋中拿出一瓶药和一包纱布。彭思明脱下衣服，他为他上了药，包好伤口。看来，他的伤并不重，上点药几天就会好的。

“谢谢你了。”彭思明笑了。

“你会喝酒吧，我买了点熟食和青菜，晚上我们喝几两。”周玉成看来也很高兴。

“不，我喝酒是不行的，再说这个伤口也怕喝酒吧？要是有好吃的，我吃点就行了。这样一来，还给你增加负担了。”

“看你，还说外道话。别忘了，从今天起，我们要担负同样的责任。”

晚上，周玉成独自喝了一杯白酒，他们没有再谈什么。

天渐渐落下了黑色帷幕，外面的雨也停了。彭思明决定去找他的同学穆晓东，他想他与富民公司一个楼，有可能认识李骆峰。

周玉成有些喝多了，但他知道彭思明要独自出去，仍然叮嘱他注意安全，一定要早点回来。

- 03 -

陈汉雄走出富民公司，随后走进这栋楼的正中那组房门，他想通过这几家公司对李骆峰进行调查。走了几家，因没有业务来往，一些人虽认识李骆峰，但对他并不了解。至于李骆峰是什么时间离开的公司，无人注意。从调查中发现，李骆峰和侯福军的关系非常密切。而且，这两位正副经理都很富有，从穿戴就可以看出了。在这个楼内，陈汉雄他们还查到彭思明有一个同学叫穆晓东，他们找到了他，但他与彭思明已快一年没见面了，现在根本不知道他的下落。

外面仍在下雨，但很小。走出这几家公司，已近中午，陈汉雄决定回刑警大队。

就在他们刚要上警车时，只见一辆丰田轿车停在富民公司门前，从车

上下来两名男子，他们向警车这边瞭望着。

陈汉雄认识这两个人，一是小城的副市长沈光荣，一是明乐公司的总经理马占良。只有十几步远，沈光荣先叫住陈汉雄："哎，是汉雄老弟，到这里有何贵干呀？"

"是沈副市长，还有马总，雨天出来想是有要事吧？"陈汉雄只得走过去打招呼，他和沈光荣认识多年了，平素关系是不错的。

"哪里，是我请市长的大驾，陪我到富民公司买一处临街房子，我想在下面开个商店。陈老弟是有公事了？"马占良也迎过来。

陈汉雄和马占良是去年认识的，是通过沈光荣，并且是在一次友人孩子的婚礼上。以后，他们又多次见面，彼此熟悉了。

"是的。明乐公司的生意一定很好，马总又要扩大买卖了。"陈汉雄笑着说。

"哪里，也是多安排点就业人员，为小城的经济发展多作点贡献吧，要不，沈副市长还会陪我跑路？"马占良笑着说。

"汉雄呀，又在忙什么案子吧？"沈光荣问。

"沈市长，我们正在调查小城城东一起杀人案。"陈汉雄说。

"可要注意身体呀。对了，这也快到中午了，一会儿和我们一起去饭店喝点！"

"不了，我们回刑警大队还有事，谢谢了。"陈汉雄说。

"也好。哪天由马总做东，我得请请你和你们的刘局长了，好哥们时间长了不在一起撮合，怕是断了感情了。"沈光荣说。他是一个中等身材，长得很富态，五十多岁的人。他主要协助市长抓招商引资项目，并主管小城工业和民营企业。而马占良年龄在三四十岁，细高个，穿着一身灰色西服，但很潇洒。

下午，雨仍在不紧不慢地下着，陈汉雄决定到离富民公司最近的派出所朝辉派出所走走。

此时，派出所姜洪民所长和两名民警正与朝辉居委会主任王秀娟研究工作。见陈汉雄和江涛、白雪来了，都站了起来。

“陈队长来了，快请。”

“你们在研究工作？”陈汉雄问。

“是的，也没什么。不过，今天上午王主任到管区居民走访时，一居民反映，在今天凌晨以后，几点钟不知道，听到朝辉东路的居民区中有人打架叫喊的声音，还有追杀声，清晨，发现小巷内有血。但后来被雨冲没了。看来是有人受伤了，但直到现在无人报案。”姜所长说。

“有这样的事？”

“我已派人去调查，也许是一起小流氓间的冲突，也许是谁酒后干仗了，看来是没有后果，否则，早有人来报案了。”姜所长说。

“事情发生在哪里？”

“是富民公司后边的居民区中。”

“谈到富民公司，我正是为富民公司的有关情况而来的，大家坐下来谈一谈吧。”陈汉雄又将话题引到富民公司。

于是谈到李骆峰，也谈到侯福军。这两个人姜所长都认识，但接触得太少，没掌握什么情况。谈到李骆峰的失踪，大家都感到奇怪，但又找不出答案。

就在这时，姜所长接到调查民警小张的电话，说接到一位个体司机反映，在今天凌晨，有人在富民公司门前徘徊多时，路人以为是小偷，但又觉得不像，像是什么人迷路了。

“这倒是一件怪事。”陈汉雄感到挺意外，因他们正在对富民公司进

行调查，谁在深夜去探访这个公司呢？

“也许是找亲属的外地人。”姜所长说。

“不，你问一下这个人的体貌特征。”陈汉雄感到此事不一般。

随即，姜所长又给小张打电话，很快小张回话，说此人大约一米七五左右，体态较瘦，穿一身蓝衣服。

“有人在富民公司门前徘徊，不久，富民公司后边的居民区中发生追杀，有人受伤，这些是什么人呢？而我们上午走访了富民公司那座楼，也没有人反映此情况，看来楼内的人还不知道，或是有人知情不敢说。”陈汉雄在分析夜里发生的事。

“队长，这些现象会不会与我们调查的李骆峰有关？”江涛想着。

“现在还不好说，但一定与富民公司有什么关系。”陈汉雄在思虑，片刻，他说道，“彭思明潜回小城了，一定是他。那人的体貌特征与彭思明是一致的。他有杀人嫌疑，本应到公安机关自首，却一直外逃，他深夜到富民公司干什么呢？那个被追杀的人有可能是他，但受伤的人是谁呢？”

“队长，我看刘梦露的死并非一件简单的杀人案，说不上其中会有多大的隐情，彭思明有可能是冤枉的。但他为什么会到现场后逃走，也许一直遭人追杀，不跑也许会与刘梦露一样。但他为什么不依靠我们，也许有难言之隐，或是身不由己。如果真是他潜回小城，是不是他也在怀疑或认为刘梦露的死与李骆峰有关或与富民公司有什么牵连，故要自己查证据？”白雪闪动一双美丽的大眼睛，看着陈汉雄说话了。

“白雪说得也许很对。这样看来，我们必须尽快找到彭思明，否则，他单枪匹马行动，随时会有危险。一是抓到他，二是想办法保护他。我现在就将此情况向刘局长汇报，看来，富民公司我们还真不能放过了。”

- 04 -

天刚刚黑，计量监管所技术员穆晓东和妻子儿子正在家中吃晚饭，突然有敲门声。

妻子秀娟隔门问了一声：“谁呀？”

“收电费！”门外说。

“什么收电费，上次交完还不到一个月吧，怎么提前收了？打开门问问是怎么回事？”穆晓东有些疑惑。

秀娟打开房门，一个男子挤进室内。秀娟一看认识：“彭思明？”

“彭思明？”穆晓东一惊。

“晓东，嫂子，你们不要害怕，我不是杀人犯。”彭思明关上房门，很不客气地来到客厅。

见此，穆晓东虽是一脸狐疑，还是笑了：“思明，你还没吃晚饭吧？和我们一起吃吧！”

“不，我已吃完了，你们吃你们的。吃完饭，我和你说几句话就走，不会过多打扰你们的。”彭思明坐在沙发上，看着穆晓东。

“不，我已吃完了。秀娟，给思明泡杯茶吧！”穆晓东说着，一摸嘴巴，转身坐在另一个沙发上。

“我的事你一定听说了，你们也有可能怀疑我是杀人犯，但我不是。不过，我要将那天的事简要地向你们说一说。”彭思明说。

秀娟为他泡了一杯绿茶放在茶几上。然后对五岁的小儿子说："宝宝，吃饱了，到里屋去玩吧，这边来客人，妈妈要收拾碗筷，还要陪客人说话。"

随之，彭思明将他去刘梦露家的全部情况简要地讲了一遍。然后谈到李骆峰，也谈到富民公司。

"在小城中究竟有什么案件，我是从来不关心的，可刘梦露的案件发生后也引起我的注意，我想到刘梦露是你以前的对象，还有听说此案与你有关。我曾怨恨你，人家已经不和你好了，再说你现在已经处了一个很不错的女朋友，为什么要到刘家报复杀人呢，而且杀人后还外逃了。还有一种传说，说此案有可能与李骆峰有关，也许是人家女的不同意，他杀的人，然后外逃了。你二人都外逃，让我都感到莫名其妙。因为李骆峰我也熟悉，他和我们在一个办公楼，经常见面，还打过交道。但我最关注的还是你，因为我们毕竟是从初中到高中的同学，还是好朋友。为此，公安局的人今天上午也找过我，你看他们了解得多细呀。今天你来了，我也相信你。你说不是你杀的刘梦露，难道真是李骆峰？"穆晓东边思虑边说。

"李骆峰是不是凶手，这我认定不了。但我屡遭人追杀，看来此案并不简单。现在李骆峰失踪了，我想通过李骆峰曾接触过的人，一是了解李骆峰的下落，二是我感觉到富民公司经理侯福军与李骆峰的关系非同一般，他不会不知道李骆峰的下落。刘梦露的死，我认为一定会有重大隐情。据有人反映，说李骆峰在刘梦露被杀的那天早晨坐火车去天津了，此事可信吗？"彭思明说。

"李骆峰和侯福军的关系很不一般，这个我也知道。还有，说李骆峰那天一早去天津了，你想想刘梦露被害是哪天？"穆晓东像想起了什么。

"五月九日吧。"

"五月九日，是'五一'长假后上班的第二天，我好像晚到单位一会。

因一早我姐家有事，我去她家了。大约在早上六点半左右，我乘公共汽车从城西回城东，途中好像见到了侯福军的车，是由侯福军开车，车后座坐了两个人，其中一人好像李骆峰。有人说他坐火车去天津，方向不对呀，因为火车站方向在城北呀？”穆晓东疑惑着。

“你看准了？”

“那天，我是坐在公共汽车前面的座，与侯福军的车是同一方向，这个车超公共汽车，我从车窗看坐后座的人像他。”

“好吧，我明白了。李骆峰平时都到哪去呢？”

“这倒没注意。不过，我发现他似乎与东边的永德食杂店有些关系，我曾看到过他几次去这个食杂店。别的吗，还没发现。”

“富民公司附近没有食杂店吗？”

“有。这前后有几家。”

“你说的食杂店在富民公司的东边，离富民公司能有多远？”

“隔两条街，有两里多一些。”

“如果李骆峰是购物，公司附近的食杂店既近又方便，他为什么要舍近求远呢？”

“也许开店的是他亲属，或是有什么特殊的关系？”

“也许。”

已是夜里九点多了，彭思明决定离开穆晓东家。

途中，他想到应该再到富民公司去探探。他这次机灵了，他装作行人走在富民公司对面的路上，向富民公司窥视着，富民公司的门前很静，但门前有一辆老式黑色奥迪车。彭思明明白了，这是侯福军的车，他还在公司没有回家。公司中，一楼的门卫室亮着灯，二楼有一个大房间亮着灯，

看来这是经理室了。彭思明决定想办法看看这个侯经理，看他到底长得什么样。怎样能挨近这个楼不让其他人发现呢？彭思明决定先绕到这个公司的后院，从后院悄然挨到前面，从一楼亮灯处先向室内观察。想到已是深夜，这个侯经理的车在门外，他不会在公司住的，等到楼上熄灭灯光，他一定会下楼的，到时在门外经过就可看到他的长相。

彭思明先绕到富民公司后院，然后又像行人一样走到前面的路上。此时，四周静得很，没有一个行人。彭思明有意从富民公司一楼门卫室窗前经过，发现室内一个小伙子坐在床上看电视。走过窗前，他向北走去，北边有一些商家，但多数商家都已关门，只有一家洗浴还亮着灯，他走向那家门口。就在这时，彭思明发现富民公司二楼的灯熄了。

"一定是侯经理要回家。"彭思明转身又向富民公司门前走去，他想在这个姓侯的经理从公司门出来时，他从侧面能看到他的面貌。又到了一楼门卫室的窗外，他发现在门卫室门口，一个戴眼镜的中年人在向门卫室的小伙子说着什么。这个戴眼镜的中年人还叼着个烟卷，想必他就是侯经理了。彭思明记住了他的特征，便悄悄地走过公司门前，奔向公司后院的路。他刚拐过公司南边的拐角，听到公司的外门响，随之是轿车启动的声音，侯经理开车走了。

回到周玉成的宿舍，已到深夜十一点了，周玉成仍没有睡觉，他担心彭思明的安全，他终于回来了。

在宿舍里，周玉成告诉他，明天要自己想办法找地方住，因他的两个伙伴来了电话，他们提前回来了，明天晚上就回到小城，同住在一起怕引起不必要的麻烦。彭思明想着住处，但他还是不能回家，他决定明天晚上到城北一处基本完工，而因欠工程队工钱没有交付使用的楼中去住。因彭思明本身就是搞建筑的，他对那栋楼是非常了解的。一楼门口有个临时砖房住着一位老人在看着这栋楼，而楼门都在外边锁着，楼里是空的，前一段时间他经过时发现楼的出入口已安上房门，但内部各个房间还没有安上房门。此楼外围的围杆和保护措施都没有撤，他曾做过架子工，爬杆到二楼或三楼去住，那是再轻松不过的事了。周玉成也同意他暂时这样，他们定了联系地点和方法。

夜深了，天仍然很阴。彭思明想喝点水，但一拿客厅的暖水瓶发现是空的。

“别急，我到厨房去烧点，几分钟便好。”周玉成到厨房去烧开水，他无意中向后窗外的楼院内看了看。

“思明，你看，这两个人是干什么的？”

彭思明借着院内的灯光看着楼院内，果真发现两个人影，一高一矮。

“会不会就是追杀我的那两个杀手？”

但这两个人在院内转了一圈，便从院门走了。

“不会是他们发现了你的住处了吧？明天早晨我走后，你一定要注意安全呀！”

- 05 -

第二天，彭思明在周玉成的宿舍待了一上午，他想着中午与周玉成再相聚一会，下午他就要离开这里去城北查看那座空楼的情况。闲着无事，他将宿舍从头到尾收拾得非常干净，因周玉成在早晨走时说不用在宿舍做饭了，要买现成的吃，他只好等了。中午，周玉成果然买了几个面包和几根香肠回到了宿舍，他们就着开水，简单地吃了买回来的东西，彭思明又

将剩物收拾干净，装在垃圾袋中。之后，彭思明说：“周老弟，我真的舍不得与你分开，但我现在必须走了。我走后，你好好休息一下，晚上早些去接你的同事。”

周玉成思虑一下说：“思明，我不是怕担责任，而是怕一旦暴露了你，也是害了你。我的两个同事下午四点多就要回到小城，来电话让我去接他，我必须去车站接他们。你从这里走后，就去寻找你的住处，但千万要注意安全，机警些，别让公安抓到，也别让那些不明身份的人抓到。我想李骆峰联系不上，会不会与这些身份不明的人有关系，你是落入一个圈套，李骆峰是不是也落入一个圈套？”

“周老弟，你放心，我不会轻易被谁抓到的，不必多虑。感谢周老弟的仗义，在此我没有什么报答的，来日查明真相之后，我定会感恩。”彭思明说。

“唉，思明老兄想什么呢。我们不是就此分手，你可以随时打我手机或以什么名义到这里来找我，我们只在门口说几句就可以了，即使我的同事看到，我也会以什么收水费、电费、找人等名义解释给他们听。”

随后，周玉成想到白天在大庭广众之下，彭思明在街内被人认出，便从一个皮包中找到一个浅色墨镜和一顶黑色旧的鸭舌帽让他戴上。想到电影中的化装，周玉成又用一些墨汁给他画了画鬓角、眉毛，而这几天彭思明一直没有刮胡子，这样一来，他真的有些变样了，只要他不说话熟人也不会一下认出他的。

彭思明走了，并带走了门口那袋垃圾。而在彭思明走后，周玉成怕室内留有彭思明的痕迹引起同事的疑心，又将宿舍收拾一遍，连他用过的水杯都重新洗过一次。

中午，天气闷热，街上行人真的很少，彭思明从一条条小巷绕到城北，因这一带的人谁也不认识彭思明，即使他不化装，也没有人认识他。于是，他在城北找到了他要住的那栋空楼，因经济纠纷，此楼虽然在外面已安上窗户，但楼里各楼层的房门还没有安装。正像他掌握的那样，楼外一个简易房有个看门的人在看着空楼，楼内一直空着呢，一些脚手架还没有完全拆卸。他在外边观察好从哪里出入后，便躲到城北一片山林中。

山林中很静，林中只有鸟叫，没有游人。彭思明坐在一处树下岩石上，靠在树干上想睡一会，但又睡不着。此时，他更加思念柳雨倩。他想到也许柳雨倩正在学校为学生上课，如果没有会议，她在下午五点半就可以走出校门了。他回忆着她的美丽倩影还有那可爱的面容。他想到她放学一定会骑着她的那辆电动自行车。也许她也认为自己是杀死刘梦露的凶手，这几天，她在忧伤，她的思想压力不知有多大，身体也许会消瘦，还有众多人对她的目光，也许是怜悯，也许是疑惑，也许是冷眼，也希望有人会理解她。因为她是“杀人逃犯”的未婚妻。怎样才能当面向亲爱的人表白呢？原想夜里爬到柳雨倩的住处乘她独自在室内，从窗口向她说明，但这样会吓到她，因为她根本没有心理准备，会喊叫的。要不等晚上学校放学在路上等她。不，这样自己会有危险不说，反过来会牵连柳雨倩让她难以说清，她会担当包庇的罪名。想着，想着，他决定到学校外面去暗中观察柳雨倩的情况，然后通过路边公用电话亭给她打电话，这样只需到路边手机店买张 IP 卡就行了。他决定先给柳雨倩打电话，向她告知他要去找她的事情。他相信柳雨倩是爱着他的，对他是不是杀死刘梦露的凶手，也是有疑虑的，而更重要的是她不会将他们要见面的事情报告给警察或其他人。如果报告了，这也证明柳雨倩是对自己变了心。如果真是这样，彭思明觉得再活着就没有什么意义了，那就听天由命吧。

这样，在傍晚时，他戴着那顶黑色鸭舌帽，戴着浅色眼镜又潜回到城

内。其实，他平素不习惯于戴帽子和戴眼镜，现在没有法子只好伪装一下。来到城内，在一处偏僻的个体手机店买了一张 20 元的 IP 电话磁卡，然后来到柳雨倩就职的江岸中学校外，离放学还要等一段时间，学校门前很安静，偶然有行人从学校门前走过。学校大门边一所房子，里边有学校门卫人员。彭思明不能到那边去，害怕哪位认出他来，那就麻烦了。

他在柳雨倩放学后必经之路的一个三岔路口的一棵大树后面观察着远处学校那边的道路，行人和车辆都不多，因为这里是一段僻静之地，除了学校并没有人员较多的场所以及商业区。彭思明观察着这个岔路，他对周围环境是熟悉的，如果真有警察发现他，三条大马路他可选择一条逃跑，还有这边有一个小巷也是一个绝好的逃生点，小巷中还有横向小胡同，警车是钻不进去的。更重要的是在那条小巷口就有一个公用电话亭，发现柳雨倩后，他可以去那里打电话。

西边的江岸中学那条路走来了一队队学生，很快，学生们走完了。彭思明躲在大树后又等了二十多分钟，他发现有老师从学校那边骑自行车或骑电动自行车从路上走过去。不久，他发现了一个骑电动自行车的熟悉身影，那就是柳雨倩，她仍然那样秀丽，只是消瘦了。柳雨倩骑着电动自行车从彭思明躲藏的大树边上经过，她是看不到彭思明的，他在躲着她的视线。这个身影远去了，而她今天是自己独行，并没有结伴。于是，彭思明来到小巷口那个公用电话亭，插了 IP 卡，拨通了柳雨倩的手机，他决定晚上十点半以后从柳雨倩居住房间北窗口与柳雨倩见面，向她说明真相。因为柳雨倩是独居在她家北面的房间，中间隔着餐厅、客厅，南面才是她父母的卧室，而一般情况下，在夏季，她父母在晚上十点前会睡下的。柳雨倩有时要备课或读书也许会晚一些，而那座住宅楼的一些住户在晚上十点半钟以后，基本也熄灯了。

好长时间，柳雨倩才接手机。

“雨倩，我是思明。我不是杀人逃犯，请你相信我。”于是，彭思明直接说了自己的打算，没等柳雨倩答应他，他便挂断了电话。不管今晚会怎么样，或发生什么事，彭思明决定必须去见柳雨倩。

– 06 –

夜晚，天却下起了淅淅沥沥的小雨。

城内路上的行人和车辆比平素少多了，而彭思明早早地就出现在城南的街巷中，他没有戴眼镜，这样不便于观察。他今晚要完成两件事，一是再探富民公司，二是与柳雨倩相见。

时钟指向夜里十点，他来到富民公司附近，发现富民公司只有一楼门卫室亮着灯，其他办公室全熄了灯，侯福军的车没在公司门前，看来他没有在公司。雨虽说不大，但淋在身上，彭思明感到有些冷，胳膊上的伤口也隐隐作痛。时间不早了，他想到去城北，但不能打车了，兜中的钱必须节省，他计划在夜里十点四十分之前一定要赶到柳雨倩家的住宅外。

他穿过一条一条小巷，一条一条小街，哪暗往哪里走。他是小城长大的，对全城的旮旯胡同几乎都了解。到了城北，前面这片住宅楼他感到非常熟悉，那里的三楼是柳雨倩的家。想到柳雨倩一直在对他的误解中，此时，彭思明是多么希望能与他相爱的人见面，多么想将心里话向她倾诉，也多么希望得到她的谅解和支持。

雨仍在下，全楼一片宁静，看来，全楼的人都随着夜雨滴落的节奏，进入了甜蜜的梦乡。彭思明在楼外围观察一会，并没有发现有警察埋伏的迹象，看来柳雨倩一定会等着与他见面的。他在外面观察楼的北面，只有一个窗口点着灯，那是柳雨倩住的卧室。于是，顶着小雨，他来到柳雨倩家北侧的楼院内，对四周检查一下，认为没有危险后，这才鼓起勇气来到柳雨倩家北面的楼下。看着柳雨倩居住的房间，北面有两扇窗户，靠西边的是厨房窗户，靠东是柳雨倩卧室的窗户。一楼的窗上有护栏网，从此处可以攀到二楼窗口，二楼东窗下有一个暖风风扇箱，蹬此可上三楼窗台，此处没有任何攀登处，但在柳雨倩卧室窗台边有一截铁栏网，是冬天放些冻食品的。夏天，只好放两个花盆。彭思明曾是建筑工地架子工，攀登到三楼去，那是非常容易的。果真，他比猴子还敏捷，瞬间，站到柳雨倩的窗台边的铁栏网中，就在这时，柳雨倩的房间熄了灯。

“嘚！嘚！嘚！”彭思明用非常轻的声音敲了几下柳雨倩房间关着的窗户。然后小声地说：“雨倩，我是彭思明。”

很快，窗户被打开了一扇：“真的是你？”

“是我。你别害怕，我是万不得已才这样的，你也别开灯，这样会惊动大叔大婶的，我和你说几句话就走。”

“思明，你进到室内吧，外面正在下雨。”尽管外面很暗，柳雨倩还是认出了他。

彭思明一跳到室内，一阵凉风刮到室内，他随即关上了北窗。本不想弄出声响，但还是弄出声音来了。

就在这时，南边的卧室灯亮了，是柳雨倩母亲的声音：“雨倩，你不是睡了吗，怎么室内还有动静？”

母亲前来敲门了。

柳雨倩冷静一下，对着房门说：“妈妈，没事。我睡前忘了关窗户，外面雨下大了，我关好窗户了。妈妈，什么事也没有，你们睡吧！”

“我担心这雨，你的心情不好，又怕你害怕，妈一直没有睡着。要不要妈陪你睡呀？”

“妈妈，我都是成年人了，还让妈陪什么，你们快点睡吧。把餐厅的门也给我关上，我要安静地睡了。”

“那好，别再弄出动静吓唬我们了。”柳雨倩母亲唠叨着，将餐厅门真的关上了，不一会，南边卧室的灯光又灭了。

彭思明蹲在床边，屏住呼吸，不敢再言语了，他摘下已湿透的帽子放在窗台上。柳雨倩穿着一身睡衣，坐在床上。好久，她低声地哭泣起来。并说：“你这个杀人犯，怎么能干出伤天害理的事呀？”

“雨倩小声点，别再惊醒二老。你还是对我误解了，听我解释。”彭思明坐在床边，小声地说。

于是，他将那天晚上发生的事以及为什么外逃的全部过程向柳雨倩说了一遍。

柳雨倩是个心软的女孩儿，她相信彭思明，虽然才相处半年多，她似乎看到了彭思明的品德和为人，他相信彭思明不会撒谎。借着窗外微弱的光线，柳雨倩发现彭思明一身湿衣服，蓬乱的头发，胡子都长长了。她心疼了。从枕头上拿起枕巾，为彭思明擦着脸，彭思明也流泪了。

“你这身湿衣服怎么办？我想办法将爸爸的衣服给你找来，你换上吧。”

“不要紧，我会想办法弄干的。”

“那你下一步怎么打算？”

“我要查到杀死刘梦露的真凶，一可以洗清我的冤情，二可以让刘梦露得到安息。我要找到证据。”

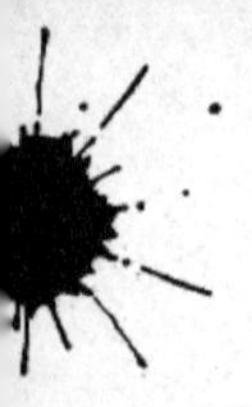

“你为什么不相信公安机关？”

“我相信，但处于我这种状态，我能说得清吗？谁能相信我？我也是不得已呀，丢弃我的父母，丢弃我的工作，为什么要付出这么大的代价。”

“那我能帮你什么？”

“也许我会需要你，到时候我会想办法找到你的。如果你有时间去看看我的父母，安慰他们一下，我拜托了。”

“你不要说了，明天我就去，并将一些事情告诉他们。但不知你晚上住在哪儿？”

“我有地方住，很安全，你也要多保重，替我问候你的父母吧。”

“思明！”柳雨倩哭了。

“雨倩，别哭了。时候不早了，我该走了。”

“不，你等等。”

柳雨倩悄然地下了床，拉开卧室门，走出去，回手又关上了这个房间门，又打开餐厅门。

“雨倩呀？”妈妈又被惊醒。

“妈妈，我上卫生间。”柳雨倩来到门厅中，打开门厅中的灯，靠北边是衣柜，那里有爸爸的衣服。她找了一件爸爸的衬衣，还有一条裤子，从门厅的衣柜中取出自己的钱包，在卫生间中又找了一把雨伞，然后熄灯，又回到她的卧室中。

“这是爸爸的，你穿有可能小点，但可以换着穿。这五百元钱，你先拿着，还有这把雨伞，别淋过多的雨，要不会生病的。我明天去你家看你的父母，我也会和他们讲清的，也会逐渐地向我父母讲清楚，他们会接受你的。”柳雨倩仍在流泪。

“雨倩，不要流泪，真相总会大白的，我坚信我会洗清自己的冤屈，我是无辜的。”彭思坚定地说。

柳雨倩擦干眼泪，然后说：“我相信你，可你要受苦呀？”

“我不怕。”

突然，柳雨倩抱住彭思明，亲吻了他一下，然后说：“你走吧。”

“谢谢你，雨倩。”说着，彭思明又从北窗下去，消失在茫茫的雨夜之中。

已是又一天的凌晨，彭思明在一家夜卖店买些食品，然后，找到那城北那栋空楼。当他对此楼观察时，发现两辆警车刚刚从楼口边开走，他想到一定是民警们深夜清查空房子，也许已发现他潜回小城了。他感到庆幸，如果早回来一会住到这里必然被堵个正着。看来，警察不会再来这搜查了，他可以爬到三楼或最高些的楼层中，找个房间，换换衣服，安静地休息一天了。然而，就在第二天夜里，他去找周玉成时，他听到一个噩耗，昨天晚上，周玉成被人杀死在他宿舍中。

宿舍惨案

- 01 -

昨天，陈汉雄和江涛、白雪从侯福军那里得知在小城有李骆峰的几个大学时的同学，他想，只要能找到一个便可知道全部。那么，怎样能查到他的同学呢？这也并非容易的事。

从富民公司没有查到，从他所在的那栋楼的几家公司也没有查到。

傍晚，陈汉雄和江涛、白雪再次来到刘梦露的家，想从他们那里了解李骆峰的一些情况，还是刘梦露的母亲有些记忆。

“李骆峰这个小伙子是个会来事的孩子，他虽然才和我家梦露处了半年多，但彼此都很相爱，并没有发生过任何矛盾。李骆峰也常来我家，在我去青岛前，他和梦露还到火车站送过我们。他家虽然是农村的，对人很有礼貌。至于你们问在小城哪有他的同学。我说不清，但在一个多月前，李骆峰领回家一个小伙子，说是他的同学，这个人也是很有教养的，看出是个正经人。这个同学姓周，在小城什么厂子工作，这个人就来我家一次。后来李骆峰说，在小城如果有事找不到他，就找他这位姓周的同学，他一定会帮忙的。”

“这个人姓周？”

“是的，这个不会错。”

“他在什么单位工作？”

“什么厂子，我记不清了。”刘梦露的母亲张月云说。

“是城南的淀粉厂吧？”刘梦露的父亲刘庆山似乎有些印象。

“城南淀粉厂？”

“是的。但什么淀粉厂我没记住。”

“李骆峰还领过什么人到你家？”

“没有了，就姓周的这一个人。”

“你们知道他在小城还有哪些同学吗？”

“不知道了。”张月云说着，紧接着她问：“陈队长，我不知道你们的案件破得怎样了，我女儿死得冤呀！”

张月云哭了。

“大婶，别再悲伤了，要保重身体。人死不能复生，你要考虑大叔，还有你的其他儿女们。”白雪劝着张月云。

“大婶，我们正在工作，我想很快会破这起案件的。”陈汉雄也在劝着张月云。

“你们抓到彭思明了吗？”刘庆山问。

“还没有，但早晚会抓到的。”

“你们认为是彭思明杀死了我女儿？”

“我们正在调查。怎么，彭思明又给你们来过电话？”陈汉雄看着刘庆山。

“没有，没有。”刘庆山不想说那夜彭思明到过他家的事。

“你们认为彭思明是杀死你们女儿的凶手吗？”陈汉雄似乎看出刘庆山面色的变化，对此有些疑虑。

“我看不像。在婚姻上他也许会怨恨她。但他们相处四年多，感情也是很深的。与我女儿分手后，他又找到一位称心如意的女朋友。我想，他不会对我女儿下毒手的。”

“那你们认为是谁杀了你女儿？”

“我不知道。只有你们能找到真正的凶手。”刘庆山说。

走出刘家，陈汉雄看了一下手机上的时间，已是晚上八点半，陈汉雄决定连夜去城南淀粉厂。

就在这时，陈汉雄的手机响了，是刑警大队打来的，说城南庆丰路76号住宅楼中发生一起杀人案，要求陈汉雄带着他的重案队员立即到现场。

“又是一起杀人案，我们去庆丰路76号！”

- 02 -

当陈汉雄和江涛、白雪来到庆丰路76号楼下，见楼下已停了几辆警车，原来刘天林和法医技术员已到现场，附近的南山派出所所长徐伟带领几名民警也到了现场。

现场在这栋楼的东楼口西三楼的住宅中。这个住宅宿舍并不大，南边有一个卧室，有一张床，客厅内有两张床，墙角有台彩电，北边是厨房。死者大约有二十七八岁，穿着一套棕色西服，不过西服的前衣襟和裤子前面都被血染红。他横卧在客厅中靠北的床上，身上被扎多刀，地板上也滴落了很多血。此时，他正瞪着眼睛，很是恐怖，现场的情景真是惨不忍睹。奇怪的是现场的地板上有一束散落的玫瑰花。

刘天林和法医、技术员正在现场。

“刘局长，我们到了。”陈汉雄对刘天林说。

“你们来得挺快。技术员刚刚拍照完，已将一些痕迹用粉笔画上，你们先看看现场吧。”

“陈队长，这个现场也有束红玫瑰！”白雪观察现场后感到惊讶。

“是呀，这个现场竟然有一束玫瑰花，难道这个死者要带着花去约会，没有走出门便被人杀死了？”陈汉雄分析着。

“现在还不清楚。”刘天林说。

“现场周围走访了吗？”陈汉雄问。

“高岩、罗玉辉，还有徐所长带领派出所的民警分成几组正在走访。”刘天林说。

“死者是哪个单位的？”陈汉雄问。

“城南丰禾淀粉厂的。”

“叫什么名？”

“周玉成，他是丰禾淀粉厂的技术员。”

“周玉成？”陈汉雄感到一惊，心想可别是李骆峰那个在淀粉厂的同学呀。

“怎么，你认识此人？”刘天林看到陈汉雄脸色微略的变化，问道。

“刚才我们调查李骆峰的社会关系，查得他在淀粉厂有一个大学同学姓周，但不知叫什么名字，这是查得刘梦露案件的一个人证。但愿死者可别是他呀！”陈汉雄感叹地说。

“陈队长，我看这个周玉成像咱们要找的李骆峰的同学。”江涛说。

“如果是这样，此案还会更复杂的。”陈汉雄认为。

“现场没有发现凶器，看来，凶手是将凶器带走了。”刘天林说。

陈汉雄查看着现场，现场室内布置整洁，没有翻动的迹象。死者除那套棕色西服外，上身里边穿着白衬衫，脚穿一双黑色皮鞋，从衣着看，死者身上也没有被翻动的痕迹。至于室内是否丢失什么物品，现在还不知道。

这栋楼的南边是一条小马路，马路南边仍是住宅楼。

法医仍在检验，陈汉雄问法医：“死者的伤情怎么样？”

“死者全身被扎了十七刀，有三刀扎在心脏，致使心脏破裂而死亡，死亡时间在今天晚上七点半至八点。”法医老刘说。

“谁发现的现场？”

“是周玉成的两个同事。这个房间，是淀粉厂为他们三名技术人员租的宿舍。宿舍共住三个人，其中有周玉成，另两个同事叫鲁宁和黄树理。据刚才我来时简要询问，得知这两个同事前几天去大连了，今天晚上七点四十的火车到小城，本是事先打电话让周玉成去接他们的，但他们等到八点也没等到，给他打电话又打不通，回到这个宿舍发现周玉成在室内已经被害了，他们没有走进房间便报了警。”刘天林说。

他们在注视死者床边地板上被技术员画上的痕迹。

“汉雄，你看这里的痕迹？”刘天林在观察客厅南边的床下的痕迹。

“这是三种不同的足迹残痕，看来死者在床边与凶手作过激烈的搏斗。”陈汉雄说，随后，他观看床上死者所穿的鞋。

“这两种足迹是作案人的了？”陈汉雄观察着地板上的残痕，指着两种残痕说。

“看来是这样。”刘天林也认同陈汉雄的判断。

陈汉雄观察着地板上的足迹残痕，并从技术员小王那拿来米尺量着能看到的足迹残痕的宽度或长度。

“刘局长，从这几片残缺的足迹印痕推断，进到室内的作案人是两人，其中一人体态较瘦，身高在一米七六左右，另一个个头比较矮些，但体态较胖，身高在一米七二或一米七一。”

刘天林点点头。

“刘局长，我们先找两名报案人谈吧。”陈汉雄说。

“你可以找淀粉厂的保卫科长，他是最先到现场的，现在他在楼下他们的一个职工家，让他给予配合。”

– 03 –

在这个宿舍的楼下一家，陈汉雄和白雪找到了丰禾淀粉厂的保卫科长，他叫于德海。原来，楼下的一个住户也是淀粉厂职工。据于德海介绍，周玉成，今年二十七岁，家在小城东南八家子乡，他是大学毕业被分配到这个工厂的。周玉成自到淀粉厂后，工作勤勤恳恳，没有发现有任何问题。而且，他对人既热心又正直，没发现他有什么仇人，他本人到现在还没处对象呢。今天晚上五点下班，他是在淀粉厂食堂吃的晚饭，并说吃完晚饭回宿舍换衣服，晚上七点钟去火车站接鲁宁和黄树理。没想到，他却在宿舍里被人杀害了。在鲁宁他们报警后，又给他打电话。此时，他正在厂内。因淀粉厂离这个宿舍仅一里多，他骑摩托车两三分钟就到了。

“现场的一束红玫瑰是怎么回事？”陈汉雄问于德海。

“这个我们还不清楚。”于德海说。

“你说周玉成没有处对象？”

“是的，他没有处对象。这我曾问过他的同事。”

“你说他家是八家子乡的？”

“是的。”

“你知道他在小城有亲属或同学吗？”

“这个我还真不了解，也许鲁宁和黄树理知道，他们三人毕竟在一起住了两年多了。”

“这样吧，你给我们找到这两个职工，我们分别与他们谈谈。”

很快，鲁宁被叫来，他是一位二十多岁的小伙子。此时，他正沉浸在悲痛和惊恐之中。

据鲁宁介绍，在这个宿舍住着周玉成和鲁宁、黄树理三人，周玉成比他们俩大两岁，因在一个宿舍，他们的关系处得非常好，既像一家人，又像亲兄弟。而且，他们三人都没有谈对象。据鲁宁掌握，周玉成没有仇人，平时也没有任何出路的事。前几天，鲁宁和黄树理到大连为淀粉厂联系业务，走时是周玉成送到火车站的，并答应回来时事先给他打电话，他再去火车站接他俩。今天上午给周玉成打了电话，告诉他晚上七点四十分的火车到小城，周玉成听后非常高兴，并说一定要到火车站接两位好朋友回宿舍。在晚上六点半钟，周玉成还给他俩打了电话，问车走到哪了，是否能正点，鲁宁告诉，他说七点四十分准时到火车站。但是，当鲁宁和黄树理出了站口，谁也没有见到周玉成，他们以为他来晚了，出了检票口在站前等了一会，却仍不见周玉成的影子，想到他可能厂子临时加班工作脱不开身，没请下来假。于是，鲁宁又给周玉成打电话，打通了，却无人接听。二人又在站前等了二十几分钟，想到周玉成可能有什么特殊的事没来，他们在疑惑中决定直接回宿舍。然而，当他们打开宿舍门时，惊呆了，只见周玉成满身是血，倒在客厅的床上，他已经死了。二人想到报警，没有走进室内，连携带的物品都一直提在手中，便给小城刑警大队打了报警电话。

“你们下车后给周玉成打电话他一直没有接？”陈汉雄问。

“是的，电话开始是接通的，后来是无法接通。”鲁宁说。

“在现场没有发现手机，他的手机一定是被凶手拿走了。”陈汉雄想着。

“有这种可能。”

“队长，这个现场和刘梦露家的现场很相似。”白雪想到。

“看来是有共同之处。”陈汉雄也想到了，随之他又问鲁宁：“你们宿舍的对门住的是谁，平时有人吗？”

“有人，是一对年轻夫妻，没有小孩，不过他们早晨七点多就上班了，晚上到五点半之后才能回来。有时，这两口子还不回来，不是住在男方母亲家就是住在女方母亲家，因为他们的父母都在小城。”

“你们回来时，他家有人吗？”

“没有，我们敲过他家门。这不到现在也没有回来呢。我们到楼下，楼下的住户崔敏是我们单位的职工，他们两口子下班刚到家不久。我们将去大连携带的物品放到他家，说到周玉成被杀，他们都很惊讶。不久，你们就到了。”

“你们在这个宿舍住多长时间了？”

“这是厂工会临时为我们租的宿舍，原想让我们住几个月，但这一住有两年多了。因为这里的房费便宜些，加之离我们厂子仅一里多一点。”

“这个楼平时都谁家有人？”

“这个楼多数都是双职工，所以白天这里很少有人在家。晚上都下班回来。”

“你知道周玉成在小城都有哪些同学吗？”

“他的同学好像不多，我知道小城富民房屋中介公司有他的一个同学，姓李，好像叫什么李骆峰？去年我和他还去过那个公司，晚上还和他在一起吃过两次饭。这个人是在他们公司住宿，但近一年来他们好像没有联系。不过在我们去大连前，周玉成好像找过李骆峰，不知找到他没有。”

“有这事？你知道周玉成找他干什么吗？”

“不知道。那几天周玉成有些心神不定，每天回来得都很晚，我们问他，他说他们技术室加班，要不就是说晚上有事。”

“在一周前，在城东向阳街十三号小巷发生一起杀人案，死者叫刘梦露，这事你知道吗？”

“不知道，从没听说过。”

“周玉成没说过吗？”

“没有，真的没有。”

“告诉你，李骆峰就是死者刘梦露的对象。”

“那你们找到李骆峰了吗？”

“我们正在找他。你知道李骆峰现在在哪吗？”

“不知道，就去年见了次面，以后一次也没见过他。”

“周玉成的死你怎么认为？”

“我不知道。”

随后，陈汉雄他们又找黄树理谈，他说的情况和鲁宁是一致的。

本要找的证人却被人杀害，很明显，周玉成的被害，一定与刘梦露的案件有关联。陈汉雄和江涛他们又找了些证人调查，但再没有什么有价值的线索。

派出所所长徐伟带领几名民警对这座住宅楼进行了全面调查，查得这栋楼共有四十八户住户，当然含周玉成这个宿舍。经过调查，在晚上五点多钟，有几名职工发现周玉成回到这个楼院，因为每天都是如此。但在今天晚上，没有人看见有陌生人来过这个楼院。

那么是什么人杀了周玉成？是几个人？这还是个谜。

夜探小店

- 01 -

既然在这个楼院中没有人发现凶手的行踪，能不能在这外围发现线索？

陈汉雄和白雪对现场外一些商业门点和路边人员调查，但都没有人提出任何线索。就在这时，南山派出所所长徐伟给陈汉雄打电话，通过他们对周玉成北边那趟住宅的调查，有一姓田的女子反映，在前两天夜里有两个陌生男子在前面的楼院中转悠过，曾有人问过他们找谁？这两个人说约朋友，其中一个人手中好像拿着报纸包着的物品，有可能是鲜花。这两个人一高一矮，当地口音，由于天黑，没有看清面孔。

现场的足迹表明，杀死周玉成的人就是一高一矮两个人，这两个人是否就是侵入周玉成的宿舍杀死周玉成的人呢？

“队长，我们是否对小城的花店查访一下？”白雪提到。

“小城的花店有几十家，加之有多家花窑，普遍查是难些，我想对这周围的花店进行排查。”陈汉雄决定。

已是深夜，陈汉雄和徐伟研究，对现场四周的花店进行走访，但此时多数花店早已闭店，再没有查到其他线索。

但是，陈汉雄认为前两天在周玉成北边那个楼院转悠的两个陌生人，有可能在找周玉成的住处。今天终于找到了，在周玉成回宿舍换完衣服准备去车站接两位同事打开房门时，两名凶手冲到室内杀了他。

在南山派出所，陈汉雄将查到的这一情况和他的看法向刘天林做了汇报。

“可以认定是这两个人杀死了周玉成。由此看，此案是与刘梦露的案件有关联的。”刘天林听了陈汉雄的汇报，在思虑着。

“陈队长，现场的玫瑰花？”白雪还想着那束玫瑰花。

“现在看还是个谜。不过如果是作案人遗弃在现场的，他们是否是想让此现场也有刘梦露家现场那种景象？现在看来，如果刘梦露不是彭思明和李骆峰所害，有可能也是这两个人所为，他们有可能是被人雇用的杀手。那么，在平城追杀彭思明的人，极大可能也是这两个人。”陈汉雄分析着。

“现在看，有这种可能。”刘天林也这样认为。

“看来，当前最重要的是追查这两名作案人。如果此案与刘梦露的案件有牵连，那我们后边的工作将会更艰难，大家都要有个思想准备。”刘天林慢慢地说着。

当夜，刘天林决定让陈汉雄带领重案队的队员对一些重点人员进行排查，他组织其他民警在全城内开展排查，包括火车站和旅馆、洗浴、网吧等场所。

－ 02 －

得知周玉成被人杀死在宿舍中，彭思明非常悲痛。他希望陈汉雄尽快破案，但他也考虑到周玉成的死极大可能是与刘梦露的案件有关。看来，对方怕陈汉雄他们找到周玉成，从他那里得知一些情况，对他们不利，过早地动手了。

这夜，彭思明哪也不想去了，他在这栋空楼的六楼内一个封闭较好的室内安静地住下来。水泥地有些凉，他在楼中找到一些泡沫和编织袋铺在地上，吃的喝的够两天的了，卫生间，每个房间中都有。他可以在这放心地住，因为此楼虽已完工，但四周的保护措施都没有撤。今夜，外面是满天星斗，看来，明天是晴天。彭思明睡下了，但却怎么也睡不着，仿佛周玉成就在他身边。一个正直的人，一个好心的人，这样地去了。人生是一场梦，命运是条河，你总要拼搏，总要挣扎，才能走出激流漩涡。

“不能睡了，今夜我应该找到那个永德食杂店。”于是，彭思明起身，穿着昨夜柳雨倩给他找的衣服，戴上鸭舌帽，夜里用不着戴眼镜，他将眼镜放到衣兜中，这是周玉成送给他的物品，现在已成为珍贵的纪念品了。然后，他悄然地从六楼楼梯走到三楼，打开三楼一个窗户，从这个窗口攀到楼下的护栏上，从护栏上溜了下来。

已是午夜，他在马路上打了一辆出租车，车到朝辉南路他下了车。据人说，这一带有多家小商店，彭思明决定就在这里找。在一条小街上，他找到了很多食杂店，但就是没有永德食杂店。于是他又走了几条大街，终于在一条街的拐角处，发现一个牌子上写着“永德食杂店”几个红字。

“原来在这里！”

永德食杂店在一座连体楼的一楼，仅占了一个门面房，此时早已闭店熄灯。彭思明观查一下四周的环境，发现此店还有一个后门。永德食杂店西面是一条大街，北面是条小街，西面过道对面是一些商业门点，虽是午夜，还有一些商店亮着灯。在他的北边对面，也有些商业门点，其中有一个洗浴中心，两层楼。但有一条小巷，如在小巷口内，可对永德食杂店进行监视。在食杂店的后边，也是一条小街，小街旁是一个小学的校园，校园用白墙围着。学校东边好像有一家小工厂，再向东是居民住宅楼。在学校的南面，是另一条小街，学校的大门在这边。学校的对面是杂乱的民房。彭思明围绕这个商店外边转一圈，熟悉了整个外部情况。

夜深了，看来这个食杂店的人早已熟睡了。他想了想，今夜找到此处，本身就是收获，他也感到累了，还是回北区的楼内吧，明天再作打算。就在这时，他发现远处有车向这边开来，他急忙躲到对面楼的暗处。此车到食杂商店后门停下了，这是一台黑色轿车，什么牌子因离得远看不清。从车上下来一个人，此人从身影上很面熟，他是谁呢？这个人敲了一下商店后门，里边的灯亮了，门开了，从里边走出一个男子，像是看门的人，或平时就住在这个食杂店的后屋。开车人向他说了几句话，车又开走了。这辆车从车型上看，像是老式的德国产奥迪车，他猜想开车人就是富民公司经理侯福军。但是，深更半夜的他到这个食杂店干什么？看来，他与这食杂店打工的人很熟悉。

\- 03 -

昨夜，陈汉雄和江涛、白雪等重案队队员在小城内排查了一些重点人员，但仍没有查到能侦破刘梦露和周玉成案件的任何线索。本是将希望寄托在周玉成身上，但晚来了一步，周玉成却被害，看来，杀人者要比陈汉雄他们的行动快多了。

今天一早，陈汉雄和江涛、白雪来到淀粉厂，找了周玉成的同事了解情况，他们说的和鲁宁、黄树理说的基本一致，没有新的情况。

陈汉雄决定这边继续调查，同时派江涛、杜云波和保卫科长于德海去周玉成的老家八家子乡了解情况。八家子距小城八十里，一个多小时便可到达。

想到这两起案件，涉及几个单位，多名人员，陈汉雄将这些人物一一连起来，李骆峰、侯福军、周玉成等等，他决定再去富民中介公司。

下午，陈汉雄和白雪又来到富民中介公司去调查。来到富民公司门前，发现侯福军的车没有在门前，看来，侯福军不在公司。

在门卫室仍是那个小门卫苏蒙，里边的办公室还有一位老者，他是公司的会计叫沈彪。沈彪见陈汉雄和白雪到来，将他们让到他的办公室。他说侯福军自早晨到现在还没来公司，但在不久前给他打过电话，说他去天津了，去找找李骆峰，让他这几天主持公司的工作。

陈汉雄向沈彪了解一下公司的情况,又了解了李骆峰和侯福军的情况,但他没有反映出新情况。陈汉雄决定给侯福军打电话,但他的手机却关机了。

陈汉雄在沉思。

“队长,侯福军会不会与李骆峰的失踪有关,或与周玉成的死有关,他外逃了。”白雪悄悄地对陈汉雄说。

陈汉雄感到侯福军的出走,也许是一种烟雾,他是不是因与李骆峰失踪有关而怕暴露逃走了不能确定。但是,我们没有发现任何证据,也证实不了他犯罪,他为什么要丢弃一个公司的经理职位而外逃呢?即使他不外逃,现在没有他犯罪的证据我们又能将他如何?

走出富民公司,陈汉雄将此情况向刘天林汇报,刘天林也很惊讶,但片刻他说道:“不怕他跑,如果真与他有牵连,我们又多了一个目标。他能自己跳出来不也是件好事吗,这样我们的案件也多了一条线索。现在,我们两手工作,一是深入调查那两个捧花人的下落,二是秘密追查侯福军的下落,并围绕他的接触人员和社会关系开展工作。我想,这两起案件的谜都会很快解开的。还有,彭思明有消息吗?你们也要尽快找到他,他也不会闲着的。说不上会给我们提供什么线索呢?”

就在这时,刘天林想到一个人,那就是富民公司原来的门卫老人,他和白雪决定去找他,也许他能说出富民公司的一些内幕。

在居委会的帮助下,陈汉雄和白雪在城南凌河街的一栋居民住宅楼中找到了原来富民中介公司的门卫老人王子正。

王子正家只有老两口。原来,王子正没有任何病,前几天是侯福军将他辞退回家的。原因是,这一段公司效益不好,不需要专门门卫人员了。就这么个小公司,晚上有住宿的照看一下也就行了。故一次性给王子正两

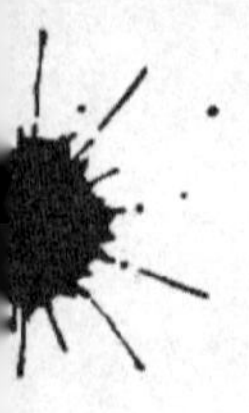

千元钱让他回家。

王子正是个直爽的人，他对陈汉雄他们的到访一点也不惊奇。

他说："我想到你们早晚会再找我的。说实在的，自从李骆峰失踪后你们到公司调查，我也在思虑。一个公司副经理在这干得好好的，怎么会人不知去向。说是去天津，但也该回来了，再有他的手机应该开着，或往公司打个电话，可是至今没有消息。我想他会不会是出了什么事？"

"他去天津是谁说的？"

"是侯经理说的。那天早晨，李骆峰是一早六点钟从公司走的，他并没说去天津呀。如果要外出他一定会带些物品，不，他夹了个文件包，他经常是随身携带这个文件包，也许是习惯了。但从他一早出去的情况看不像出远门。因以前出远门一定会和我说，我到哪里哪里去，你需要点什么。这次没有。"

"你发现李骆峰有什么问题吗？"

"这个倒没发现。"

"除了业务关系，他经常和谁接触？"

"他和侯福军的关系一直是很好的，但有时候行动较为诡秘，给我的感觉，他们是不是借着这个中介公司的名义暗中自己做什么买卖，这叫我猜不透。说到李骆峰经常接触谁，我不太了解。但也知道一些事情。他有个同学姓周，在丰禾淀粉厂工作，去年他找过他几次，都是晚上，他们出去吃过饭，很晚才回来。自去年秋天李骆峰处对象后，他经常去他对象家或和对象晚上相会，回来的也很晚。再有，他舍近求远多次去公司南边的永德食杂店，也许那里的店主是他亲属或者老乡。至于接触别的人我就不了解了。"

"关于侯福军的情况你和我们说说吧？"

“据说侯福军原是城南宏意房地产开发公司的一名职员，后来此公司倒闭，他自己开了这家房屋出售出租中介公司。他家在城东兴发街，他有一个十几岁的男孩，妻子原是副食品公司下岗工人，现也没有工作，但经常去炒股，据说是个股迷，因炒股赚了很多钱。她和侯福军的感情一直不太好。自己赚钱自己花，但侯福军要管孩子的所有费用和家中的房租水电费。侯福军这个人很有钱，好赌，说每次输赢都在几万元，他就是有钱呀。在公司，我是晚班，晚上五点到早上七点，白天我是回家的。因退休无事，才到这里打工，每月给我五百元钱。至于侯福军别的事我还没发现。”

“他都经常与谁来往？”

“除了业务关系，我看城南的沈副市长来过几次，还有一次是什么公司的总经理，叫马总的来过，别的没发现。对了，我想起来了，我在白天回家时，路经永德食杂店，有一次见侯经理也去了这个食杂店，也许是路过那买什么。”

“在我们去富民公司调查时，侯福军向你们说过什么吗？”

“第一次你们走后，侯福军问我你们向我问什么了，我说什么了。我说你们刚来，什么也没谈，人家是找经理的。他严肃地说：“这几个公安是来调查李骆峰的，他的女朋友被杀了，他被怀疑了。不过，公安再来，什么也不要说，说错了要负法律责任的。当时，我还不知李骆峰去哪，他说李骆峰昨天和他请假去天津了，但此人没消息，现在的年轻人，什么事都能干出来，也许他没走，晚上杀了人后才逃走的。”

“有这样的事？”

“是的。但我不信，没听说李骆峰和他处的对象有什么矛盾，他怎么会杀她呢？再有，李骆峰平时很文弱，他会杀人吗？”

陈汉雄思虑着，但这些情况对陈汉雄他们都很重要。

告别王子正老人，陈汉雄决定和白雪去寻访永德食杂店。

永德食杂店是个个体商店，店主叫蔡永德，今年六十岁，家就住在商店附近南边的住宅楼，距食杂店约两里，是朝辉路 12 号。在两年前，老伴不幸得重病去世，现家中就他一人了。他手下还雇了一个伙计，叫谢昌南，外号叫谢三，今年二十六七岁，家是外地的，晚上就住在商店的后屋，连同夜里看店。据蔡永德说，他在这里已开了十几年食杂店了，原是和老伴儿一起开，后来老伴儿病逝，他只好雇人帮忙，所以经别人介绍，谢三就来到他店。谢三与他还是远亲，论起来叫他舅舅。

陈汉雄和白雪亮明了身份，和蔡永德聊了起来。蔡永德说他没有去过富民公司，对侯福军、李骆峰根本就不认识。就是这两个人来过他的食杂店，他也不认识，因每天到食杂店买物品的人很多，如果是附近的人他可能认识，但是过路的或外地的不可能认识。

但是，陈汉雄对永德食杂店仍感到疑惑，他决定深夜和江涛到这个商店附近对此商店进行观察。同时对富民中介公司也进行监视。

傍晚，江涛、杜云波和于德海从八家子回来了。经查，周玉成家有父母，还有一个弟弟，都是农民。他们说周玉成毕业后就在丰禾淀粉厂，住在宿舍中，一个月或两个月回家一次。没有处女朋友，也没有任何仇人。至于他都有哪些朋友或同学，他家中和村中的人都不了解。近阶段，他有两个月没有回家了。当得知周玉成被害的消息后，他的家人悲痛欲绝，当日，他的父亲和弟弟，还有几名亲属来小城和厂子研究处理周玉成的后事。

- 04 -

这夜，陈汉雄派出侦察员高岩、杜云波对富民公司进行监视。那边陈汉雄和江涛对永德食杂店进行监视。

富民公司内很安静，没有什么人外出或到来。到夜里十点多钟，连门卫室的灯也熄灭了。

永德食杂店营业到晚上六点多便闭店了，蔡永德从后门走出商店，并向谢三说些什么，然后是走着回家的。在小店后门前，停着一辆摩托车，这是谢三的，蔡永德走后，他将摩托车推到后屋内，关上房门。后屋灯一直亮着。

陈汉雄和江涛先是在马路西边一家商店的二楼对此店进行监视，因这家店主与江涛很早就认识，所以给予了方便。

夜很静，只有马路上时而穿行的车辆，这一带比较僻静，一到深夜，路上的行人都少了。已到深夜十点了，陈汉雄他们隐藏的商店也闭店了，但一楼的店门在里边划着，亮着灯，为了方便向外观看，二楼一直是熄灯的。

"队长，你看，从北边洗浴中心内向商店方向走过来一个人。不，他停在商店后门处了。"江涛瞪大眼睛在观察。

"别急，看看是怎么回事？"

陈汉雄和江涛从远处注视着这个商店的后门，但见这个不速之客正贴着商店后边的窗户向室内看着。

“这是什么人？是窃贼吗？”江涛想着。

“此人岁数不大，很敏捷。”陈汉雄说。

他们关注着这个神秘来客。但是，食杂店后屋的灯光也熄灭了。有一个戴鸭舌帽的人悄然离开食杂店后屋的窗外，然后来到对面的暗处。暗处有些树木，还有学校的院墙。半个小时过去了，那个神秘来客仍在对面的暗处蹲着，并注视食杂店四周的情况。

“江涛，我看这个人很可能是我们要找的人！”陈汉雄说。

“谁？”

“彭思明！”

“是他？”

“我看有可能。这样吧，我们下楼，你绕到东边去，我从那边跳到对面学校的院中，然后，你装作路人从东向这边走来，看这个人躲到哪，我分析他有可能会跳到学校院内，那我就可以抓获他。”陈汉雄说。

“队长，你看，从马路的车上下来两个人，向商店后门方向走去了。不，他们发现了那个神秘的人。”江涛从窗内发现有两个人已快到商店后门处，其中一人发现学校墙角那有人，直奔了过去。

陈汉雄从窗口也看到了这一情景。

“不好，那两个人手上好像有刀，要出事，我们立即过去。抓获他们。”陈汉雄说着便和江涛冲下二楼，到了一楼，打开在里边上划的店门，冲出商店。

那边，那个神秘人正向东奔跑，两名持刀人很快追上了他，他与两人展开了激烈的搏斗。眼见两名持刀人就要刺上那个神秘人。陈汉雄不得不向天鸣枪，并大喊着：“都不准动！”

但是，那两名持刀人听到枪声，顿时一愣，向后一看，远处有人追过来。

“是警察！”那两名持刀人不顾一切地分别跳到南侧一个学校的院内，陈汉雄和江涛见此从西侧也跳到学校的院内，只见那两名持刀人逃向前面那栋教学楼前，等他们追过去，却不见这两个持刀人的踪影。他们在学校的四周寻找了一阵子，仍是没有见到他们的踪迹。

随即，陈汉雄又给高岩他们打了电话，他们也来到这里，对这学校周围及这一带进行搜索，仍是没有发现这两个人的影子。

因追捕这两名持刀人，他们忽视了那个戴鸭舌帽的神秘人，此时，神秘人早已消失了。但陈汉雄感觉到，那个神秘人就是彭思明。

再见玫瑰

- 01 -

清晨，姜洪民所长刚走进朝辉路派出所的房门，一位二十多岁的短发女子找到姜所长，并哭着说：“姜所长，快救救我爸爸吧！”

“你爸爸是谁？”

“他叫魏秋桐。”

“是城南五金公司的魏经理吗？”

“原先是，可现在已有半年不上班了，他快死了。”

“这是怎么回事？”

“我爸爸从去年开始吸毒，妈妈去年与他离婚了。为了买毒品，他卖光了家中所有值钱的物品，现在家中再也没有可卖的物品，他的毒瘾又来了，现正在家抽搐呢，我怕他是不行了，你们救救他吧！”

“是这样。小刘、小赵，和我立即去魏秋桐家。”姜所长叫着值班室的两位民警，他们和这名女子登上门外的警车便向东去。途中，姜所长又给120打了电话。途中，得知这名女子叫魏春丽，今年二十八岁，已经结婚，现在小城明乐公司做业务员。其丈夫在城南水泵厂当工人。

警车很快来到一个居民小区，这是一处陈旧的老区，楼房全是六层住宅楼，魏家在西侧的四楼。魏春丽打开房门，只见一位五十多岁的男子，仅穿件睡衣，屈腿侧卧在他家南边的卧室地板上。姜所长早就认识魏秋桐，只是近几个月没有见面，原见他就比以前消瘦，现在发现他已是瘦得皮包骨头了。

“魏经理，魏经理！”姜所长叫着。

但是，魏秋桐已没有反应，只有微弱的呼吸。

“不好，魏秋桐很危险，立即抢救！”姜所长叫着，指挥民警小刘、小赵共同将魏秋桐抬起。

当他们将魏秋桐抬到楼下时，120的救护车也到了。他们共同将魏秋桐抬到救护车中，魏秋桐被送往小城第二医院。

到医院后，那边对魏秋桐进行抢救，这边姜所长向魏春丽了解情况。

据魏春丽说；他家本是很富裕的，可去年开始爸爸不知怎么就染上毒瘾，背着妈妈吸毒，并花光家中多年积蓄的十几万元钱。后来妈妈知道此事，对他进行劝告，并与他吵架，他就是不听，还不准妈妈将此事说出去。在万般无奈的情况下，妈妈选择了与爸爸离婚。自妈妈与爸爸离婚后，爸爸没有一点悔意，仍是吸毒，为了吸毒又卖光了家中所有值钱的东西，电视没了、冰箱没了、洗衣机没了、空调没了。因病他不能上班了，所以公司在去年秋天又选了新的经理，他只有在家养病了。在妈妈与爸爸离婚后，魏春丽还不知道他们离婚的真正原因，因妈妈曾答应过爸爸，即使离婚，也不要说出这一秘密，否则，魏秋桐会因吸毒被公安机关处罚的。妈妈与爸爸离婚后，魏春丽曾多次去爸爸家照顾爸爸，只见爸爸日益消瘦，也没

发现他吸毒，只是前一段时间才发现这一秘密，但无论怎么劝爸爸，毒瘾缠身的他，已无法再戒掉这种毒了。至于，毒品的来源，魏秋桐从没向她的妈妈和她说过，所以至今也不知道。

此时，魏秋桐仍在昏迷中，看来如果能将他抢救过来，也许会知道他所用的毒品来源。但是，吸食毒品，这在朝辉路管区，还是第一次发现。

- 02 -

昨夜，陈汉雄和江涛没有追上那两个持刀人，而又让彭思明溜了。为此，他们非常恼火。因为，陈汉雄想到，从远处看，那两名持刀人好像一高一矮，这两个人是否就是杀死周玉成的凶手？

看来，这个食杂店非同一般，神秘莫测，不但警方已注意到，连彭思明也注意到了，更叫人捉摸不透的是这两个持刀人是否也是奔着这个食杂店来的？

陈汉雄看了一下手机上的时间，已是凌晨一点。他本想将此情况报告给刘天林，但考虑到刘天林这两天也非常疲劳，等天亮再向他汇报。为了不打草惊蛇，陈汉雄决定还要对这个食杂店进行监视。他让高岩和杜云波回去休息，他和江涛继续对永德食杂店进行监视。但高岩和杜云波执意要在这里，让陈汉雄和江涛他们回去休息几个小时，因为天亮后，他们的工作还会更多。

陈汉雄同意了，他让高岩他们到天亮时可以暂停监视，上午回去休息，有什么情况随时报告。他和江涛回到刑警大队，休息几个小时，他将夜里的情况向刘天林做了汇报。刘天林指示他们要对这个食杂店深入调查，同时与周玉成的案件，还有富民公司连在一起。并嘱咐陈汉雄说，陆长安局长对这两起杀人案件一直是很重视的，让他们想尽办法，一定要尽快破案。

早晨五点多，陈汉雄接到高岩的电话，说食杂店没有任何动静。陈汉雄让他们暂停监视。这个电话刚说完，陈汉雄的手机又响了，是一个陌生男子的声音。

“你是陈汉雄队长吗？”

“我是。你是谁？”

“陈队长，我就是你们正在追捕的杀人嫌疑犯彭思明。陈队长，谢谢你昨夜救了我，真心的谢谢你。我本不想给你打电话，但这样实在是对不起你。思虑半宿，还是冒昧地打扰你了。”

“彭思明，我们早知道你回小城了，你现在在哪儿？”

“我现在居无定所，打完这个电话，我还会走的。不过，陈队长，我是冤枉的，刘梦露不是我杀死的。”

“从现场看有你杀人的证据，然后你又外逃，这些事对你都是不利的。现在我希望你立即到公安机关说明情况，协助我们调查。”

“我希望你们尽快破案抓获真正的杀人凶手，请你相信我，我真的没有杀人。你说到公安去自首，我现在还不能去。事情已走到这个地步，我也豁出去了，我也在寻找杀死刘梦露的真凶，以此来洗清我的冤屈。”

“彭思明，寻找凶手是我们的事，请你要相信我们公安机关，我们不会冤枉一个好人，也绝对不会放过一个坏人，一切以事实为根据，以法律为准绳。你的事我们会全力查清的，劝你还是尽快到公安机关来说明情况，否则你还会有危险的。”

“谢谢陈队长的好意，但是现在还不行，我还会给你打电话的。”彭思明将电话挂断了。

陈汉雄看着手机上的号码，这是城东一马路边的一个公用电话。

放下手机，陈汉雄想到，彭思明会立即逃离城东，要找他现在很难，但彭思明的话让他又一次陷入沉思。

早上八点多，陈汉雄带着江涛、白雪乘着警车又来到朝辉路，他们决定再找蔡永德包括那个谢三了解情况。

但是，永德食杂店没有开店。

陈汉雄询问东邻的商店，这是一家日杂用品商店，店主是位六十来岁的老者，姓龚。他还雇了两个店员。据他说，每天永德食杂店在早上七点多就开店了，今天怎么了，是蔡永德没来，还是谢三贪睡？

他去叫门，发现食杂店后门是开着的。

“谢三，谢三！”老龚头叫着，可室内却无人回答。

陈汉雄打开小店后门，发现后边小屋的门口停着一辆两轮红色摩托车，这是谢三的，但他人却不在店中。陈汉雄观察着室内，后屋内有一张床和几件行李，行李在床上乱放着，并没有整齐地折叠。床边是一张桌子和椅子，桌上有茶具和一些餐具。小屋中还有电饭锅和电炒勺，桌底下有米。墙角有个电冰箱，内有青菜和一些肉食等。再往前走，还是个小屋，里边放着一箱箱方便面、洗衣粉、小食品、啤酒箱子等，还有一个灭火器。看来，这是个小仓库。再向前走，是食杂商店了，两个柜台，后边是一大排货架，上面摆着琳琅满目的食品和小商品，有各种小食品、烟酒、酱油、精盐等，另一边的货架上是毛巾、香皂、牙膏、牙刷、电池、卫生纸等。前边的食杂店正门在里边用铁铨划着。

“食杂店没有人，而后门却开着，谢三的摩托车还在，这是怎么回事？”老龚头说。

“会不会是老蔡头一早病了，打电话让谢三去，他一着急忘了锁店门？”陈汉雄想到。

“这有可能。”老龚头说。

“蔡永德的家在哪里？”

“离这里约两里，要过前面这条街，从学校东那条小街穿过去，沿对面的小街走二百米，南边那所栋宅楼就是。”老龚头带着陈汉雄和江涛从后门出来，他用手指着。

陈汉雄向南看了看，根本看不到，因为东边的居民住宅楼挡着。

“大叔麻烦你带我们去一次他家，我们有重要的事要找他。”陈汉雄请求老龚头。

老龚头想了想说：“好吧，你俩随我来。”

- 03 -

跟着老龚头，陈汉雄和江涛穿过学校东边的小街，来到南边另一条街上，对面多是居民住宅楼。大约走了两里路，在一座老式住宅楼前，老龚头停下了脚步。

“老蔡头住在这个楼口的东三楼。”老龚头说。

“走，我们上去叫门看看到底是怎么回事？”陈汉雄决定着。

他们来到三楼，老龚头敲门，里边无人应答。

“是不是他有病去医院了，家中无人呀？”老龚头说。

“附近有医院吧？”

“有，个体的有几家，远一点还有小城第二医院、小城第五医院。”

“我们是否去医院？”江涛问。

“不，我们对他的邻居们走访一下吧。”陈汉雄决定。

蔡家对门没有人，也许都上班了。楼下有一对老人，他们是前几年退休的，据他说，蔡永德虽是一个人，但每天起的都很早，早上七点多就要到他的食杂店去了，可今天没发现他。访了一楼，在东侧有一个妇女在家，她说的和楼上说的一样。至于蔡家是否来过外人，她没有发现。还有，谢三是否来他家，邻居们没发现，可也是，人们并不认识谢三。

“听说蔡永德生病了吗？”

“没有，他的身体很好。昨天早晨他出楼口时，我们还说过话呢。”一楼的妇女说。

走出这个楼口，陈汉雄思虑起来。

“陈队长，我是否可以回我的商店了？”老龚头问。

“老人家，既然你帮了我们，就帮到底，我们还需要你，你等一下吧。”陈汉雄说。

“蔡永德应该到他的食杂店，而他却没有去？而店后门开着，谢三却失踪？”白雪说。

“我看有些情况不对。江涛，你找个开锁匠，我想到蔡永德家看看。我将此情况向刘天林汇报，我怀疑蔡永德家有问题。然后，你再给姜所长打个电话，让他派人到这几个医院查查，有没有蔡永德的踪影。”陈汉雄布置着。

刘天林听了陈汉雄的电话，思虑一下，便同意陈汉雄的请示，他在电话中说：“为了慎重些，我想应该让姜所长给委主任打电话，让委主任也到这来，必须有委主任和蔡永德的邻居在场作证。”

根据刘天林的指示，陈汉雄安排江涛给一开锁匠打了电话。

很快，委主任来了，她姓孙。开锁匠也来了。委主任找来了蔡永德的邻居。

当蔡家的门锁被打开后，陈汉雄和江涛、白雪，以及邻居们被室内的情景惊呆了。只见蔡永德仅穿着线衣线裤横卧在客厅内，背部有多处刀伤，流出的血已凝固，地板上也一片殷红。但奇怪的是死者身边也有一束带血的玫瑰花，只是花有些凋谢，还有几枝是折断的。

“蔡永德被人杀害了。”陈汉雄立即将此案向刘天林报告，又给法医和技术员打了电话。

蔡家的住宅是三室一厅，使用面积有九十多平方米。从现场看，室内多处被人翻动过。蔡永德平素住在南边的卧室，卧室床上的被子还凌乱地盖在床上，看来，蔡永德是在睡梦中被人叫醒的。

刘天林到了，法医和技术员也到了。经法医检验，蔡永德是被人先从后面刺了几刀后死亡的，死亡时间在昨夜十一点至凌晨一点间。陈汉雄想到，昨夜蔡永德被害时，他们正在向南边的小街寻找那两个持刀人，此地离他们追过的地方不过几百米，但中间又隔了一个小街。现场除了死者的足迹和指纹外，地上和一些物品上都没有发现其他人的足迹和指纹，看来，凶手杀人后，对现场进行了处理，而且是戴手套作案，并用卫生间的拖布将地上的痕迹也抹掉了，现场没有发现凶器，是被凶手带走了。尽管这样，技术员还是在进门处发现半枚浅足迹，由此认定这是一枚青年男性留下的足迹，极可能是杀人凶手的。

“现场怎么会有红玫瑰呢？而且是枯萎的花。”江涛有些不解。

“这不像深夜给蔡永德送花。这样的岁数无论如何也不能给他送一束玫瑰花呀？这花已不新鲜，像放了多日了。”白雪说。

“从昨天观察的情况看，蔡永德是晚上六点离开他的食杂店，他是回家自己炒菜喝了半瓶酒。因厨房中还有他没有清理的菜和酒，还有一个人的餐具。但他是睡梦中被人叫醒，于是他从床上起来给这个人开的房门，

此人闯入室内杀了他。”陈汉雄分析说。

“这么说杀死蔡永德的是他的熟人或关系最近的人，否则，在深夜是叫不开门的。”江涛说。

“这个杀人凶手会不会是失踪的谢三？”白雪说。

“不过谢三失踪，店主被害，这倒又是一个谜。”陈汉雄说。

“现场又出现了玫瑰花，汉雄，你说说这是怎么回事？”刘天林也在观察那束带血的玫瑰花。

“看来这起案件与周玉成被害的现场又有相同之处，他告诉我们刘梦露、周玉成、蔡永德都是被一伙人所害。起初刘家的现场的玫瑰是彭思明无意中遗落在现场的，而第二起杀人案是凶手借助第一起杀人现场出现玫瑰的情景，又在现场故意丢下玫瑰花，就是要制造一种烟雾，以搅乱我们的侦查视线和思维。第三起也是如此。”陈汉雄分析着。

“我看也是这样，一是让现场有一种神秘感，另一种也有嫁祸于人的目的。”江涛也在分析。

“嫁祸谁呢？”刘天林问。

“彭思明。但我认为，后边的两起案件与他没有关系。”江涛说。

姜所长和几名民警也到了。

“接到你的电话时，我们正在城南医院。不久前接到原五金公司魏经理的女儿求助，说魏经理生命垂危，我们刚把他送到医院。我们对周围医院进行了查访没有发现蔡永德，想不到他在家被人杀死了。”姜洪民一见陈汉雄便说。

来不及对姜洪民多问，陈汉雄决定让江涛和白雪会同姜所长他们围绕现场展开调查走访。

据调查，蔡永德虽是一个开食杂店的，却很富，家中的电器都是高档的。

据说家中也很有钱，但在他家并没有发现现金，也许被凶手翻走了。但陈汉雄和技术员小张在床下的褥子夹层中发现两个存折，共三十多万元。

“蔡永德这样有钱？”陈汉雄感到有些疑虑，因蔡永德的楼就值二十几万，还有一些高档电器和生活用品，他一个小店主开店一年能赚多少钱，这是不是有些太奢侈了。

蔡永德哪来的这么多钱呢？

- 04 -

刘天林和陈汉雄看过现场之后，决定将刑警和派出所民警分成几组展开调查。

经查，蔡永德今年六十岁，住在这所住宅已有二十多年了。二十年前他是小城副食品公司一名普通职工，后来食品公司解体，他下岗了。下岗后的前十多年，他一直是在一些食品厂干些杂活。其老伴郑金兰原是一家饮料厂会计，工资每月仅在几百元钱。七年前，老伴儿退休了。他们便在朝辉路 74 号拐角处买了这个狭窄的门市房开了这个食杂店，虽说每天赚钱不多，但足够他和他老伴郑金兰的生活。不幸的是老伴儿和他仅开了四年食杂店，却得病去世。为了维持小店生意，他在三年前雇了一个叫谢昌南，绰号叫谢三的小青年帮他开店。据说谢三是他的远亲，他叫蔡永德舅舅，其家是东郊青山乡的。此人现是独身一人，其父在前几年交通肇事死亡，其母改嫁了，老家的房子都卖了。所以，他白天帮蔡永德照看食杂店，夜晚在店中住，连看门的都省了。

这边蔡永德被害，那边谢三失踪，难道是谢三杀死了他舅舅？还是杀死周玉成的两名杀手到蔡家杀了蔡永德，要不那束带血的红玫瑰怎么解释？

陈汉雄和姜所长各带几名民警围绕现场进行深入走访。并不断向现场四周的街巷扩大走访范围。

然而在深入调查中，姜所长和派出所小刘、刑警白雪在附近一栋居民楼的一名夜班工人那了解到：昨天半夜他从工厂下夜班回家，骑自行车路过十二号楼院门口时，发现一名男子神色惊慌地从楼院中走出，并与他相视一对，然后向西走了。此人大约一米七三左右，体态较瘦，穿着一身深色衣服。

“此人是谢三。”白雪想到。

随即，姜所长将此情况向刘天林和陈汉雄反映。

在朝辉路派出所，刘天林将陈汉雄、姜所长、江涛、白雪召集来，开个临时案件分析会。

“我看此人就是谢三。”江涛说。

“现在谢三失踪，一定是拿走他舅舅的很多钱外逃了。”白雪认为。

“一定是我们追捕那两个杀手时，谢三乘机从店中溜出来流窜到蔡永德家。但他为什么要深夜到蔡家杀死他的舅舅呢？我看不见得是图财，是发现我们调查这个食杂店？看来，这个食杂店与前两起案件有关联，谢三是否是奉人的指令杀人灭口然后外逃了？”陈汉雄也这样认定，但对蔡永德的死一直有些疑惑。

“永德食杂店一直有派出所民警在监护，直到现在也不见他回到店中，看来，他是杀人后外逃了。”姜所长也这样认为。

“汉雄，你在现场继续调查，我立即组织警力追捕谢昌南。”

当日，姜所长在小城内找到蔡永德的几名亲属，有他的侄儿蔡东和侄媳，还有他的外甥李铁山和他的媳妇。对于蔡永德的死，他的侄儿和外甥们都很惊讶。因蔡永德没有了老伴儿，在一年中，他们曾多次到蔡家，一是看望他，二是帮他做些家务。据他们说，蔡永德家至少也有三万现金，但现在没有了，极大可能是被凶手拿走了。那么凶手为什么要杀死蔡永德，难道是图财害命？关于谢三，他们也认识，蔡永德老家青山乡蔡家沟的，与谢昌南的母亲是一个屯的，故谢三向蔡永德叫舅舅是从这论的，他们是不是有远亲，他们不了解。至于，谢三怎么到蔡永德的食杂店来打工的，他们说不清。

陈汉雄他们又到商店去搜查，并没有发现与案件有关的物品，也没发现可疑的物品。在后屋找到谢三两双鞋，由鞋的尺码推断，现场进门处的足迹有可能是谢三的。

刘天林虽派多名民警对谢昌南展开追捕，但此时，他却没了踪影。

谢三落网

- 01 -

尽管陈汉雄他们多方追捕，两天过去了，也没有查到谢三的影子。

今天一早，刑警大队向邻近地区发了通缉令。

这天傍晚，陈汉雄接到明乐公司马占良的电话，说有沈光荣副市长在场，请他和刘天林晚上五点半到小城城南的兴盛大酒店聚宴，因今天是明乐公司成立五周年庆典日，白天他们已搞了一些活动，晚上想借此机会沟通一下哥们感情。陈汉雄说晚上仍有工作不能去，沈光荣却接过电话："怎么了？官当大了，非得我请你才能来？马占良是咱的好哥们，一心搞经济，违法的事不干，不会麻烦你陈队长的。不但你要来，刘天林都要来，你看这事怎么办吧？"

陈汉雄思虑一下，认为还是难为情，因为今晚他还想和江涛、白雪调查蔡永德的案子。

"这样吧，我安排一下，一会我给沈副市长和马总回话。"

“这样还差不多，你要是来，还会给你介绍几位好朋友的，对你今后的工作也许都会有利。”沈光荣在电话里说。

刘天林真的能去吗？陈汉雄随即给刘天林打了电话，刘天林说：“让江涛、白雪他们继续调查蔡永德的案件，我看你可以参加这个酒宴。一是既然交朋友，就得往下处，感情是不能断的。二是可以认识一些社会人员，对我们今后工作也许会有利的。三是，这十来天，天天忙于案件，也太疲劳了，借此可以轻松一下。”

晚上五点多，刘天林和陈汉雄一起来到城南的兴盛酒店。

这是一个非常高档的酒店。酒店门口站着两名穿着红制服的保安，一进门，还有几名打扮时髦的礼仪小姐。

“先生您好，里边请！”礼仪小姐彬彬有礼地迎接顾客。一二楼是餐厅，三楼是洗浴桑拿，四楼至六楼是宾馆。

刘天林和陈汉雄来到二楼一个大包间，马占良请的客人基本都到齐了。

“刘局长、陈队长驾到，请！”马占良迎过来。

“诸位都到了，哈哈！还有沈副市长、梁局长、高局长！”刘天林看着坐在酒席四周的客人。

“刘局长、陈队长入席！”马占良笑容可掬地让着他俩。

刘天林挨着沈光荣坐下了。陈汉雄挨着工商局的梁局长坐下。

陈汉雄环视到来的客人，有工商局的梁局长，他们早已认识，沈光荣，税务局的高副局长，农业银行的赵主任，还有几位他不认识的。

“客人到齐了吗？”一位礼仪小姐问一直在张罗酒席的一位中年男子，他也坐在餐桌边。

“到齐了，可以上菜、敬酒了。”那位中年男子说。

很快，服务员接二连三地将一盘盘丰盛的菜端到餐桌上，一名长相秀

丽的女服务员打开一瓶“五粮液”，还有一些青岛啤酒，为在座的各位在酒杯中倒满酒。

“在座的都是我的弟兄和朋友，大家似乎都见过面，但不一定全部认识，让我来一一介绍一下！”马占良站起身来，将到席的诸位客人一一介绍。

“这位是小城的沈光荣副市长，这位是公安局的刘天林局长，这位是工商局的梁维成局长，这位是税务局高敬文局长，这位是农业银行的赵主任，这位是大通公司的赵志河总经理，这位是天宇公司的冯树生总经理，这位是康健医药公司的钟经理，这位是刑警大队重案队的陈汉雄队长，这位嘛，是我们公司的业务科长邓忠。”

原来张罗酒宴的中年人叫邓忠，陈汉雄还真是第一次见到此人。邓忠个子并不高，但浓眉大眼，长得很英俊，他的脖子左侧好像有一小块伤疤。

“现在菜已上了八道，在我们这个酒店是两个菜压桌，四个菜唠嗑，八个菜开喝。我想，在喝酒之前，由我的老大哥，我们尊敬的沈副市长代表我讲几句，也希望沈副市长能起第一杯酒，大家欢迎！”马占良笑呵呵地说。

“不，不。还是你马总开第一炮吧！我哪能起第一杯酒？”沈光荣谦让着。

“老大哥，要不你代我讲几句，我起第一杯酒还不行吗？”马占良看着沈光荣。

“好，我简要地说几句。今天是马占良总经理做东，承蒙诸位光临。我本不想讲头句的，但受马占良老弟委托，盛情难却，非让我先说几句，我就先来个开场白。今天请的都是我沈光荣的弟兄，也是我马老弟的弟兄和朋友。我代表马老弟对诸位的到来表示热烈的欢迎和衷心的感谢。今天请大家来没有别的目的，第一，是加深诸位弟兄们的感情，第二正逢明乐公司成立五周年之际，借此请大家来一同庆贺庆贺。明乐公司，虽然成立才几年，但在发展经济上，为我们小城也作出了重大贡献。总经理马占良，不但文才武略，而且特别会经商，是我们小城难得的人才。今后还希望大家一如既往，对明乐公司和马总经理多多支持，但愿我们的友谊长存，但愿我们的事业飞黄腾达，如日中天。”沈光荣先讲了话。

“沈市长讲的好，并夸奖了我。说实在的，占良做得还不够，明乐公司和我本人有今天，承蒙在座的诸位领导、弟兄、朋友们的大力关爱和支持。在此，马某人今天备下薄酒素菜，不成敬意，还请诸位多多包涵，请大家吃好喝好，一醉方休！现在我提议，为了庆贺明乐公司成立五周年，为了在座的诸位身体健康、家庭美好、官运亨通、兴隆发财、顺心欢乐，干杯！”马占良站起身来。大家都举杯而饮。

酒宴一直在欢快中进行，大家分别起杯敬酒，很是热闹。席间，陈汉雄和梁局长、冯总经理闲谈了一些社会上的事，他们也知道小城近期有案件，对陈汉雄他侦破这些案件是抱着极大希望的。其中，冯总经理谈到歌舞厅、迪吧，他说在有的舞厅，一些年轻人像是吸食了摇头丸。

“有这样的事？”陈汉雄还是第一次听说在小城能有这样的事，他陷入一种疑惑之中。

- 02 -

这天傍晚，陈汉雄的手机响了，听声音像彭思明。

“陈队长，谢三现在在城东旭日路北边的二十四号楼董化雷家。董化雷是个瘸子。”然后，电话就挂断了。陈汉雄看了一下手机上的号码，这是街上的公共电话。

“真胆大了，一个杀人犯罪嫌疑人，我们四处追捕，他却没有逃出小城，反而竟在派出所附近的居民楼中躲藏。”

闻此消息，陈汉雄立即叫上江涛、白雪、高岩、杜云波，又给朝辉路派出所所长姜洪民打了电话，因那个地段是他们的辖区。很快他们来到旭日路北边的二十四号楼外，这是一所新建的居民住宅楼。经查，董化雷住在东数第二楼口四楼西侧，那么，怎样才能顺利地抓到谢三，陈汉雄和姜所长做了一下研究。因这个住宅楼每一个楼口的楼道门，都是防盗门。一是这个楼道口内的人用钥匙开门，二是楼内的人给开门。来到这个楼院，他们控制住第二楼道口的出口，派人监视董家的前后楼窗口。然后，姜所长找到楼院管理员，他给打开了第二楼口的楼道门，然后打开一楼过道的楼口电源总开关，拉断电闸。随后，高岩和杜云波化装成供电所检修人员。

他俩先敲开三楼住户的房门，检查室内电闸开关说没问题，并叫着，一定是哪家用电过大，引爆的，看看这几家室内电闸开关吧。他们上了四楼，敲了两次西侧的房门，房门并没有给开，但发现从室内的门镜中有人向外窥视，房中一定是有人。他们又敲东侧的房门东侧有人给开了门，高岩进到东屋，杜云波一脚门里一脚门外站在门口处，他背个电工兜子，并将螺丝刀递给高岩，高岩打开东侧那户室内电闸箱，看了看说，没问题。出了东侧楼，高岩说，楼下这几户家的电闸都没问题，现在就差四楼西边这家了，看样像是他家的电闸或线路出了问题，如果这样，这个楼口的住户都给不上电呀。就在这时，东侧的住户说，现在是做晚饭时间，西边的董家应该有人呀？高岩再次去敲门，西侧的门终于开了，开门的并不是谢三，是个瘸脚男子，高岩分析此人是董化雷。并不动声色地说："有人家电闸爆了，我们要检修。"随之，他和杜云波走进董家，然而就在这时，陈汉雄和江涛、白雪、姜所长也来到董家。江涛和白雪发现董家北边的卧室中有一个人，此人正是谢昌南。他们立即上前，大喝道："谢三！"

谢三见到江涛和白雪，知道无处可逃，快速地从腰中掏出一把尖刀，举刀便对江涛和白雪乱刺，但他哪是这两人的对手，他们躲过尖刀，江涛快速地抓住他持刀的手，上前背过谢三一只手，将他按倒在地板上，白雪用脚踩住谢三持刀的手，他被扣上手铐，带出北卧室。

"你们这是干什么？他怎么了？"室内开门的男子惊叫着。

"你叫董化雷吧？"

"是的。你们是？"

"我们是公安局的，今天到你家是专程抓捕杀人嫌疑逃犯谢昌南的。你们是什么关系？"

"我们是朋友。但我真的不知道他杀人呀，我是个残疾人，这些日子都没下过楼。"

"姜所长、高岩你们带人在这里给董化雷做个笔录吧，我们回刑警大队。"陈汉雄安排着，回身对谢昌南说："将谢三带走！"

- 03 -

连夜，刘天林、陈汉雄和江涛、白雪对谢昌南进行了讯问。

据谢昌南交代，他家本是小城东郊青山乡的，从小父亲出车祸死亡，母亲改嫁，他是在梨树县他姑家长大的。他仅读了小学六年书，然后给一家养殖户放牛。后来到小城一些工地打工。三年前，他从他姑那里得知他在小城有个远方舅舅叫蔡永德，他找到了他，刚好他舅母去世不久，他的食杂店无人照料，这样他就帮他看食杂店，反正蔡永德一个人也忙不过来，他就在店里住下，吃住在这里，一干就是三年，每月蔡永德给他五百元钱工资。他很喜欢摩托车，便积攒几千元买了一辆两轮摩托车。但他对他舅舅有些不满，这个永德食杂店生意一直很好，无论他舅赚多少，也不给他涨工资。因此，他怨恨舅舅蔡永德太小气。今年以来，他发现他很有钱，他想有一天抢了他就不在这个食杂店干了。那天晚上，蔡永德从食杂店拿走几千元。他想，这一段时间他的收入一定很多，家中说不上有几万元现款，于是他决定深夜骗开他舅舅开门，抢了他然后逃走，到南方打工去，不在这小店干了。

那天深夜十一点多，他带着尖刀来到蔡永德家，敲开门谎称食杂店北窗被人撬开，丢失了大量货物，让舅舅到店中去看看。舅舅蔡永德问他为什么不打电话，他说蔡家电话不知怎么的了，一直打不通，故夜里送信。就在蔡永德穿着睡衣在客厅内背对他时，他从后边持刀杀了他，并从他家翻走四千多元现金。因杀了人，他不敢回食杂店，连那辆他喜爱的摩托车也只好舍弃了，带着刀，连夜逃走了。他先到吉林一位朋友家待了几天，但在外买吃的，买衣服，已花去两千多，后打算到南方去打工，但又怕找不到打工的地方，这样，手中没钱也就无路可走了。于是他想到回小城，找几个朋友借点钱，然后再逃走。但是，他想到他杀人后，公安一定会抓他。他不敢坐火车，因火车上有警察，他害怕，所以只好坐公共汽车。那天坐的大客车是到省城的，途中当然要经过小城。昨天夜里，车经小城，他下车了。到小城是夜里十点半。他想到住在城东旭日路北边的二十四号楼董化雷，他们是朋友，他到他家躲几天再说。董家这里虽是小城闹市区，离朝辉路派出所较近，但离他杀死蔡永德的现场较远。他听人说越是危险的地方，当然也是最安全的地方。

他与董化雷是在五年前在一起打工认识的，并帮助过董化雷。董化雷原先并不瘸，是一次在拆迁一栋旧房屋时，被倒落的墙砸断的，工程队给了他两万元，他至今一直养伤在家。在他受伤后，谢昌南曾几次到医院看过他，后来也几次来过他家，给他买东西，他们是好朋友。董化雷父母十年前离异，母亲去了河南，父亲前年去了广东，现在他就独身一人。

“你说你杀了你远方舅舅蔡永德,现场上你还放了什么？”陈汉雄问道。

“没放什么？”

“你好好想想？”

“真的没放什么。”

“玫瑰花是怎么回事？”

“啊，我想起来了。我表舅家客厅茶几上放着一束玫瑰花，是前一天他什么亲属来忘在那里的，我在翻他家物品时，给扔到舅舅的尸体上。”

“这束玫瑰不是你带来的？”

“不是，深更半夜的，我到哪去买这种东西。”

“你从你舅舅家到底翻走多少钱？”

“就四千多元，真的，我不说谎。知道就能找到几千元钱，我就不杀人了，而且杀的还是我舅舅，我真后悔呀！”

“还有别的东西吧？”

“没有了，我就是为了钱。要别的东西干什么，再说一个开食杂店的能有什么。”

“你杀人的凶器呢？”陈汉雄问。

“就是你们缴获的尖刀。”

“你抢蔡永德的钱呢？”

“花了两千多，还有两千多刚才被你们搜身搜走了。”

“你昨夜回小城，难道你不怕有人认出你吗？”

“我想不会。小城这么大，我就认识几个人。再说我除了在几家工地或工厂当过力工，接触的都是外地打工人员，谁知道我现在杀人了？还有我在那个食杂店，接触的都是过路客，要不就是临近的居民，我不到那边去，谁能跑到城东来找我来？”

“我看不是这回事，谢昌南，你要讲老实话，否则，后果你自己是清楚的。”陈汉雄怒视着他。

“我说的都是真的。”谢昌南避开陈汉雄如剑一样的目光。

“不，从现场上看，你是在说谎。”

“不，不！绝不是。”谢三争辩着。

“我再问你，到蔡永德家去作案的到底几个人？”

“就我自己。都怪我财迷心窍，一时糊涂。要知道他家就这么点钱，我干吗要杀人呀。人为财死，鸟为食亡，这话不假呀。”

“在小城和外地你都有什么亲属？”

"我不清楚,除了我姑,别的亲属我都没来往过。所以,我也无处可去。"

"这么说杀死你舅舅是你一人所为?"

"是的，就我一人所为。我发誓，我说的都是真话。"

当夜，陈汉雄和江涛、白雪再次到董化雷家，并没有发现其他情况。

- 04 -

第二天，陈汉雄和江涛、白雪继续对谢昌南杀人案进行调查，并到梨树县走访了谢三的姑家，他姑介绍的情况和谢昌南说的是一致的。他对他姑很是孝敬，每年都去看望，年节都要给他姑几百元钱。他姑原先也是青山乡的，是嫁到那边去的，现有两个孩子，大的是女儿叫张红，小的是儿子叫张勇，现都已结婚并有了下一代，他们全住在梨树的乡下。

检察院在案发后就参与了此案，当得知抓到谢昌南后，便着手对此案进行调查。随后，对谢昌南以杀人抢劫犯罪进行批捕。

尽管谢昌南交代是他一人杀死了他表舅蔡永德，目的就是图他表舅的钱财，但陈汉雄总觉得这起杀人案件并非这样简单。

他与江涛、白雪对这起案件进行了认真的分析。

"我看谢三是故意耍花招，蔡永德家的杀人现场与前两起一样，如果前两起是两人进入现场杀人，这起也应该是这样。"江涛的想法和陈汉雄是一致的。

"现场的玫瑰花让我有些疑惑，第一起是彭思明无意遗弃在现场的，第二起是凶手有意制造与第一起现场一样的场景，但第三起还是这样，如果是两人作案或让我们怀疑都是彭思明所为，或也是第二起现场的凶手作

案，这倒让我信。如果说这起同样现场的杀人案突然成了一人所为，我不信了。这次现场再出现玫瑰花，那就有些弄巧成拙了。”白雪说。

“按说，他们本是亲属，他为他打工，但他也为他开工资提供住处，他本应报恩，怎能为点钱就杀人呢？”江涛分析着。

“蔡永德的死是在我们调查侯福军、李骆峰后死亡的，这里边会不会是掩盖着什么？我总认为蔡永德的死并不是那么简单。”白雪分析着。

陈汉雄吸着烟，认真地听着江涛、白雪的分析，他在沉思。

“你们分析得很有道理，我想蔡永德的死就像白雪说的并非简单的抢劫杀人。对于一个有恩于他的人，他能就因为几千元去杀人吗？这里边一定另有原因。特别是现场的玫瑰花说明，这起杀人案件和前两起是一样的，也是一伙人所为，也许有谢昌南参加，也许他仅是到现场，而杀人者是另外两个人，当然也是杀死刘梦露和周玉成的人。目的是什么？是杀人灭口，不让我们从蔡永德口中得到我们想知道的事情，还是杀人者在蔡家寻找什么东西？是找现金还是其他物品，现在我们还不清楚，我想总会清楚的。下一步，我们还要围绕富民公司和永德食杂店周围深入调查，包括经常到富民公司和永德食杂店的都是些什么人。”陈汉雄坚定地说。

空楼险情

- 01 -

这天，明乐公司非常热闹，因为总经理马占良被小城评为优秀企业家，一些记者也纷纷到这里来采访。

马占良春风得意，微笑着答复诸位记者。

“欢迎诸位光临，我得了点荣誉，这与城南领导的关怀和支持，各界群众的支持是分不开的。特别是主管城南招商引资和轻工企业的副市长沈光荣，经常深入实际，为我们排忧解难。我们公司及我个人取得的成绩，与像沈副市长这样的领导支持是分不开的。”

“马总，听说近年来，你的公司形势一直很好，在纳税上为小城作出了突出的贡献。”一记者问。

“身在一方热土，就要为这块土地作出贡献。但是，我们做的还很不够，今后要继续努力。”马占良说。

“马经理，听说你在经商上很有经验，并使你的公司年年盈利，主要

靠的是什么？”一女记者问。

“经商的目的主要是为了赚钱，但这不是绝对的。经商一要讲诚信，二要讲品德，心里想着顾客是上帝。其次，那就是经营管理得当。当然，经商时刻都有风险，不研究市场需求，不研究产品更新，不研究顾客心理是不行的。只要做到这些，我想谁做买卖都会盈利的。”马占良仍是微笑着说。

“马总，听说你对小城慈善事业也很关心。去年你为城南小学门前修路和南郊光荣院各捐献五万元？”记者仍在问。

“这是我们应该做的，我想其他企业，只要有能力，看到人家有困难也会帮助的。当今，我们的生活越来越好，面对有困难的人我们都应该献点爱心。”

就在这时，一位很富态的男子来到总经理室，马占良一看，是沈副市长来了。

“沈市长也大驾光临！”马占良笑着迎过去。

“是沈市长？”记者们又围向沈光荣。

“沈市长，听说你协抓小城的招商引资工作和主管轻工企业和民营企业，明乐公司取得了很大成绩，马总经理被评为小城优秀企业家，其中也有你的功劳？”一记者问。

“明乐公司的发展和进步，对带动城南经济发展作出了一定的贡献。马占良总经理这次被评为小城优秀企业家，这也是当之无愧的。说到我有功劳，不能这样认为。作为一方领导，扶持和支持企业发展，提供各种方便和优惠政策，这既是我们的责任，也是我们的义务，是应该的。所以说我没有什么功劳，企业的发展更主要的还是要靠像马总这样有经营管理能力的人的努力，还要靠广大职员共同的拼搏和进取。”沈光荣很严肃地说。

沈光荣的话迎来一片掌声。

“沈市长，坐下休息一会吧！”马占良给沈光荣让座。回身，马占良对诸位记者：“诸位记者辛苦了，我看大家先到会议室休息，吃些水果，中午我们到附近的酒店用餐。邓科长，陪诸位记者到会议室吧！”

一直陪同记者的业务科长邓忠请大家到会议室。

记者走后，马占良的办公室只有他和沈光荣了，马占良从办公桌上拿起一盒中华烟扔给沈光荣说：“沈市长，多谢你了！”

“哪里，你本人的努力，我只不过是注重人才。”沈光荣笑呵呵地说。

“我想扬帆，也得借你的东风呀！”马占良说。

“哈哈哈！马总就是会说，佩服！”沈光荣很高兴。他吸了一口烟又说道：“后天，你给我在仙鹤春酒楼安排一桌酒席，我请几个人。”

“又请谁呀，什么节目？”马占良凑到沈光荣耳边微笑着，眼睛看着他的面孔有些神秘地问。

“这回是正经事。你忘了后天的日子，是你嫂子过生日，我怎么也得意思意思，找几个铁哥们给热闹一下。”

“那我得给我嫂子送点生日礼物呀。对了，我嫂子是属什么的？”

“还好，属鼠的。”

“那我让人打制一个金鼠吧，我想我嫂子一定会喜欢。”

“我说马总，还真有你的，一般人是不会有这个创意的，我代表你嫂子先谢谢了。”

“哈哈哈！”

– 02 –

这天清早，陈汉雄正要去富民公司，突然接到富民公司沈会计的电话，他要求陈汉雄到他们公司来一趟，有要事相告。接此电话后，陈汉雄和白雪来到富民公司，到了公司门口，发现富民公司门外多了一大块广告版，上面写着一些地区出售房屋的信息，大约有上百条。但公司内却冷冷清清。

门口仍不见侯福军的那辆老式奥迪车。

富民中介公司自两位正副经理失踪后，现在只有沈会计在主持公司的工作。今天，公司中只有沈会计和那个小门卫苏蒙看着公司。

在一楼的会计室，沈会计哭丧着脸说："陈队长，想不到呀，侯福军一定是携公司的全部资金外逃了。"

"别着急，你说说这是怎么回事？"陈汉雄安慰他。

"侯福军那天将我们公司的几位员工都召集到一起开个小会，对大家几年的辛苦表示感谢，对公司取得的成绩表示欣慰。他说在这方面，李骆峰的贡献是很大的，但是，他本是和我说去天津，为什么会突然失踪呢？他决定去一次天津，要几天后才能回来，公司的工作暂时由沈会计主持。有什么买卖可以做，还要做好。大家要团结一致，为了公司的利益而奋斗。"沈会计说。停顿一下他又说道，"可是，昨天我去了建设银行去提一笔转账购房资金，发现公司的账目空了。不但这个银行的空了，存在其他银行的资金款全部空了。经我初步查询，是侯福军在李骆峰出走的当天，侯福军以购房为名，将公司账面上的一百二十万现款全部支出，打到外地一个账号上。但两天后，已被人全部提走。看来，他早已有了准备，他是携款外逃了。”

“原来是这样。”陈汉雄听了此事后，便立即给江涛打电话，让他和高岩立即去富民公司开户的几个银行查询。

为了查清侯福军、李骆峰与谢昌南的关系，陈汉雄和沈会计先谈了起来。

据沈会计说，他是三年前来这个公司的，他只管财会这一项，别的事情他一概不问。每天虽不算忙，但也闲不着。忙账目、跑银行、跑税务等。李骆峰是侯福军从人才中心招来的不假，但这两个人的关系似乎很特殊。开始，李骆峰对房地产业不是那么感兴趣，但后来却非常感兴趣，人也很虚心。由于他专心致志做这项工作，办事能力也很强，并在社会上有些朋友，或是同学吧。他近日虽说不在公司，却总是有人打电话询问他是否在公司，有些事要找他办理，看来，他在社会中还是有一定威信的。然而，在公司中，人们都会发现，侯福军对李骆峰是很器重的，他俩的关系也非常好。常常二人出去陪客人或到哪去吃饭。只是二人的形迹有些诡秘，人们怀疑这二人是不是在一起做什么买卖，或借中介公司的名义搞什么私事？只是没有发现证据。公司是有几位员工，但各负其责，在这二位手下，还得听他们的吆喝。李骆峰是放“五一”长假上班后第二天失踪的，后听侯福军说他去天津了，有可能是坐火车走的，但无人看到他走出公司后的行踪。现在侯福军卷走公司全部资金外逃了，他是不是和李骆峰早就预谋好了，一人先走，一人后走。然后再二分了公司的资金，这些钱每人能获得六十万，也够花了。

“今天，员工还有谁在公司？”陈汉雄问。

“每天上午员工几乎都能来，下午就没人了，员工们还不知道公司资

金的事，如果知道定会有一场风波。加之，公司外边还有几十万欠款没有和人家结算，这回没有了钱用什么结算，这月员工的工资也开不出来了，这个公司还能生存吗？你问公司现在还有谁在，早晨来了几位，说有事各自都出去了，现在只有我和刚来公司不久的小门卫了，他什么也不知道。”沈会计说。

江涛来电话，说沈会计说的富民公司的资金被侯福军于五月九日上午打走是真的。

想到侯福军和李落峰的下落，陈汉雄沉入一片渺茫之中。

- 03 -

这夜，彭思明又回到他这几天住的城北空楼中。他还是攀着楼外的护栏杆上的三楼，昨夜他住的是三楼。打开窗户进入到室内，这里没有灯光，他只好从衣兜中找出打火机，在他住的地方照一照，发现一早他离开时，堆在墙角的破纸壳、泡沫和那双昨天从外边找来的破毯子有变化。在这间房间的卫生间浴池下，彭思明还塞了一包东西，那就是柳雨倩父亲的那套衣服，还有一把雨伞。他将此物藏在这里，想到以后要还给柳雨倩父亲的。

“一定是看门的人上楼来发现了这些，是他动的。也许他看出这里已住人了，说不上夜里还会来。”彭思明想着。

于是他将这堆破纸壳和那条破毯子抱到六楼去。他想，这样也许看门人嫌麻烦就不会到六楼去找他了。到了六楼，他想也不对。只要看门的老头发现三楼的破纸壳和破毯子没了，一定会到各个楼层各个房间来寻找他。

窗外没有月光，看来是阴天。

楼内很静，他想已是深夜，那个看门的也许早已睡着了，不会再到楼上折腾了。他也想到睡觉，水泥地很凉，他又到三楼抱了几块泡沫板，将几块泡沫板铺在地上，上面又垫些纸壳，便倒在这上面，盖上那条破毯子想睡下。突然，他似乎听到楼下有动静，有人在轻轻地迈步上楼梯。彭思明不敢睡了，忽然一下起身。然后，他走到这个房间的门口，要想下楼是不行了，这种动静就来自楼下，看来有人已到四楼，并有手电筒的光亮，是在搜查四楼所有的房间。说不定一会就到五楼、六楼。这座楼因为面积小，楼层低，没有电梯只有一处楼梯口，彭思明无处可逃。打开窗口可攀到窗外，但下到五楼那是极其困难的，因为墙壁上没有任何可抓之处，就是有可抓处，这么高又在深夜，一旦掉下去也必死无疑。想与来者反抗，身边无任何武器。楼下的人已到五楼，怎么办？彭思明发现楼下是两个人影，拿着手电筒，他们是一人站在走廊中，一人到五楼的各个房间去搜查。那个人就站在上下楼的楼梯口，看来，这两个搜查者很有经验。彭思明在六楼的楼梯口墙角处观察这两个人的行踪。

“老七，你看这里边有吃的东西。”进到东侧房间那个人在小声地叫着另一个人。原来，昨晚，彭思明在五楼一个房间吃了面包和香肠，遗落些残物。

“老七！”彭思明明白了，这就是近几天一直在追杀他的那一高一矮两名杀手。他悄悄走过去到东侧那个房间门口。

这是再好不过的机会，只有几秒钟，彭思明从楼上看到老七离开了楼梯口，他冒险贴着楼梯边的暗处，弯着腰一点一点地走下楼梯，没有一点动静，他贴着五楼的楼梯口，发现那个老七站在东侧一个房间正向室内看，他手拿的手电筒光也照到室内。见此，他快速地下到四楼，飞身进了对着楼梯口的房间。因这个房间他们刚搜查过，会安全些。就在他刚进入这个

房间时，老七从五楼东侧走过来，手电筒四处乱照，并又向楼梯口和四楼下照了照。好险，慢一秒，也许就会被他们发现。

此地也不是长久之地，也许他们到六楼发现他的住处后，会重新搜查各个楼层。彭思明想到此便下到三楼，从那里的窗户出去，就可抓到外边的护栏，先逃走再说。

再说那两名杀手到了六楼，很快搜到彭思明刚才住的房间，那个矮胖子用手电筒向室内一照，发现墙角那有一个铺盖，像是有人睡在那里，他悄悄地向门外的老七摆了一下手，随之从腰上掏出匕首，举刀便向那个铺盖乱刺，然后踢了一脚，发现是个空被窝。

“老七，这个滑头又跑了！”

“不可能，我们将楼梯看得严严实实，他除非跳窗户，那也摔死了。”

“老七，这么说他有可能藏到别的房间了，你看住楼梯口，六楼还有几个房间我再找找。”

矮胖子一手持匕首，一手持手电筒将六楼所有的房间搜了一遍，连各屋的卫生间都查了，都没有发现彭思明的身影。

“我们再将这个楼搜一遍，说不上他乘我们没注意时跑到楼下去了。”

“对，再搜一遍。”

这两个人又下楼去搜五楼，然后又到四楼。

这时，彭思明早已到了三楼，他打开窗户逃到窗外，然后像猴子一样敏捷灵活地攀上护楼栏，从护楼栏顶端攀到地上。

外边很暗，仍然是没有一丝月光。彭思明想到这两名杀手还会追杀他，便决定到城南去，那里还有一处空房，是应该拆迁的旧楼，现已拆了一部分，暂时可以住几日。

走过这座空楼，他直奔南边那条小街，可刚上了小街，从后边出现一辆轿车，车速特别快，急速地向他冲来，彭思明机警地躲到小街的一边，再慢一点就会被这辆轿车撞死，此车是深蓝色，好像旧桑塔纳，轿车中好像就一个人。他想，这个轿车的人是喝酒喝多了，还是和那两个杀手一伙的呢。他正犹豫时，听到空房方向有摩托车声音向这边冲来。他顾不得多看，发现身边西侧两处楼房间有一个空隙，那一定是个胡同，就在轿车到他身边时，他跑进了这条胡同。他刚进了胡同，就听到胡同外有摩托车声，他想一定是那两个杀手骑摩托车追来了，他拼命地向胡同深处逃着。真是慌不择路，这是一条死胡同。胡同里边是很宽敞，有一户人家，好像三合院，高墙大院，院墙就有两米多高，铁大门上面还有门斗，任何人都难以爬上去。怎么办，身后似乎已有摩托车声，如果被两名杀手堵在这里必死无疑。关键时刻，他发现院墙东边有几棵大树，如果攀到树上，可上北边的房顶，从那个房顶跳到北边，也许就可逃走了。他快速地爬上大树，敏捷地跳上北边的平房顶，就在这时，一辆摩托车冲到胡同内，坐在后边的老七已发现了他："他在房顶上！"彭思明跑过房顶到北边，北边是一个院落，院内一角还有个小仓房，他跳到仓房上，这里离地面大约三米高，跳下去没问题，还好，仓房北边是个木柴堆，他跳到柴堆上，那里又是一条小巷，他沿着这条小巷向西跑，又拐过两条小街，终于摆脱了几名杀手的追杀。

模拟画像

- 01 -

昨天夜里，彭思明摆脱了几名杀手的追杀，最后他跑到城南一所没拆迁完的旧楼中住了一夜。思前想后，他认为杀死刘梦露和周玉成，还有蔡永德的人，有可能就是追杀他的这伙人。但那辆黑蓝色轿车是怎么回事呢？是参与者还是这一高一矮两名杀手的同伙？

为了探明这伙人的底细，他决定从现在开始，不但要追查侯福军、李骆峰的下落，还要反跟踪这两个人的行踪，必要时向陈汉雄报告。

又是一天，陈汉雄想到周玉成现场中的两种足迹，认定杀死周玉成的凶手是一高一矮两个男子，他决定再找南山派出所所长徐伟，建议对周玉成宿舍和宿舍北边那所住宅还要重点调查，如果能找到看清这两个人特征的人，江涛就可画出嫌疑人模拟画像。

徐伟和陈汉雄再次找到那天最初反映在北边住宅楼发现两个陌生男子

的居民，她叫田晓娟，经她回忆，那天是周玉成被害的前两天，是深夜十点左右，她骑自行车从城内她姐姐家回来，走到楼院内，发现有两个陌生男子在前面的楼院中转悠，她没有看清这两个人的面孔，只感到是一高一矮两个男人，其中一个手中拿着报纸卷包的物品，里面好像是鲜花。她以为是谁搞对象在楼下等对象呢，就将自行车推进楼院西的存车处，然后上楼回了家。第二天，听住在一个楼的居民夏素珍说，昨晚她男人冯志下晚班回家也发现这两个人在楼院口，冯志见这两个人有些可疑便问他们找谁，其中一人说等这个楼上一个姓刘的女朋友。由于楼院口的灯光很暗，他仅看到这两个人模糊的面孔。

这两个人在楼院口徘徊多时，一定是在寻找周玉成的住处，既然他在北边的楼，也一定会到南边或北楼北的住宅。因他们那时还不知道周玉成的具体住处。

果然，经过再次走访，在冯志家北边的楼院中，一位姓何的老人反映，也是那天晚上七点多钟，两名男子，一高一矮来到他们的楼院，当时他到街头看人家下棋后回家走到楼院中，那两个男子向他打听，说淀粉厂的周玉成家住在哪？何老汉认识周玉成，但记错了他住的楼房，说住在南边的那栋楼。那两个男子便说谢谢，然后向南边的楼走去。当时两个人什么也没拿，是空手。何老汉基本是看清了这两个人的长相。

“这两个人如果是田晓娟她们见到的那两个男子，他们在晚上七点是空手，在晚上十点便捧着一束鲜花，看来是在七点钟后到花店买的。两个小时内，他们能在哪里买花呢？一定不会太远，就在周玉成家现场周围的花店。那天，他们没有找到周玉成的住处，或是没等到机会进入周玉成的宿舍杀人。然而，我们那天在现场见到的玫瑰花是鲜的，看来，他们在那

天上午或下午新买的花。周玉成从工厂回宿舍，一定是杀手在后边跟踪，那么，他们买花的花店极大可能是在周玉成回宿舍的路边或附近。”陈汉雄分析着。

“我们走访淀粉厂附近的花店，或是这周围的花店？”江涛问。

“我们分两组，你和派出所小佟让何老汉详细说说那两个人的特征，你在此画他们的模拟画像吧，我和徐所长、白雪再去走访花店。”陈汉雄决定着。

– 02 –

当即，陈汉雄和徐所长、白雪对周玉成宿舍附近的所有花店进行了走访，有些是案发后走访过的。虽有订玫瑰花或买玫瑰花的，这几天并不多，有的是打电话，有的是店主认识，凡来买玫瑰花的人都被他们找到，但没有类似何老汉他们见到的一高一矮两名男子的特征的人员。从现场的花叶新鲜程度看，那天的花就是当天购买的，陈汉雄决定扩大走访范围。

在丰禾淀粉厂对面的马路是一排商业楼，在这排商业楼后的第三条街上还有一个花店，这里也是城南，花店的店名叫“四季花店”。这是个面积很小的花店，但店内花种齐全，一进门便香气袭人。几年前，陈汉雄在侦破小城袁氏兄弟黑恶犯罪团伙案中来过此店。店主是位三十来岁的女子，她叫林春玉。

“林店主，还认识我吗？”陈汉雄看着林春玉正在店内忙碌着便打招呼。

“是陈队长，稀客，怎么有时间光临我这小店呀？”林春玉见到陈汉雄很高兴。

“我可没有时间到你这来赏花，要不是查案子我也不会到你这来呀。”陈汉雄说。

“又是哪发生案子了？”

“几天前，淀粉厂西边发生一起杀人案，现场出现一束红玫瑰。”

“又是红玫瑰，你们有人曾来我这查过两次了。你看，我这小店让你们坐的地方都没有，你们喝水不，我后屋的冰箱中有矿泉水，我去取。”林春玉要去取矿泉水。

“不了。你回忆一下，前几天是否有一高一矮两个男子来你店买过玫瑰花？或是有其他人来买过这种花的。”

“有两人来买过这种花，都是要一束，要价一百元，他们都没讲价。”林春玉在思考着。

“是什么时间，买花人长得什么样？”

“第一次好像是五月十三日的晚上，天还没有黑时，来了一个小个男子，二十七八岁，进屋问我有没有新鲜的红玫瑰，我说有，早晨到的货。他说要一束，我给他选了十几枝，花开的很鲜艳，然后用塑料花纸和花绳给他扎好，但他要一张报纸，我给了他。付了钱，他就拿走了。这个小个男子有些胖，不过没什么特征。但我再见到这个人能认识。隔了两天，这天中午，来了一个高个男子，大约在一米七五、七六左右，较瘦，他进到花店便问我有没有红玫瑰，我说还有一束。他说给我扎好，我也是按装饰要求给扎好的，他付了钱拿走了。他出了店门，我听到有摩托车声，他有可能是骑摩托车来的，或是外边还有一个骑摩托车的等着他。”林春玉说。

“是这样。”陈汉雄思考着。五月十三日晚上，正是田晓娟他们发现那一高一矮捧花人到他们楼院的那天，而隔了两天的下午，正是周玉成被

害的日子，看来，这两个买花人就是田晓娟他们见到的两个人，他们就是杀死周玉成的凶手。周玉成家现场发现的足迹认定进入室内的凶手也正是一高一矮两个人。

“这两个买花人是什么口音？”

“当地口音。”

“你再见到这两个买花人能认识吗？”

“也许能。”

陈汉雄决定让江涛来“四季花店”，因林春玉的记忆力很好，应该让江涛将这两个买花人的模拟画像描绘下来。如果和他先前画的模拟画像一致，那说明凶手就是从这里买的花，然后去周玉成的住处侦察、杀人。随即，陈汉雄给江涛打了电话。那边，江涛刚将何老汉描述的两个嫌疑人的画像画好，他带着画像就往这里赶。

在等江涛时，陈汉雄问道林春玉的堂妹林秋玉，林春玉说自那年陈汉雄他们救了林秋玉之后，她和认的干姐妹范秋花一同去深圳了，现在二人都已结婚，林秋玉是一家公司的小老板，范秋花在一家中外合资企业工作，她们的生活非常幸福美满，她们也一直在感谢陈汉雄队长呢，说哪一天回小城一定看望这位好人。

陈汉雄笑了。

- 03 -

根据林春玉的描述，江涛很快画出两个买花人的模拟画像。然后与他先前画的两幅画像相比，那个胖子和这个胖子长的是一模一样，而那个瘦高个与林春玉描述的瘦高个也非常相像。陈汉雄认定他们是同样的一高一矮两名杀人凶手。

查到了买花人的体貌特征，有了模拟画像，陈汉雄想到下步工作。经请示刘天林，刑警大队将模拟画像复印了几十份，分发到小城各个派出所，一场摸排查两名犯罪嫌疑人的行动在悄然地进行着。

这两名杀人凶手有可能有摩托车，陈汉雄想到刘梦露的现场小巷口的人家反映小巷口有摩托车声，但认定不了是路上的还是小巷口中的。看来，侵入到刘家的凶手有可能也是骑摩托车的，还有一种可能也是两个人作案。

陈汉雄决定和江涛、白雪再去访问向阳路十三号小巷口的姜家和吕家两户人家。

经过再次访问，得知十三号小巷口第一户户主叫姜喜春，四十八岁，是小城教委干部，他那天晚上七点多吃完晚饭正在家看书，外屋的水开了，他去往热水瓶灌开水，听到小巷口内有摩托车声，好像从小巷内冲出的声音，但他似乎认定不准，因他住在马路边，这条马路尽管有些僻静，但在晚上车也是很多的，各种车的声音，他们也听习惯了。在晚上八点时，他们听到警车声，后来得知小巷里边第二家刘庆山的女儿被人杀害了。陈汉雄他

们又走访了十三号小巷口第二家，户主叫吕亚军，今年五十七岁，是小城东风电机厂工人，他在晚上七点多似乎也听到小巷口内有摩托车冲出的声音，但仅是瞬间，当时王所长和高岩找他了解情况时他认定不准，事后回忆，认定摩托车的声音就是从小巷内来的，看来骑摩托车的人到小巷口反而加油将车开快了，这让当时正在屋内看电视的他听到了声音。

从这两个人反映的情况看，陈汉雄想到一定是有人在晚上七点多骑摩托车从小巷口冲出来，此时正是刘梦露刚刚被害的时间。看来，凶手是骑摩托车进到小巷内的，因进来时车并不快，所以四周是难以听到声音的，而杀人后凶手急于逃跑，故在小巷口加大了油门，所以出现了噪音。如果说是彭思明骑摩托车到刘家去杀人，这可以否定，因彭思明不但没有摩托车，也不会骑摩托车。既然凶手是骑摩托车来的，能是几人，是否与杀死周玉成的是相同的两个凶手？陈汉雄想到了那晚路过十三号小巷的出租车司机，也想到了他曾救过的个体司机丁加成，他决定找他了解些情况。

- 04 -

已是傍晚，丁加成收车回家了。他家住在城南四平路三十三号居民住宅楼。

在丁家，陈汉雄和江涛、白雪与他聊了起来。

丁加成说，他上午听到一个情况也正想找陈汉雄呢。原来，那天他得知十三号小巷发生一起杀人案后，想到那天坐他车去平城的年轻人，并打电话将此情况反映给陈汉雄。前两天，他和几个司机在火车站前等客，无事闲聊时，一个叫任强的个体司机回忆说，那天晚上七点多钟，他在火车站前拉两名客人去城东向阳路五十八号旧区，途中路过十三号小巷，发现从小巷口冲出一辆两轮摩托车，车上共两个人，这两个人贼眉鼠眼，不像好人，说不定是杀人犯。丁加成听他说完，笑笑说不可能，听人说杀人凶手是一个人，姓彭，是小城天华建设公司的技术员，现在外逃了。然而，任强说不管怎样，这两个人看着特别。

“他说的情况是发生在小巷内发生杀人案那天吗？”陈汉雄问。

“是的。因我在那附近拉了一个年轻人先说去月圆亭酒家，后又去了平城，我记得很清楚。他说的情况就发生在那天，不会错。”丁加成说，他也是位年轻人。

“你能和任强联系上吗，我们再找他谈谈。”陈汉雄说。

“好，我给他打手机，如果他在家中，我和你们去。”

丁加成打了手机，任强正在城内，他说开车到丁加成家。

二十分钟后，一位小伙子来到丁加成家，他就是任强。陈汉雄对他那天见到十三号小巷口的情况进行了详细询问。得知那天他见到的摩托车人，驾驶车的人是个矮个子，较胖，而坐在后面的人个子比驾驶车的人高些，但较瘦。他没有看清前面人的面孔，但却看清了后边人的面目，因他的车与冲出小巷口的车正好相遇而过，摩托车也是向旧城区方向疾行，坐在后面的人回头看了看他的车，他之所以对此事有印象，还因这辆车从小巷冲出来时差点撞上他的车。

任强对那个瘦高个的长相进行了描述，江涛从文件夹中拿出画纸和铅笔借机描绘下来，此人的长相与他先前画的瘦高个基本一致。

“谢谢你们二位！”陈汉雄他们取完这些证据，向丁加成和任强致谢

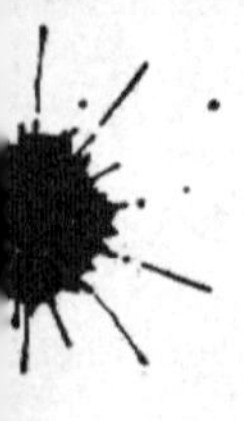

后走出丁家。

在警车中，陈汉雄说："可以认定，杀死刘梦露的凶手，也是这一高一矮的两个人。"

"原来，他们是骑着摩托车的。现场虽然反映不出他们的痕迹，是因为他们作案极大可能戴了手套。"江涛开着警车，搭过话来。

"从这起案件看是，周玉成的案件也是。但是，他们有时是不骑摩托车的，我看那天晚上追杀彭思明的人就是这两个人。他们是本地口音，有可能就是小城人。极大可能是被人雇用的杀手。"陈汉雄说。

"我看也是这样。"白雪说。

"现在，我还有一个想法，蔡永德有可能也是这两个人杀死的。但是，这起案件有谢三，否则，他们是无论怎样在深夜也叫不开蔡永德家的房门的。我看，也是这两个人杀了蔡永德，你们没见到现场的红玫瑰已有些枯萎了吗，那就是在前几天他们去周玉成北边楼捧着的那束红玫瑰，目的是制造烟雾，人为地制造现场谜团。有可能是那两个人杀人后乘摩托车先走了，谢三在室内翻找或处理现场后才离开，故走出楼院口时被人发现。"陈汉雄在推理。

"队长，参与杀死蔡永德的两个人，是否就是那天夜里追杀彭思明的人？"江涛有些疑问。

"是他们。"陈汉雄思虑一下继续说，"那天夜里，这两个人就是找谢三共同去杀蔡永德的，他们也许是事先预谋好的。然而，这两个人到小店后门发现小店外正在监视小店的彭思明，在他们预定中只要见到彭思明就要除掉他，刚好遇到了，故要下手，正好被我们发现，三人都逃走。我们在搜索那两个凶手时，这边谢昌南乘机已悄然离开了小店，没有骑摩托车是怕弄出动静被邻居发现。他去哪了，一定是按事先定好的又一个方案在某处等着这两个人，我们追捕这两个人是在深夜十一点多，而蔡永德家发生案件正是在这之后。至于那束玫瑰花，也话事先就藏在他们两个人其中一个人身上，所以那束花不但已凋谢，而且有几枝已折断。”

“也许真相是这样？”江涛仍在疑惑。

“我这仅是个推理，按常规有些事情是不可能的，比如身上藏着一束鲜花。但与现场联系将还会有多种可能。”陈汉雄说。

“队长，下步我们怎么办？”白雪问。

“现在已有三个人相继被害，杀人目的是什么呢？我们一定要弄清，也是我们下步工作的重点，我们就沿着这条线走下去。几点了？我们找个小吃部去吃饭，我请客！”陈汉雄看着手机上的时间，已到晚上八点多。

就在这时，陈汉雄的手机响了。

陈汉雄接了手机，是一个男人的声音：“陈队长吗？你们追捕的彭思明现在在城北天河路小巷内的鸿福小吃部中正在吃饭，你们赶快来，他马上要吃完了，晚了，他会逃走的。”

“你是哪位？”

“我是这边的一个居民。你们快来吧，他要吃完饭了。”

“好，我们会到的。”陈汉雄说。

“我们去抓彭思明？”江涛问是。

“是，现在就去。”陈汉雄说。

十几分钟后，陈汉雄和江涛、白雪来到鸿福小吃部，但查遍小吃部内外根本就没有彭思明的影子。据店主说，在他们到来五分钟前，有一个小伙子在前厅吃面条，但很快吃完就离开了小吃部，有可能向南边的路走了。

走出小吃部的店门，陈汉雄望着小吃部南边的路，一片昏暗，哪里还有彭思明的影子。

“队长，我们是否去追查彭思明？”江涛问。

“不，随他的便吧。但是，我听着刚才向我们报信的那个声音很熟，他是谁呢？”陈汉雄思虑着。

“是一个熟人向我们报信？”

“好了，不去想他了，我们找个地方吃饭去。”陈汉雄说。

亡徒末路

- 01 -

第二天，陈汉雄带着江涛、白雪继续对三个现场反映出的两个嫌疑人员展开深入排查。多名民警带着那一高一矮的嫌疑人模糊画像在走访调查。这些居委会反映，还没有发现与模拟画像一致的两个人。

但是，高岩和杜云波、罗玉辉在东城走访时，有一家饭店的老板发现，前两天的晚上，有类似画像上的两个人曾到他们饭店吃饭，吃完饭付了账便走了，不知去向。

“这两个人在东城出现，他们的落脚点是否在东城？但从东城居委会调查发现，他们管区不曾有长相那样的人，这两个人会不会是外地的？”陈汉雄思虑着。

“队长，这是两天前的事。如果这两个人是外地的，会不会离开了小城？”江涛说。

“我看不会，因为他们的任务也许还没有最后完成。你想，彭思明还

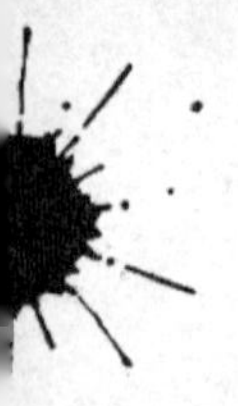

活着，下一个目标我认为还是他。”

“这么说，彭思明一直处在危险之中？”

“是的。但他很机灵，几次从这两名杀手中逃脱，证明他要比这两个杀手还机智。但是，我们还要尽快找到他。”

“我们下步工作？”

“这两个人出现在东城僻静地带，也许这几天这两个人就隐藏在东城，只有晚上出来活动。他们虽然不是小城人，但对小城的地理很熟。”陈汉雄分析着。

“那这两个人能住在哪呢？”

“东郊偏僻地带一定有他们的落脚点。”

“能住旅馆吗？”

“我看不可能，也许这两个人在东郊有朋友，住在朋友家，另一种可能，他们其中有一个就东是郊的，而且是独身一人，所以独往独来，另一个人与他住在一起。”

“东郊既有居民也有农民，独家独院的多，也许他们就住在哪个院落中。会不会这个人是搬到那里不久，人们都不认识他，再有这个人原籍是小城的，由于某种原因离开小城才回来，故人们对他也陌生，加之这个人白天在家中，晚上才出来，所以，人们才不认识他。”

“你说得很有道理，我们现在就去东郊，让派出所发动群众，一家一家地排查。只有抓到这两个人，小城这三起杀人案才能破获。”

当日，陈汉雄和江涛、白雪来到东郊调查。

派出所早已接到刑警发来的两名犯罪嫌疑人的画像，包街民警和包村民警已对管区的人们开始排查，但在管区内没有发现这样的两个人。

深夜，陈汉雄他们决定鸣金收兵，打道回府。可就在这时，他的手机又响了，原来是彭思明给他打来的电话，说他发现了曾追杀过他的杀手。

- 02 -

“陈队长，我发现了追杀我的一高一矮两个男子，他们现在在城北三星路的小吃部中，正在饮酒，你们快来吧。其中那个瘦高个叫老七。他们有一辆两轮摩托车，现正停在小吃部门前。”彭思明是从路边的电话亭打的电话。

“你说是城北三星路什么小吃部？”陈汉雄要问清楚。

“没有其他名，就写着小吃部三个字。这里的东边是一片刚刚拆迁的旧区，多数房子都扒掉了，只是路边有几间还在做小买卖。小街口有一家姣姣水果店，他们在水果店南边的那家小吃部。”彭思明说。

“好，我记清楚了，谢谢你。但是，我希望你尽快和我们见面。”陈汉雄正想对要彭思明说些什么，对方却放下了电话。

随之，陈汉雄召集了江涛、白雪、高岩、罗玉辉，乘上警车立即奔往三星路。在车上，他们制定了一个抓捕方案，并将此事向刘天林做了报告，为防备万一，刘天林当即召集几名刑警也奔向三星路。

夜里，马路上的车辆很少了，街上的行人也寥寥无几。半个小时后，他们来到了三星路，果真在路边发现了姣姣水果店，南边有条非常僻静的小街，小街西边多是商业门点，而东边只有道边上几个没有拆掉的小商家，几乎全部停业，只有一家小吃部还亮着灯。在小吃部的东边是拆迁区，一

片残垣断壁。

按事先安排，他们将警车停在水果店北边的马路边，高岩、白雪他们先下车，绕到小吃部后边去堵小吃部的后窗或后门。然后，陈汉雄、江涛、罗玉辉开着警车直接到小吃部门前，下车堵住前门，直接进入室内，因两个嫌疑有摩托车，防止他们乘车逃走，故江涛开车在驾驶员位置先不熄火，最后进入室内。

然而，就在他们的车刚驶入小街时，发现小吃部门口已有一个人正骑在摩托车上，车打着火。原来，这两个人都已吃完饭，矮个先走出小吃部的房门，发动摩托车在等一同来的瘦高个，突然见小街口出现警车，他顿感大事不好，踩动油门，车像离弦的箭，直冲小街南路。

“不好，矮个子已逃跑，江涛、小罗，你们俩去追这辆摩托车，我去对付室内的那个瘦高个。”车到小吃部门前，没等车停稳，陈汉雄跳下警车，直奔小吃部门内。

江涛驾驶着警车鸣着警报在追捕骑摩托车的矮胖子。

话分两头，陈汉雄推开小吃部的门，发现一进门处有两个中年男子正在饮酒，一个人在吧台那刚结完账要往外走，此人正是瘦高个，陈汉雄不想掏枪，想上前迅速擒获他，并喝道：“老七，别动，我是警察！”

其实老七心里早有防备，愣了一下，没等陈汉雄到他身边，便向后退了两步，转身便要往里边的灶房中窜，却与正往前屋端菜的女服务员撞个满怀，菜和盘子掉在地上。陈汉雄见此大喝着：“老七，你逃不掉了！”

但老七已快速地从腰中掏出一把匕首，锋利的刀刃架在女服务员的脖子上，并大叫着：“你别过来，过来我就杀了她！”

“你放开她，否则，只有死路一条！”陈汉雄见此只好掏出手枪。

“你退出去，你给我退出去！要不我就杀死她。”老七在叫着。

陈汉雄并没有退出去，二人僵持下来。

吧台的老板是个中年人，见陈汉雄手持枪，并叫着他是警察顿时也明白了，但不知所措。坐在墙角饮酒的两个中年男子一见这种架势，吓得叫着逃出了小吃部。

“我劝你还是放开他，赶快投降，争取宽大处理，这才是你唯一的出路，不要再作恶了。”陈汉雄仍在喝着。

“不，不，你给我出去！快出去！”老七在号叫着。

就在这时，老七身后出现一个人，只见他一掌打在老七的头顶，老七一惊，持刀的手离开了女服务员的脖子，这个人快速抓住老七持匕首的手腕，女服务员乘机逃脱出来。原来此人是高岩，他到小吃部后边后，发现小吃部有后门，他让白雪随后，他快速地从后门冲进去，一进门，发现是后厨，再向前走，又是个门，进了这个门便来到前面营业室，但没等进这个门，他已听到营业厅中陈汉雄与要被抓捕的人在对峙。推开这扇门，他见到了眼前的情景，所以果断上前，采取了这种措施，救了那位女服务员。但老七回身挥拳打向高岩，挣脱了高岩的手，他手中还持着匕首，并对高岩乱刺，高岩都机警地躲过，回身一脚踢在老七持刀的手腕上，匕首掉在地上。老七想去捡匕首，白雪已走过来，一脚踩住匕首。老七似乎会些武功，他向后退了一步便与高岩较起拳脚，小吃部的餐桌被推翻，老板吓得躲到后厨。老七的武功很厉害，竟然打得高岩连连后退。站在门口的陈汉雄已收起手枪，见此他推开高岩，迎着老七的拳脚，但老七已不是陈汉雄的对手了，仅几个回合，他便被打倒，他起身还要反抗，高岩、白雪上前按住他，在他背后铐上手铐。

“老七，还真有两下子！”陈汉雄看着老七。

老七怒视着陈汉雄什么也不说。

“打累了，让他坐在凳子上休息一会吧！我们等等江涛他们。”陈汉雄说。

\- 03 -

那个矮胖子见有警车进到小街口，便加大油门向小街驶去，江涛开着警车等陈汉雄下车后，便鸣起警报在后紧紧地追赶。摩托车驶出小街前面，冲向大马路，向西驶去。江涛的警车也冲出小街向大马路驶去，在后边紧紧追赶着这辆摩托车。在车上罗玉辉将追捕情况和现在的位置向他报告。很快，陈汉雄打来电话，说已将此情况向刘天林做了报告，刘天林和另一辆警车从其他路上向大马路西边增援，并向他们靠拢。西边也响起了警车警报声，看来刘天林已堵在这条大马路的前面。矮胖子一见知道情况不妙，车又拐入南边一条小街，江涛也将警车开进小街中。罗玉辉的手机响了，是刘天林打来的，询问矮胖子逃跑的位置，罗玉辉发现这条小路再向南穿行是胜利大路，但矮胖子是否能走上胜利大路还不能确定。果真，矮胖子到前面横过来的一条小街，将摩托车驶入这条小街的东侧。罗玉辉立即将位置报告给刘天林。

这条小街很长，摩托车加速行驶，前面又是一条大马路。就在摩托车冲到大马路上时，有一辆警车已横在那里，两名全副武装的警察持枪站在那里。矮胖子一见此路口已出不去，立即调转摩托车头向回开，他在与江涛车相遇时，擦过警车边冲到附近一条胡同中，此胡同很窄，但可通行一辆警车，江涛调转车头，仍然在追着矮胖子。

矮胖子眼看要冲出胡同口，突然发现情况不好，胡同口已被一辆警车堵住。见已冲不出去，他跳下摩托车想向身后一个楼院跑，罗玉辉已跳下警车堵住他身后边的楼院口。见无路可逃，他从腰中掏出匕首直刺罗玉辉，罗玉辉责令他放下匕首，但他仍是疯狂地向罗玉辉猛刺，罗玉辉躲闪不及胳膊受伤。这时，江涛也跳下了车，共同来抓捕这个矮胖子，矮胖子的匕首又刺向江涛。江涛的擒敌术和散打是可以的，但这个矮胖子却武功非凡，加之手中持有匕首，竟然逼得江涛和罗玉辉连连后退，为了活捉这名嫌疑人员，江涛只得边应付边思考对策。

“你不要再逞能了，赶快放下手中的匕首，停止抵抗，接受我们的传讯！”江涛喝道。

“停止抵抗，我只有死路一条，反正我也没有什么活路了，只有和你们拼了！”矮胖子更疯狂了。

“你再顽抗，我要开枪了！”江涛继续喝着，并躲过矮胖子刺过来的匕首。

可是，矮胖子依仗手中的匕首，向江涛和罗玉辉两人刺着，但眼睛却向四周看着，他是找时机逃走。不能让他逃走！江涛和罗玉辉分别撤到矮胖子的两侧，从前后扑向矮胖子，使他顾前顾不了后，乘他防备后边攻击时，抽了一个冷子，飞身一脚，将矮胖子踢倒，但矮胖子迅速地来个鲤鱼打挺，又站了起来，而罗玉辉在他身后又是一脚将他蹬得很远，险些摔倒。但江涛却乘他站立不稳之时，来个拳脚并进，终将矮胖子打趴在地，随之，一只脚有力地踩住矮胖子持刀的手，罗玉辉迅速上前，将矮胖子按在地上，给他铐上手铐。

这时，小巷口已跑过来几名警察，是前来增援的战友。他俩将矮胖子

推进警车中，罗玉辉看着他，江涛将车开出了小巷。在小巷口，刘天林正等在那里，江涛停下了车。

“报告刘局长，嫌疑人已抓到，不过罗玉辉胳膊受了伤。”江涛下了车。

“用我的车将他押回去。陈汉雄他们已乘其他车回刑警大队了。你开车陪罗玉辉去医院。”刘天林说。

两名刑警从江涛开的警车后坐上从罗玉辉手中接过矮胖子，他被带到路边另一辆警车。

“刘局长，我没事，只是一个小伤口。”罗玉辉下了车，他的衣袖上已浸出很多血，他用另一只手掐着伤口处，可他不想去医院。

“小伤口也要去医院，否则感染就麻烦了。快，江涛，执行命令，送他去医院！”

“走吧，你胳膊上的血已出了很多。”江涛将罗玉辉推进警车中。他们去了医院。

难解之谜

- 01 -

连夜对老七和矮胖子分别审讯。

刘天林参加了审讯，陈汉雄、江涛为主审，白雪在做笔录。审讯到第二天上午九点才结束。

当然，审讯并非顺利，这两位“武林高手”不是不说话就是百般抵赖，要不就是说反正我们落到这种地步也活不了了，你们枪毙我好了。但在陈汉雄唇枪舌剑和情理说教之下，加之在一个个证据面前，他们二位终于交代了自己的犯罪事实。原来近一阶段发生在小城的三起杀人案件都是这二人所为，而最后这起也可以说是三人所为。他们的交代让刘天林他们有些震惊。

瘦高个叫冯守业，绰号老七，今年三十四岁，原籍黑龙江人，从小练过武术，近年来在省城一家建筑工地打工；矮胖子叫邵占海，今年三十一岁，小城东城人，小时也和别人学过拳脚，现在东郊为其叔父邵龙开的涂料厂看房子。不过，因其叔父在郑州经销另一家涂料厂，这里在半年前就停产了，只有些积压涂料，白天谁来买，任邵占海出卖。涂料厂全天只有邵占海一人在这里，叔父每月为他开工资。

邵占海现在是独身一人。十一年前因抢劫伤害被判七年徒刑，三年前刑释后便回到小城。开始是在一些建筑工地打工，后来便到其叔叔邵龙的涂料厂当力工，后来当推销员，并购置了一台雅马哈摩托车。去年他去省城为其叔办事，住在省城铁西旅社，晚上在城内散步时，无意中遇到一个人，这个人就是冯守业，在家族排行老七，所以熟悉他的人都叫他老七。原来他们是狱友，也是在狱中结识的铁哥们。冯守业也是因抢劫伤害被判十年徒刑，后因在改造中有立功表现被减刑二年，所以前年也被刑满释放了。自刑释后，冯守业先回黑龙江老家办了个身份证，本想在家乡找份工作或给人打工，但在家乡一听说他有犯罪前科，哪也不愿招收他。无奈，只好离开家乡，到外地打工。他先后在山东、河北，去年到这个省城，现在一家建筑工地当力工，晚上就住在工棚中。想到这种活也有些太累，他很想再操旧业，但想到八年劳改生活，他又有些犹豫。这次与铁哥们邵占海相遇，真是万分高兴。在一个小酒店，他们叙谈旧情和现在各自的处境，都感到生活对他们的不公。那晚是冯守业请的客，他们喝出了深情。去年冬季，省城的建筑停工了，冯守业要回老家之前便想到先到秋原来看看。他找到了在东郊的龙洁涂料厂，邵占海挽留他在小城呆了两天，并陪他游玩了小城一些名胜古迹，还去了天缘山中的庙宇，每天晚上二人到小酒馆都喝个一醉方休，夜里他就住在涂料厂邵占海的宿舍中，冯守业真是感激万分。

这年冬天，邵龙因在郑州还有涂料买卖，便决定将在小城的涂料厂停产，他和老婆去郑州经营那个涂料厂。因其女儿在郑州，他辞退小城涂料厂的几名工人，处理了一些货物。因这里还有院落房子，还有一些积压涂料，只好让侄儿邵占海为他看护，每月给他几百元工资就是了。自叔叔婶子走后，这个本就安静的涂料厂更加安静了。邵占海成天待在这个只有他一人的院落，自已做着吃喝，不免有些寂寞，晚上有时到附近的小吃部喝些酒来。这天晚上，他刚坐在小吃部的餐桌边，发现从外边走进一个中年男子，他一见，不由得又惊又喜，原来此人也是他狱中的难友，铁哥们，也是冯守业的铁哥们。此人叫夏长春，原是吉林人。夏长春见到邵占海也是喜出望外，他们在小吃部痛饮起来，经叙谈得知双方的情况，原来夏长春在邵占海走出劳改队半年后也刑满释放了。经亲属介绍，他便来小城日月欣公司当勤杂工，家也住在小城内。临行前，夏长春留给邵占海他的手机号。但日后的几个月中，他再也没有见到夏长春，通过两次电话，夏长春说他近一段时日没有在小城，在外地给公司办事呢。今年春季，冯守业从黑龙江再到省城来打工，先到邵占海这，并为他和他的叔叔带来一些家乡土特产品。晚上，邵占海又给夏长春打电话，夏长春已回小城，得知冯守业来小城，非常高兴，并在小城情意浓饭庄为冯守业备了丰盛的晚宴，但到酒宴时，夏长春带来一位年轻男子，经介绍此人叫谢昌南，现在一个叫永德食杂店的地方为其舅舅打工，当即谢昌南也和他们拜了铁哥们，他们畅饮到深夜才分手。当夜，冯守业和邵占海住在涂料厂，夏长春和谢昌南回到他们的住处。第二天一早，冯守业去省城了，走时给邵占海留下一个手机号。

- 02 -

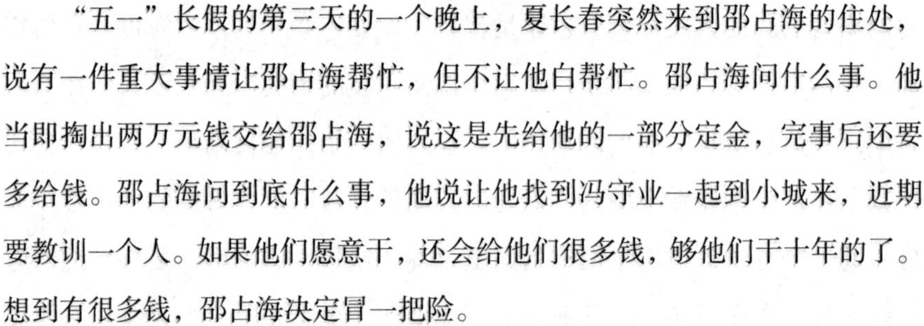

“五一”长假的第三天的一个晚上，夏长春突然来到邵占海的住处，说有一件重大事情让邵占海帮忙，但不让他白帮忙。邵占海问什么事。他当即掏出两万元钱交给邵占海，说这是先给他的一部分定金，完事后还要多给钱。邵占海问到底什么事，他说让他找到冯守业一起到小城来，近期要教训一个人。如果他们愿意干，还会给他们很多钱，够他们干十年的了。想到有很多钱，邵占海决定冒一把险。

第二天晚上，冯守业来到邵占海的住处，夏长春也到了。听说要教训夏长春的仇人，为了兄弟情感，冯守业决定干。见冯守业同意参与，夏长春让冯守业以什么名义先辞去在省城的活计，然后先来小城，住在邵占海的住处听他的信，但不准他白天到外边去。临走时给冯守业也扔下两万元钱。第三天晚上，夏长春给邵占海打电话，让他和冯守业到东城的新月饭店，他请他们二位吃饭，让他们打车来，不要骑摩托车。半个小时后，邵占海和冯守业打车来到新月饭店，在一楼的一个包厢，夏长春已为他们备下丰盛的酒宴。但三人只能喝一瓶白酒，不能多喝，因夜里还有事。

吃完饭已是深夜十一点多，夏长春说带他们去走走。在饭店门口停着一辆黑蓝色桑塔纳轿车，夏长春开车，让他们上车。桑塔纳车穿过几条大街，很快来到向阳路，车到十三号小巷口，夏长春让他们下车，并说，这个仇人住在十三号小巷的最里边第二家，这是一条死胡同，因西边第一家的西边是一座民居楼的墙壁和围墙，他们二人可以乘夜深人静到里边好好地观察一下环境和这家的情况。之后，再到这家后面小巷去走走，一旦行动前边走不了，后边的路怎么走，及这家后院的情况都要观察清楚。夏长春的车在向阳北路的路边等他们。这夜，邵占海和冯守业观察清了十三号小巷里边第二家的所有情况，但室内几个人他们不了解，因这家已熄灯入睡。当夜，夏长春回公司了，冯守业又住在邵占海的住处。

第二天下午，夏长春来到西郊涂料厂，从衣兜中拿出一张照片说，今晚，你们就去十三号小巷里边的第二家，杀了这个女的，晚上就她一个人在家，不用担心，别让她喊叫，然后，在她家的衣柜或书桌中，找找有什么信件或笔记本之类的东西拿走，但行动一定要快，速战速决，骑摩托车快点撤出现场。邵占海和冯守业一听去杀一个女人，不免有些吃惊，原来不是说去教训一个仇人吗？女人与他有什么仇。要不将人致残，但没说去杀人呀，二人有些犹豫，特别是去杀一个女人，更觉得下不了手。但夏长春说，必须杀了她，否则，你们的大哥夏长春在小城就混不下去了，但究竟为什么，以后再告诉你们。在夏长春的劝说下，加之杀一个人每人能得到几万元，二人只好同意了。然后，他们研究怎么去这家，怎么先剪断室外的电话线，进入室内，作案时戴着手套，不在现场留下任何痕迹，还有杀人后怎么逃走等细节。而夏长春不进入现场，怕那个女的认出来叫喊他名字。在向阳路南一家小商场门前的停车场内观察路口和行人，掩护他俩，一旦发生意外用手机与他们联系。

按照事先制定的行动方案，天黑后，夏长春开着那辆桑塔纳车先来到向阳路南一家小商场门前。此时，商场内仍然是灯火通明，购物者络绎不绝。

在商场门前停着七八辆车，夏长春停在最边上能看到十三号小巷的地方，小巷口很静，没有人出入。十几分钟后，邵占海骑摩托车带着冯守业走进小巷中，去十三号小巷内，将摩托车停在里边的第二家的院门外。下了摩托车，他们发现院门没锁，东屋亮着灯，室内一名女子正在向外打电话或是接电话，但房门却在里边划着。他们用带来的钳子先剪断室外电话线，然后拉开房门门划。就在邵占海和冯守业走进院时，室内的女子已发现了他们，故向外打电话。发现电话线断了之后，便用自己的手机向外打电话，在邵占海他们拉开房门时，她正在叫着什么“思明，快来！”见两个陌生人进来，便大胆地进行质问，同时想向外跑，邵占海和冯守业持刀拦住了她，这位姑娘并没有害怕，向后退了一下便与他们搏斗，并大喊救命。邵占海和冯守业同时持尖刀向她的身体刺去，这名女子倒在外屋的门口处，由于惊慌，老七将尖刀落在好的身旁。

见这名女子已死，他们在这家的屋内随意翻一下，并没有发现什么书信、笔记本之类的东西，便惊慌地走到门外，骑上摩托车冲出小巷逃走了。在邵占海和冯守业走出小巷口不久，夏长春发现有一个男子从一辆出租车上下来走进这个小巷内，他认为有可能是这个小巷内的人，企盼邵占海两人千万别遇上这个人，后来听说他们根本没看到这个人，他很放心。可是，就在他在开着桑塔纳车走时，发现小巷口又停了一辆出租车，车上下来一个人，从身影上看很面熟，但一时又想不起来。但在惊慌中，他还是开着车快速地离开商场门前。后来，听到邵占海说这名女子在他们进门后曾给人打电话，叫“思明快来！”。思明是谁？怎么回事？

第二天下午，夏长春又来到涂料厂，让他俩立即去平城，并拿给他一张照片，说了此人叫彭思明，现已发现他俩杀人的事，但此人已外逃到平城。

邵占海看着照片，发现此人他见过，只是不知叫什么名。原来前几年在建筑工地干活时，他曾发现这个年轻男人来过工地。夏长春说了彭思明的体貌特征，交给他副手铐子，让他俩在平城火车站或一些中小旅馆查找这个人，以找朋友名义或以公安查店名义找到这个人，到公共场所，就给他戴上手铐带走，到无人的地方将这个人杀死，如果在路上发现无人也可将他杀死，并又给每人一万元钱。

想到已杀了一个人，他们俩有些不想再杀人了，但夏长春说，如果不杀了这个人，他们俩早晚会被这个人发现，公安人员抓到你们，你俩都得死。只有杀了他，一切都解决了，公安是破不了案的。还有，公安人员也在追捕彭思明，认为他是杀死那个女子的凶手，因他带的一束红玫瑰丢在了现场。据人说，那个女的当时没有死，并向彭思明说了什么，公安人员抓到他得知真相后，他们将受到更大的威胁。想了想，二人还是同意了。但夏长春不允许他们带走这张照片。当晚，他俩打车到平城市，并发现了彭思明的行踪，虽经接触，但还是让彭思明逃掉了。在旅馆中他们拿走彭思明的手机，还有刘梦露的手机后来都让他们毁坏了。

那夜，邵占海和冯守业在平城发现有警车来往。很是害怕，天亮时，分别坐火车回到小城西郊涂料厂。几天后的一个深夜，他们接到夏长春电话，说彭思明已回到小城，现在富民中介公司门前或楼后，让他俩去杀了他，他们到那后，果真发现彭思明，在追杀中，冯守业刺伤彭思明，正要杀死彭思明时，有人将冯守业打倒救走彭思明。后经查访，得知此人是丰禾淀粉厂的技术员周玉成，他们查到了周玉成的住处，并带着玫瑰花来到周玉成的楼外，但那次没能下手，没有实现杀人目的，他们将那束玫瑰花带回到住处。第二天，夏长春查得周玉成有两个同伴外出就要回来。那天，

他们带着临时买的玫瑰花对周玉成进行秘密跟踪，在他到室内换上衣服要外出打开房门时，他们二人冲到室内杀了他。并将事先准备好的玫瑰花丢在现场，目的是因第一个现场出现过玫瑰花，借此想将此案嫁祸给彭思明。同时，也想用此方法混淆公安人员的视线。因他们还听说外国有几起杀人案件，杀人后都在现场丢下玫瑰花，侦探后来也没有破案，借此给人们造成一种恐怖、神秘感。

杀人后，他们打车回到涂料厂这个住处。

- 03 -

那么，蔡永德的案件是他们所为吗？是的。其中多了个谢昌南。那天夜里，他们接到夏长春的电话，让他俩带着一束玫瑰花打车到永德食杂店，敲几下店的后门，找到谢昌南，会同谢昌南去杀一个人，也不要问为什么，完成此项任务后，每人给五万元。反正已连杀两人，邵占海和冯守业又同意了。室内有一束那天他们买的花，虽有些凋谢，但还可以用，冯守业用报纸卷好那束花别在腰后的裤腰带内，上面有衣服盖着，只是支出一些。可是，当他们到永德食杂店后门时，发现了彭思明，他们想到要杀死彭思明。不料，远处有公安人员追来，并鸣枪，他们吓得连忙跳过学校的墙院逃到南边，拐弯抹角地穿过几条小巷，甩掉公安人员的追捕。这时，邵占海的手机响了，是夏长春打来的，让他向南边跑，在南岗小巷口他开车等着他。果真到那见到夏长春开的桑塔纳车，他们上了车。夏长春说，先不要管彭思明了，立即去朝辉路 12 号住宅楼去杀一个人，谢昌南现在已等在那里。他们到了那条路，夏长春将车开到小巷中，他们下了车，果真看到了谢昌南，他们三人出了小巷直进那所住宅楼，上了三楼，由谢昌南敲开这家房门，谢昌南走进室内后，他们二人也冲进去，谢昌南说就是这个老头，他们二人戴着手套，持着匕首便对那位穿着睡衣的老者乱刺，然后二人逃走了。后边的事他俩就不知道了。

杀了这个人后，夏长春果真给他们每人五万元钱的存折，是小城城南的建设银行储蓄所，活期存款，随时可取，但不允许冯守业离开邵占海的住处。一是听听风声，此时外出怕被公安人员发现。另外，因那个姓彭的还没有找到，让他俩在此等几天，听他的电话。这两天晚上，他们见此地很安静，也没有公安人员来调查，便乘夜间骑摩托车到小城一些僻静之处的小吃部饮酒。没想到，今天晚上已吃完饭正要离开时，等在门外的邵占海发现公安人员到了，便顾不得冯守业了，只得只身逃走，没想到还是被抓到。而冯守业根本没想到公安人员会将他抓到，但还是落入法网。

陈汉雄和江涛对这两名杀人嫌疑人进行了详细的讯问，他们说杀人目的就是为了钱，为了哥们情义。被他俩杀死的三人，他们以前根本就没见过，更不认识，都是夏长春指定目标后他们行动。

“你说的夏长春，在哪个公司？你去过吗？”陈汉雄对邵占海讯问。

“他说在日月欣公司，我一次也没去过，都不知在哪。”

“夏长春你们怎么认识的？”

“是在劳改队服刑时认识的，天天在一起结为哥们。”

“他家是哪的？”

“是吉林的。”

“他多大岁数，长得什么样？”

“三十多岁，听他说到小城后讨了个老婆，住在哪不知道。他身高约一米七五左右，略有些胖，方圆脸，没什么特征，只是眉毛有些重，脖子

左侧有一小块不明显的伤疤。”

“眉毛较重，脖子左侧有一小块不明显的伤疤？”

“是的。”

“你和夏长春第一次见面是半年前？”

“对。”

“他除了让你杀人外，还让你干过什么？”

“别的没有了。”

“你们共杀过三个人，夏长春共给你们多少钱？”

“给我们每人十万元。”

“钱呢？”

“除了我们身上带了几百元钱，其余的让我们全部存在小城几个银行，存折都藏在涂料厂的枕头中或被中了，因有密码，谁拿走也取不出去。”

“你说夏长春经常开一辆黑蓝色桑塔纳车？”

“是的。”

“车牌号是多少？”

“是 1854。”

“你知道夏长春平素都和谁在一起？”

“不了解。我们只是在饭店接触见面，没有去过他的单位。”

“他的手机号是多少？”

“他给我留个号，是 137 的。”

邵占海说出了那个号码。事后，陈汉雄打了此电话号，发现此号码无法接通。这说明，夏长春已遗弃了这个号码，又换了新的号码。

陈汉雄他们对邵占海的住处进行搜查，果真搜到二十万元钱的存折，但除了涂料，没发现其他任何可疑物品。

说到夏长春在小城日月欣公司，经陈汉雄掌握，从没听说过小城有此名字的公司，他派高岩和杜云波到工商局去查档，也没有注册这种名字的公司。初步调查，也没有查得有夏长春这个人。

“此人在省第二劳改队服过刑，我看我们现在就去省劳改局，一定会查到此人的。同时，索取这个人的照片，回来大家一辨认也许即刻会明了的。”刘天林想到。

“不过重案队的人手紧了。”陈汉雄想着。

“我想让其他队的刑警去吧。”

当即，刘天林派了两名刑警去了省城。

想到夏长春夜里经常开一辆桑塔纳车，刘天林指示交警查档。调查结果，小城根本就没此号码的车。难道说此车不是小城的？还有一种可能，此车可能是用的假牌照。但刘天林没有放弃对此车的调查，查得小城共有黑蓝色桑塔纳车三十三辆，他派专人要对这三十三辆车一辆辆地调查，查他的司机和接触人员，查他近阶段每天出车时间和行踪。

“想到蔡永德的死，谢昌南说是他一人杀死的蔡永德，他是在说谎。但他为什么说谎，为什么要掩盖这起杀人案的真相，为什么要包庇邵占海和冯守业，这里边还很复杂。看来，夏长春和谢昌南在为了某种目的，他们的后台也许是侯福军。刘梦露被杀，他的男朋友李骆峰也有可能早被害了。杀人的目的，是为了掩盖更大的秘密。”陈汉雄与刘天林、江涛、白雪在一起分析案情。

“是呀。虽然我们破了三起杀人案件，抓获了两名杀人凶手，谢昌南在事先已落网，此案还有很多工作要做。桑塔纳车和夏长春这个人，现在都是个谜。我们必须尽快解开这些谜团！”刘天林坚定地说。

明乐公司

- 01 -

下午，陈汉雄和江涛、白雪休息几个小时后，决定再次提审谢昌南。

当得知邵占海和冯守业落网后，谢昌南并不惊慌。他说，他以前是说谎了，是为了哥们义气，这次他说实话。

谢昌南说："我是通过小城日月欣公司夏长春认识邵占海和冯守业的。"五一"长假后的一天夜里，夏长春到我住的食杂店后屋来找我，说有一件大事与我商量，我问什么事。他从皮包中拿出一个存折说，这些钱够你在这个食杂店干几年了，事后我还给你一笔钱，但你一定要同意。我问什么事，他说让我骗一个人，这个人就是你现在的远方亲属，论着叫舅舅的蔡永德。我问怎么骗他，他说，他有一件事对不起我的两个兄弟，哪天夜里你骗开他家门，我的两个弟弟去找他理论一下，然后让他出点血。我说这可不行，他毕竟是我远方的亲属，这样不是像狼一样，恩将仇报吗？他说，你那是八竿子都打不着的关系，再说，他每月靠你的帮忙赚几千元，才给你五百元，太吝啬了。你看，你这个舅舅是不是太狠心了。我有些犹豫，我想蔡永德尽管如此，还给我提供住处。他见我犹豫，便说，别犹豫了，无毒不丈夫。只要你夜里骗蔡永德开门，事后你拿这存折到银行就能取出十万元钱，然后让你到广东深圳，我已给你安排好新的工作，每月五千元，你看怎样？到时有了钱，可以买房子娶媳妇。为了这些，我决定干。但他当时没有将存折交给我，说事后一定给我。几天之后的深夜，他又来到我的食杂店，说近两天要行动。

“隔了两天的深夜十点，我接到他的电话，让我马上到蔡永德家东边的小巷口等他。正要行动，发现门外有人在监视我的行踪。这时，夏长春打电话来说让我不要动，他派邵占海和冯守业去撵走这个人。果真，半个小时后，邵占海他们俩到了，但不久听到室外有枪声，这三个人都跑了，分析是有警察在追他们。几分钟后，夏长春又打来电话，说乘此机会快离开这个食杂店，到蔡永德家东边的小巷中去等他。我听听室外，非常安静，推开后边的房门，发现小街上没有一个行人。见此，我没有锁上店门便去了蔡永德东边的小巷，因夏长春事先告诉我，关上后门就走，千万不要锁门，这样会过早暴露。我按他说的话办了。到了蔡永德东边的小巷，不久就发现夏长春开车带着邵占海和冯守业到了。我们三人到蔡永德的住宅，我以食杂店被盗电话打不通为由，叫开房门，邵占海和冯守业持匕首杀了蔡永德，并将一束玫瑰花扔在现场，然后就逃走了。我想到蔡永德有钱，在他室内翻了一气，只翻到几千元钱，便连夜到火车站，坐下半夜的火车到吉林，由于钱不够花，便想到回小城找夏长春借钱，他让我等两天，我便来到我的朋友家，没想到刚到他家不久便被你们抓获。”

“这么说，那个夏长春还没有给你钱？”

“是的。当时他拿一个存折，并没有交到我手中，存折上有十万元钱。我要等他的消息，要是给了，我能再回小城吗？”

“这个叫夏长春的人长得什么样？”

“个子很高，胖乎乎的，眉毛好像有些较重，脖子左侧有一小块伤疤。不，他没有伤疤，只是眼睛较大。”

“你说准，到底脖子上有没有伤疤？”

“没有，我记错了。”

“你在说谎，不是这么回事吧？”陈汉雄怒视着谢昌南。

“让我想想。有？对，是有一块伤疤，但在哪面我记不清了。”

“他在什么公司？开过什么车？”

“日月欣公司，至于开过什么车我没见过。不知道他会不会开车。”

“他每次到你这都是怎么来的？”

“打车吧。”

“你去过他的公司吗？”

“没有，从来没有。”

“他的公司在哪儿？”

“只听他说在小城内，但具体在哪儿，我从没问过，他也没说过。”

“我再问你，是三个人去的蔡永德家杀的人。为什么说是你一个人杀的人？”

“我想，你们抓到我，现场必定有我的痕迹，就是死也躲不过去，何必再牵扯另外两个人，麻麻烦烦的，一人承担得了。就是说出那两个人，我只知名，都不知他们住哪儿，也不知他们干什么的，让我去找人，我上哪找去。干脆自己承担算了。”

在这夜，刘天林安排多名警力在小城内继续查找夏长春这个人，包括上了暂住户口的人。经查，查出十一个叫夏长春的人，都是小城正式居民。他们当中，十几岁的有六人，六十岁以上的有三人，还有两人，一人二十七岁，一个四十六岁。二十七岁的，是个矮个子，较瘦，现在小城东风电子配件厂当技工，并不会开车，查他的行动时间和接触人员，根本就与这三起案件无关。另一个四十六岁叫夏长春的人是个脑血栓患者，近些日子一直在医院住院治疗，没有参与这些案件的时间。

这个人眉毛较重，脖子左侧有一小块伤疤，陈汉雄似乎在哪见过这样的人，但一时想不起来了。

- 02 -

这天晚上，明乐公司总经理马占良的办公室来了一位外国客商，他也是多次到秋原市，并与马占良打过多次交道。他叫李维，今年四十多岁，大饼子脸，长得很白。

“李老板，这次到秋原要多待几天呀？”马占良满面笑容地接待他，女秘书葛红莲为他泡上一杯上等的绿茶，然后很有礼貌地微微一笑离开总经理办公室。

“是呀，有老朋友在秋原市，我也有了依靠，但愿我们的买卖会成功。”李维也是笑容可掬。

“做买卖吧，得广交朋友，也得需要多方支持，李老板帮了我这么多忙，我马某不会忘记的。”

“多谢了！”李维说着，看着马占良又问道，“这一时期你的生意怎样？”

“还可以吧。”

“那我们的生意呢？”

“现在看还算顺利，只是得等云南我三弟来。”

“你是说阿三？”

“对。如果快些，他近几天就可到小城。”

“那太好了。”

品着茶，李维想到一个人：“这次没有见到沈副市长，也不知他的身体怎样，工作忙吧？”

“他呀，壮得像头老牛，忙着呢，像他那样的人能闲得住吗？”马占良坐在转椅上，吸着中华烟，很有派头。

“这个老哥很有意思。”

“这样吧，今天我为李老板接风，当然少不了沈副市长了。别人嘛，就不用参加了。”转过身来，马占良对门口叫道：“红莲，你过来一趟。”

葛红莲走过来：“马总，有什么吩咐？”

“给福祥洪酒家打个电话，订一个包厢，点些菜，晚上五点我们到，三个人。”马占良说。

“是，总经理。”

在这时，马占良的手机响了，马占良接听手机，不觉眉头皱了一下。

“我看没什么，按计划办。”

马占良关掉手机，然后对李维微笑着说：“今晚我们哥仨得多喝几杯，不过你可别用你们民族那种喝法，我可受不了。”

李维笑了。

当晚，由马占良开着他的黑色宝马拉着李维去了小城福祥洪酒店。就在他的车走出公司门前时，远处路边的树后站着一个人，他在注视明乐公司。见马占良的车走了，这个人也打了一辆出租车跟在后边。马占良到了福祥洪酒店后，走出车，那个人也在远处停车走下来，注意着马占良和李维他们走进酒店，这个人自言自语道：“马占良！”

你道他是谁?

彭思明。

- 03 -

“此人个子很高，眉毛较重，脖子左侧有一小块伤疤，他是谁呢？”

这夜，陈汉雄有些失眠了。思来想去，他决定第二天再到永德食杂店周围进一步了解谢昌南的情况。

又是一天,陈汉雄和白雪穿着便衣再次来到永德食杂店那条街上调查。他们也再次找老龚头了解情况。老龚头虽然和蔡永德的店挨着，和蔡永德关系一直很好，但各做各人的生意，卖的货也不同。他对谢昌南不了解。经他回忆，前一段有一天夜里，大约有十点多了，老龚头到城内亲属家打车回到他的商店后门处，下了出租车，他发现谢三住的后屋门前停了一辆黑色轿车，不久谢三从食杂店的后屋送出一个人，借着开门的灯光，他发现此人大约三十多岁，一米七五左右，眉毛较重。此人好像手中拿着两个小纸盒。车开走后，谢三回店后关灯睡觉了。

“此人眉毛较重？”

“对。”

“你是否知道那个人的来路？”

“开始不知道，后来我在城内发现过这个人。那天，我到东都批发市场去进货，回来路过明乐公司大门口时，发现那天夜里见到的那个人，难道此人是这个公司的？我当时是坐在一辆半截美小货车的副驾上，回过头看了那个人，只见那个人走出明乐公司的大门，向路东走去了。”

陈汉雄思虑着，突然眼前一亮，他想到一个人，此人就是明乐公司的邓忠，就是那天在马占良备的酒宴上见到的那个邓科长，但是，一个公司的业务人员，能和谢昌南、邵占海、冯守业他们混在一起吗？

“龚大叔，你还发现谁和谢三接触？”陈汉雄还想多了解些情况。

“别的没有发现。不过，我感到这个谢三挺神秘。”

“蔡永德怎样？”

“他在这开了十几年小店了，没发现什么。为人挺热情，也没发现什么违法的事。”

“你是否见过一高一矮两名男子在晚上来过他们的小店？”

“这个还没发现。”

指挥邵占海、冯守业、谢昌南杀人的真是邓忠吗？如果真是，陈汉雄想到夏长春就是邓忠，什么日月欣公司，那不就是明乐公司吗？日和月在一起不是明吗？欣不也是乐吗？亏得邓忠想出这样一个名字的公司。

“队长，我们是否对那个叫邓忠的人展开调查？”白雪问。

“要调查。我看那天晚上给我打电话举报彭思明在小巷中的人就是邓忠，我们接触过，我听过他的声音。”

“他能否牵连明乐公司？”白雪想到。

“现在还不知道。明乐公司的马总经理我熟悉，没发现他有什么问题。”

陈汉雄当即将此情况向刘天林报告。案情重大，刘天林决定让陈汉雄带人立即到明乐公司去调查邓忠，同时对他的行踪进行控制。为了慎重起见，要求陈汉雄先找到邓忠的照片，然后让邵占海等人辨人，如果认定指挥杀人的是邓忠，对他立即拘留。因明乐公司现在在小城很有名，总经理马占良是小城优秀企业家，没有确凿的证据，是不能对这个公司和其中的人采取任何措施的。至于邓忠的后台是不是马占良，刘天林和陈汉雄都想过，但没有证据。这就要慎重行事，如果，这一系案件是为了什么阴谋，那更不能打草惊蛇。

- 04 -

陈汉雄和白雪来到明乐公司。

这是一所三层小黄楼，很别致，在城南北部的一条小街上，楼后有一个小院落，后边有一个车库。而马占良的黑色宝马车就停在后院。

这几天天气一直很好，不过一天天热起来。

陈汉雄和白雪走进明乐公司的楼门，经询问门卫人员得知马占良正在他的办公室。陈汉雄以前来过明乐公司，知道总经理室在二楼最东边的几大间房内。他们上了二楼，走在走廊中，秘书葛红莲发现陈汉雄到来，迎了出来："同志，你们找谁？"

"我找你们总经理。"陈汉雄说。

"你们是？"

"我们是马占良的朋友，你带我们过去就是了。"葛红莲看了看陈汉雄和白雪，还是领他们二位到了马占良的办公室。

"马总，这位先生和女士要见你。"葛红莲对正坐在转椅上看一份图表的马占良说。

马占良抬头一看，惊讶地站起身来："原来是陈队长，陈老弟来了，稀客，快请坐。红莲，给客人泡茶。"

“马总的办公室挺阔气呀。”陈汉雄看着马占良的办公室。这是一个很宽敞的办公室，里边还有一个套间，看来是卧室。而外屋办公室中，有一张大老板台，一个转椅，马占良身后有一组紫木书柜，几套沙发，东北墙角有一个立式空调，西南墙角有一台大彩电，连窗帘都是高档的。

“这也和住家一样，你不大气、干净、明亮谁愿来呀？我为什么给我的公司起名叫明乐公司，就是要天天明亮快乐。”马占良笑着说。

“看来马总是真有才呀。”

“哪里，哪里，说个笑罢了。”

大家都笑了。

陈汉雄和白雪坐在沙发上，葛红莲为他们沏上绿茶，放在他们身边的茶几上便退出去了。

“马总我给你介绍一下，这位是我们刑警队的白警官。”陈汉雄将白雪介绍给马占良。

马占良看着白雪笑着说：“白警官真是漂亮，女孩子从警不容易呀，特别是干刑警的。”

白雪微微一笑，没有言语。

马占良递过一支烟给陈汉雄，陈汉雄打开打火机点上火吸了起来。

“陈队长每天都很忙吧？”

“还可以。马总近日生意怎么样呀？”陈汉雄边答边问着。

“马马虎虎，企业就是这样，做小了不赚钱，做大了风险又大，干什么也不容易呀。”

“马总的公司现在有多少职工？”

“现在有三十几位吧，每月开工资也要几万元呀。”

“但是，在小城你是很有名气的，优秀企业家，报纸上都宣传你了。了不起呀。”

“哪里，徒有虚名，不敢当呀。”马占良笑了笑，片刻，他问道：“陈老弟今天光临我这里，一定是有公干吧？”

“你算说对了，我要向你了解一个人，是你公司的干将，也许是你最任信的人。”

“谁？”

“邓忠。”

“你说他呀，别提了。这个小子给我气死了。”

“怎么回事？”

“正像你说的那样，我对他还真信任。本是在我这干得好好的，我让他当业务科长，你说我哪点对不起他？这小子没良心，这不，前天下午突然找我送上一纸辞职书，说广东一个朋友开个大公司，高薪聘他去，碍于朋友面子，他答应和人家走了。只对我说声对不起，拍拍屁股走人了，我怎么挽留人家也不在我这干了。你说这个小子也太不讲究了。这不，这是他写的辞职书。”马占良气愤地说，并将一张辞职书递给陈汉雄。

陈汉雄看着辞职书有些疑惑：“你是说他辞职去广东了？”

“对。”

“他去了广东哪里？”

“没有和我说，就说去广东。连这月工资都没领呢。”

“和他一起走的人叫什么名，哪的人？”

“人家没说，我也没见到面。”

“既然这样。你就说说邓忠这个人的情况吧？”陈汉雄很冷静地问道。

“好吧。这个人我认为是不错的，来我这个公司已有三年多了，对经

商做买卖很在行，人也肯吃苦，所以我聘他为我的业务科长，每月工资是一千三百元，比其他人都高些。除此，还有奖金。他也为我公司作了些贡献。他为人很忠厚，只是近阶段不知怎么的了，有点魂不守舍，像有什么心病。有时还晚来早走，甚至一天抓不到人影，也许就是因为他要离开我的公司吧！”

“你和邓忠认识多长时间了？”

“也就三年吧。”

“你们是怎么认识的？”

“以前我根本不认识他。那年他到我公司办事，问我需要人才不？他虽是个普通的员工，但在营销上有一定的方法。我问他是哪的，他说他在宏达公司当一名普通的职员。我当时有些疑虑，他问我一旦到明乐公司每月能给他多少钱。我说得看你的工作能力，如果真像他本人说的那样，我每月最低给你一千元工资。他说他能行，可先对他进行考验。几天后，他辞去宏达公司的工作，到我的公司来。我让他办几件事，果真条条是道，还为公司推销出去一大批积压货物。看到他是个人才，我将公司原来业务科长提升为我公司下属一个部门经理，聘他为业务科长。”

“他是哪的人？当时有身份证吗？”

“原籍是河南的，曾在吉林居住多年，七年前读一个中专毕业后来的小城。当然有身份证，是咱们小城城南的。”

“他现在成家了吗？”

“早就成家了，家就是小城的，有妻子儿子，住在东城老三道街电影院后边的住宅楼。”

当即，陈汉雄给高岩打电话，让他带人立即去东城三道街老电影院后边邓家的住宅，对邓忠进行控制。随后，陈汉雄继续对马占良进行询问。

"邓忠有一辆桑塔纳吗？"

"没有，没听说他会开车呀？"

"他真的不会开车？"

"没听说过。"

邓忠不会开车，这让陈汉雄有些疑惑。他没有桑塔纳车，看来，那个夏长春有可能不是邓忠。

"他平素和谁接触？"

"搞业务嘛，接触的人要多些，但具体的我说不上了。"

"你认识东城一个食杂店一个叫谢昌南、外号叫谢三的人吗？"

"不认识，听都没听说过。"

"听说过邓忠与他有过什么关系吗？"

"没有。"马占良在些不安，他问道，"陈队长，是不是邓忠出了什么事？"

"我们正对此人调查，我们怀疑他有犯罪的嫌疑。你现在将他的照片给我们找一张，我们要借用一下。"

"好，我立即安排。"

随后，马占良叫秘书葛红莲，让她到人事办去找张邓忠的照片。

很快，葛红莲找到一张邓忠的照片送来。

陈汉雄看着这张照片，随后又对马占良进行询问。

"顺便我再问一下马总，也希望你别多心，我们在执行公务，请给予配合。"

"哪里，有什么事陈老弟尽管说。"

"我知道你和富民中介公司的侯福军关系不错，你们这一段时间有联系吗？"

“陈老弟多虑了，我和侯福军仅是认识，那不是要买房子，去两次他那里吗？我托他给我找个街面门点，是答应了，但没等办成，我再找人都找不着了，至今也没见到他，连电话都打不通了。这些沈副市长都可以为我作证。”马占良很委屈地说。

“我相信你。你将邓忠的手机号告诉我，还有他家的电话号。”

“好吧。”

就在陈汉雄和白雪离开明乐公司时，陈汉雄接到高岩打来的电话，说邓忠全家在几天前已搬走，无人知道他们的下落，他的住房原来是租借亲属的，现在已将房子交给了亲属，其亲属也不知他们的下落。

刘天林派到省城劳改局的刑警回来了，他们了解到夏长春的所有情况，并带回了夏长春的照片。当陈汉雄将邓忠的照片拿出来与夏长春的照片对比时，大家惊呆了，原来邓忠就是夏长春。看来，夏长春刑释后到小城是用的邓忠这个假名，连后来办的身份证都是假的。

邵占海和冯守业对这两张照片辨认，认定照片上的人就是夏长春。

当即，在全城展开了对夏长春的搜捕，但没有任何收获。这个人像幽灵一样消失了。当夜，一张张通缉令，发往邻近各地。

毒品邮包

01 -

为了全面调查邓忠，陈汉雄和江涛、白雪来到宏达公司，经查他在这里干了两年了，来时的名字叫邓忠，并有身份证复印件。经陈汉雄核实，原来他的身份证是假的。因他是外地人，人们原先不认识他。都知道他叫邓忠，无人知道他原来的真名叫夏长春。在这里他认识一位当地姑娘，凭着自己英俊的长相和编造的假简历，赢得了姑娘的芳心，认识三个月便结婚了，由于没有住房，便借用姑娘亲叔叔在东城老三道街电影院后边的住宅楼，每年给他叔叔两千元钱算是房租。姑娘的叔叔在城南还有一座新楼，他们全家都住在新楼。据说，邓忠由于在宏达给的工资低，是自己跑到明乐公司的。公司总经理马占良看他是个人才，便聘用了他，还当上了业务科长，以前他们根本不认识。

邓忠逃走了，陈汉雄在千方百计地搜集他的线索，并对他进行追捕。

就在陈汉雄极力追捕邓忠之时，有一份通报从江城发到秋原。

清早，刘天林将陈汉雄叫到他的办公室，让他看一份通报。原来是江城海关发来的，在他们边检时，发现两个奇怪的邮包，是发往外国的，包裹登记是保健品，但经过检验发现里边是冰毒，发货地址是小城。

“这么说在我们小城有毒品？”陈汉雄感到惊讶。

“是的。我想这事很严重，我们必须尽快查到发货人。”刘天林说。

“怪不得那天我参加马占良的宴会时，天宇公司的冯树生总经理说小城有的歌舞厅可能有人吸食摇头丸，看来毒品真的进入了小城。不，有可能有人在制毒贩毒。”

“在小城还有人吸食摇头丸？”刘天林也感到惊讶。

“我是听冯树生说的，他也说不准，只是认为。”

“看来，这是事实了。既然有冰毒出现，它们都是一类毒品，出现摇头丸是可能的了。当今，一种新的毒品正在泛滥，在南方和北方一些大城市都出现了冰毒，这种现象要引起注意。”

“刘局长，我感到我们正在侦查的一系列杀人案件虽然抓住了主要凶手，但其中都有一个谜，那就是杀人的目的。如果这样，刘梦露、周玉成、蔡永德的被杀很可能与毒品有关，还有李骆峰的失踪、侯福军和邓忠的外逃都可能与毒品有关。这有可能是一伙穷凶极恶的有组织、有领导、有周密计划的犯罪团伙。即使我们抓住几个杀人的凶手，对他们的影响也不大，因为我们只是捡到了树叶，没有找到树根。难怪我们在侦破上要费很大力气。”陈汉雄边分析边感叹地说，这也是他善于利用的一种逻辑推理。

“你分析得很对，我今天叫你来不但要查清毒品来源，也要对那三起杀人案的杀人目的进行分析。有人从小城向外贩毒，这说明，在我们小城有一个制毒贩毒团伙。也许，我们城内有人也在吸食毒品。”刘天林严肃地说。

陈汉雄看着桌上的协查通报，然后说：“我想到此案会复杂，现在看越来越复杂了。”

“有些为难了吗？”刘天林看着陈汉雄。

“不，我们绝不后退，不查破这些案件我绝不会罢休。”

“那好。还是那句话，这个案子也交给你们去查，人手不够我会给你调，但要注意身体，注意安全。别把它看成一起毒品案，要与你手中正在工作的案子连起来，与邓忠一伙连起来。”

“我会的。看来，谢昌南还在说谎。”

“你认为呢？”

“我和江涛、白雪分析过。但现在看，谢昌南很可能是这个贩毒团伙的重要成员，他杀蔡永德是为了杀人灭口，无论是谁杀死的蔡永德，不单单是为了在蔡永德家抢到钱，有可能蔡家藏有的毒品被拿走了。我想今天晚上，我们再审谢昌南。”

“好，到时我也参加。”

走出刘天林的办公室，陈汉雄决定叫江涛、白雪到江岸邮局去查那两个毒品邮包，此毒品从通报上看就是从这个邮局发出去的。

是什么人发的邮包，邮局的人是否知情或有内线，都有待查清。

- 02 -

天下着小雨，淅淅沥沥。

陈汉雄带着江涛、白雪来到江岸邮局。

经过调查，查得此邮包是五天前从这里发出的。据前厅营业人员介绍，那天有一个中年人到此来寄保健品，并打开了包装进行了检验，营业人查看了包裹中的产品，认为是保健品。但是，其中有几瓶从外表上看像胶丸，里边是药还是保健品他们真不认识，都当成保健品。经过回忆和查档，那天寄发保健品的人叫富宏志，是城南新城小区人。此人三十多岁，中等个，长的浓眉大眼，别的特征没有记住。陈汉雄他们来到新城小区，在派出所的共同排查下，查得小区根本就没有叫富宏志的人，看来寄货人填报的是假名字、假地址。

也就在这时，陈汉雄接到姜所长的电话，那天到蔡永德家的现场时，姜洪民说在一居民区救了一人到医院，此人叫魏秋桐，是因吸毒住进小城第二医院抢救的，现在魏秋桐终于说话了。因涉及毒品，接此电话，陈汉雄和江涛、白雪立即赶到医院，进一步对魏秋桐询问，并追查毒品来源。

“我本是一个无可救药，将要走向阎王殿的人，还有什么要保留的。这些，我本是不想说的，看到你们这样关怀我，挽救我，我只好说实话了。我知道我已经违法了，但我也要将这些告诉你们，也谢谢你们。”魏秋桐有气无力地说。

于是，魏秋桐说了以下的事情。

他说他与富民中介公司的侯福军是好朋友，他们在一起下酒店，打麻将。有一次，他通宵打麻将非常困，侯福军给他一种白色透明的药片让他服下，他服后虽觉得有些心神不安，但立即精神百倍，全身都感到轻松无比，似乎有些飘飘然，也非常兴奋，并且连胡多把，那一夜他赢了两万多元现金。后来，问侯福军这是什么，他没有说，再要也不给了。但自从吃了那种东西后，一打麻将就想吃，无奈他找侯福军让他给自己弄点这东西，侯福军说很贵，他就说自己有钱。于是，他让他起誓，无论发生什么情况也不能将这件事说出去，然后才可以满足他的要求。那天上午，侯福军带他到永德食杂店，当时商店只有一个老头和一个小伙计，后来得知，那个岁数大的姓蔡，人称蔡经理。小伙子姓谢，人称谢三。蔡经理给他一小包这种东西，让他先付款两万元。从此，他开始吃这种东西，竟然上了瘾。无奈，没有这东西，他就到永德食杂店去买。前后花去三十多万元。加之赌博输了二十多万，这些年创业积蓄的钱全都花光了。特别是他吃了那种药，感到一种快感，但有时也不知哪来的暴躁脾气，多次打老婆，去年老婆与他离婚，他只有单身一人了。只有在小城内的已结婚多年的女儿有时来照看他一下。后来知道这种东西是冰毒。蔡经理还将此冰毒卖给过外地人，但是哪来的不知道。近年来，蔡经理明面是做小食杂生意，暗中在贩卖毒品。你想，蔡经理这样有钱，靠那个小店一年能赚多少钱？

听了魏秋桐的叙述，陈汉雄很惊讶。原来侯福军在经营毒品，这个不被任何人注意的小食杂店是他们的联络点、售货站。这样看来，蔡永德是这个贩毒团伙的成员，而谢昌南是被人安排在这个食杂店的重要成员，或者说谢昌南是这个贩毒团伙的联络员。

- 03 -

在刘天林办公室，只有刘天林和陈汉雄二人。

“在小城竟然有贩毒窝点，富民中介公司经理和永德食杂店的人勾结在一起，原来是这样。侯福军已携公司全部资金外逃了，侯与李骆峰平素关系最为密切,会不会是毒品将他们连在一起,李骆峰的失踪一定与他有关。如此看，刘梦露已发现侯福军和李骆峰有贩毒嫌疑，或知道了他们的什么秘密，才遭到这伙人的毒手。”陈汉雄将此情况一边向刘天林汇报，一边分析着。

“你分析的很对，如果这样，李骆峰有可能被他们安排事先外逃了，另外，还有更大的可能，他被侯福军等人杀害了。从他与刘梦露正在热恋中看，他外逃的可能性是非常小的，第二种可能是显而易见了。”刘天林分析着。

“现在看，永德食杂店有可能是侯福军他们的秘密联络站。只是蔡永德已死，谢三一直没有说实话。这样看，明乐公司的邓忠有可能仅是个跑腿的，真正的大鱼还没有浮出水面。”陈汉雄叹息地说。

“这样看，邓忠是明乐公司的职工，我想有些事马占良会不知道吗？只是现在没有证据。”刘天林说。

“自从我们发现邓忠后，我也想过马占良。这个人我认为不可忽视，虽然没有发现他犯罪的证据，我看也要将他作为我们调查的对象。”陈汉雄说。

“他现在是小城著名企业家,有很大的社会关系网。对他还是要慎重的,如果真发现了他犯罪的证据，我们也不会轻易放过他。目前，我们一要对明乐公司注意观察，二要对永德食杂店和富民中介公司深入调查，也许还会扩大线索。我想，下步你的工作会越来越难，有些情况也会相当复杂的，要有充分的思想准备。”刘天林说。

“这些我想到了。目前，我市治安形势基本稳定，没有别的大案发生，我将组织我们重案队的全部警力对这一系列案件展开侦破工作。”

“彭思明有消息吗？”

“自从那天给我们打过电话，告之邵占海和冯守业的行踪后，一直没有发现他的踪影。不过，他一定在小城内，也许暗中也在调查我们要调查的情况。”

“这个彭思明，就是犟。不过没有他，我们这几起案件还不能破得这样快呢，他帮了我们的大忙。你们一定要注意发现他的行踪，想办法做做他的工作，让他相信我们，不要再这样躲躲藏藏了。这样单枪匹马的非常危险。同时，还要想办法保护他。”

“可是，这个彭思明也真是太犟了。他至今连家都没回，他的女朋友也不知他的下落。现在一切证据证明他是清白的，但他仍是不罢休，看来他认为这些案子都不能完结。仍在继续追查着某个人，竟然连工作都不要了。”

“也许，他非要彻底洗清自己。怎么洗清？不但要找到杀死刘梦露的真正凶手，还要找到这些凶手的幕后指挥。”

“这个人也非常机警，身手敏捷，但愿我们能尽快找到他。”

- 04 -

吃过晚饭，陈汉雄决定再次提审谢昌南。因刘天林原定要参加审讯，他给刘天林打了手机。刘天林因有事要在夜里才能回到刑警大队，他让陈汉雄他们先休息一会，晚上九点听他的电话后再去提审。但过了晚上九点，刘天林仍没有回电话。等到九点半，陈汉雄的手机响了。

“陈队长吗？”电话中传来一个熟悉的声音。

“彭思明？”

“陈队长，城南凤凰歌舞厅三楼大丽花包房内有人服食摇头丸，这事你管吗？”

“凤凰歌舞厅大丽花包房。”陈汉雄重复着，然后对着手机叫道：“彭思明，你在哪里？能否与我相见？我劝你不要再这样乱闯了，否则，会很危险的。”

“陈队长，我还不能与你见面，但你要相信我，我不是杀人犯，我一定要弄清谁是杀死刘梦露的幕后真凶。”

“彭思明，这是我们的事，你可以配合我们，但不要这样单枪匹马地独自干下去了。”

“不。陈队长，我相信你。凤凰歌舞厅的事你管不管？”

“管！”

听到陈汉雄说管，他放下了电话。陈汉雄看了一下手机上的电话号码，发现这又是一个公用电话。陈汉雄相信彭思明说的是真的，这小子闲不着，又难以发现他的鬼影，说不上他又是通过什么方法发现了这一重大情况。但陈汉雄最挂念的是彭思明的安全，他时刻在听着他的消息。不过，从彭思明的机警劲看，一时还不会出问题。

魏秋桐，这是陈汉雄在小城发现的第一个吸毒人，他与侯福军、李骆峰都有一定的关系；而现在凤凰歌舞厅又发现有人吸食毒品，这也是陈汉雄得知的在公共场所上出现的第一起毒品案。这两起毒品案是否有联系，吸食毒品的是什么人，他们的毒品是哪来的？

陈汉雄想到此，决定带着江涛、白雪去凤凰歌舞厅，并给刘天林打电话，刘天林决定改日提审谢昌南，现在要全力追查这起毒品案，也许会发现新证据。同时，他又给治安大队长丁忠实打了电话，让他们派人员配合，因歌舞厅这种公共场所正归他们管理。

由江涛开着警车，他们很快来到凤凰歌舞厅。凤凰歌舞厅，是一个装饰得金碧辉煌的较大的歌厅，一座三层楼房，每个楼层不但有大小包间，还有一个较大的舞池。店主叫汪宇庭，是小城税务局干部，但此歌舞厅营业执照是他妻子赵红霞的名字。据说，汪宇庭非常有钱，这座楼就要几百万，这个歌舞厅装潢也要几十万。自开业以来，生意一直很好，一段时间可以说是各个房间爆满，热闹非凡。朋友聚会、生日庆典、酒后消遣，都愿到这里来，可点歌、可自唱、还可跳舞，歌舞厅当然还备酒宴及简单的套餐和果盘。

就在陈汉雄到歌舞厅门前时，丁忠实亲自带领几名民警也到了，其中还有一名女治安民警。陈汉雄和丁忠实简要地碰了一下头，制定了一个临时的工作方案。

进了舞厅的门，由白雪去找歌舞厅的老板，陈汉雄他们快速地冲到三楼，

发现大丽花包房是一个较大的包房，但只有一个房门，陈汉雄和江涛他们打开房门，发现室内虽然有空调，但还是有一股热浪冲出来。只见包房室里有众多的男女在跳舞，音响放着快节奏的音乐，黑暗的室内只有旋转灯在一闪闪地射出一道道光线，在光怪陆离的灯光下，十几名男女在跳着摇头舞。这里的包房几乎都将窗户封起来，并加了隔音板，这是防止噪音传出去互相干扰。

陈汉雄找到了墙壁上的电灯开关，先按亮了包房内的灯，江涛关掉音响和旋转灯。

“大家静一下，我们是小城公安局的。根据举报，在你们中间有人食用毒品，请大家配合我们对此事进行调查。身上有毒品和凶器的，请主动交上来。”陈汉雄大声地对室内说。

“大家明白了吗，必须配合。听到了吧，身带毒品和凶器的，请主动交上来，否则我们要依法进行检查。”丁忠实对大家喊着。

包房内很静，但片刻却是一片嘈杂声。

白雪和一位中年妇女来了。

“队长，这位是歌舞厅的赵老板。”白雪对陈汉雄说。

“根据举报，在这个房间有人吸食毒品，此事你知道吗？”陈汉雄问。

“不知道。我的歌舞厅从来没有发现过这样的事呀！”女老板哀叹地说。

“这样吧，你做个见证，我们要对每个人的携带品和服饰进行检查。丁大队长，你安排人员配合，我们进行检查吧。”

随之，几名治安民警站在十几名跳舞的人四周，然后由江涛和白雪将逐个人带过来，对他们的衣服从外边进行简单的检查。白雪和那名女治安民警在一位女子的背包中发现一包黄色小药片。

“队长，这就是摇头丸！”白雪向陈汉雄报告。

“你叫什么名字？”陈汉雄问这位面色发白的女子。

“鲁玉莲。”

“白雪，由你负责看管鲁玉莲，我们继续检查。”

陈汉雄他们又对歌舞厅内进行检查，并没发现什么。然后他和丁忠实说些什么。丁忠实站在众多人的面前说：“现在，所有的人都和我们走，不准不服从，否则，按妨碍公务处理。”

陈汉雄又对老板赵红霞说：“你知道歌舞厅出现毒品的严重性吧？你的歌舞厅，从现在开始暂时停业，我们要对此进行调查。你也和我们走吧！”

“陈队长，我真的不知道这件事呀，我冤枉呀！”赵红霞悲伤地说。

“不行，必须现在和我们走！”

这伙人被陈汉雄和丁忠实他们带进警车中。

黑雾缭绕

- 01 -

当陈汉雄将从凤凰歌舞厅带回的十几个男女带回到刑警大队时，已是深夜十点半。他与刘天林通了话，决定明天再审谢昌南。连夜，陈汉雄与丁忠实将民警们分成几组对这些人进行讯问和审查。对鲁玉莲的讯问由陈汉雄、江涛、白雪进行。

据鲁玉莲交代，今天是她的生日。晚上，她约些朋友在诗仙大酒楼欢聚后，有人提议到到歌舞厅唱唱歌或到迪吧跳跳舞。都是年轻人，当然大家都赞成。鲁玉莲现是小城欣欣歌舞团的舞蹈演员。此时，小城美厦房地产公司经理贺浩正在追求她，今天她过生日，贺浩不但到场，而且一直在忙碌着。到歌舞厅后，由贺浩买单大家开始唱歌、跳舞。随着一阵阵欢快的曲调，大家跳起了摇头舞。但鲁玉莲的一个男同学小楞子说这不够刺激，如能搞到一种叫摇头丸的东西就更好了。原来在去年鲁玉莲过生日后也是到这个歌舞厅，不知谁搞到几粒摇头丸，那种黄色的小药片，顿感全身轻松，非常的兴奋，摇起头来不知疲劳。去年当然有贺浩和小楞子。贺浩说："到哪去弄那种玩意？"小楞子说："只要花钱，什么都能搞到。"贺浩说："你有办法吗？"小楞子说可以打电话试试。随后，小楞子不知给谁打手机，转身对贺浩说："弄到了，非常便宜，每丸五十元。"贺浩从皮包中拿出两千元钱交给小楞子，他走出歌舞厅，十几分钟后回到歌舞厅，将带回的一包摇头丸分给大家，但还有几位没有要，剩下几片，贺浩放在鲁玉莲的背包中。自服了这些小片后，一些男男女女摇起头来不知停止。他们从晚上八点半跳到夜里快十点钟了，还兴致不减。然而，陈汉雄他们的到来，却让他们大梦初醒。

"小楞子叫什么名字，今年多大岁数，家住哪，在哪工作？"陈汉雄问坐在椅子上已是泪眼汪汪的鲁玉莲。

"他叫胡庆宽，今年二十五岁，家住在城南解放大街，具体号码不知道。他现在没有工作单位，每年靠在一些企业打工为生。"

"你们是什么关系？"

"我们是中学同学，这些年关系一直很好。"

"你说他搞来的摇头丸，是从哪搞来的？"

"我不知道，对这也不懂，只是好奇。所以服了一片，也没想到这是毒品，是违法的。"

"你说去年就发现有人服食这东西，去年的摇头丸是从哪来的？"

"我真的不知道，也许小楞子知道。"

随后，陈汉雄让江涛和白雪去带小楞子，得知在他们传讯的人中，并没有小楞子，原来在陈汉雄他们到来之前，他早溜了。

"他跑不了，我们一定会抓到他的。"陈汉雄当即将此情况用电话向

刘天林做了汇报，刘天林让他全力审查这些人，并派出一组人员围绕胡庆宽的关系网展开追捕，陈汉雄立即叫醒重案队侦察员高岩和杜云波，派他俩对胡庆宽进行追捕。

贺浩被带过来接受讯问。据他说去年鲁玉莲过生日大致也是这些人，歌舞厅上出现的白丸也是小楞子弄来的，只不过小楞子从贺浩那里要去一千元辛苦费。后来听小楞子说那种白丸是从永德食杂店通过一个叫谢三的人弄到的。

“又是永德食杂店，又涉及谢三！”陈汉雄在思虑着。

– 02 –

天即将亮了，高岩和侦察员杜云波查得胡庆宽并没有回家。经调查，胡庆宽现在小城站前一家食品厂打工，他家中有父母亲，但母亲是继母，父亲是小城货运公司搬运工，平素好喝酒，很少言语，对他并不关心。而他的继母对他很不好，有时回来晚了饭都吃不上。至于穿什么衣服更是不管。所以，在这样没有亲情和温暖的家，他平素很少回家，多数是在哪个公司打工就住在哪，有时是宿舍，有时是工棚，还有时住在洗浴中心或朋友家。

高岩和杜云波到食品厂，查得他现在在食品厂内的宿舍住，据门卫说，他昨天晚上五点出去后，至今未回。高岩他们来到他的宿舍，宿舍并没有锁门，但空无一人。室内有两张床，有两套行李，衣挂上有胡庆宽的几件衣服，床边有一个小立柜，里边也是他的衣服和一些生活用品，只是有些凌乱，但没有发现其他可疑物品。高岩他们又找到了胡庆宽的一些朋友，但在昨夜至今都没发现他的踪影。

正在高岩他们极力寻找胡庆宽时，他接到陈汉雄一个电话，说胡庆宽被铁路派出所民警抓到了，让他现在就去铁路派出所接回胡庆宽。原来，刘天林连夜调集了一些民警在小城内展开了排查和堵截。铁路派出所在接到刘天林的电话后，便在车站内展开巡查。凌晨三时，两名铁路民警对停在站内的货车进行检查，发现一货车厢内蹲着一个年轻男子，正当要对这人进行盘查时，这人跳出车厢就逃跑，两名民警在后边紧紧追赶，没跑出一百米，便将这人抓获，此人正是胡庆宽。

连续对几名重点人员进行审讯，陈汉雄并没一点困意，特别是胡庆宽被抓获后，使他的精神更加振奋。当然，对胡庆宽的审讯仍是由陈汉雄、江涛、白雪进行。

胡庆宽的态度非常顽固，开始对他询问时，无论你怎么讯问，他就是一声不吭。

“胡庆宽，你以为你一声不吭就能挺过去，没有事了？那是妄想！你的罪证你自己是非常清楚的，即使你不说，证据充分，我们一样定你的罪！根据你认罪的态度，而且要从重处理！”陈汉雄厉声地对胡庆宽说。

胡庆宽仍是不言语，并闭着眼睛，似乎要睡着了。

“胡庆宽，你也不用装死，这样对你没有任何好处。是不是你的罪恶太深重了，你不敢说出此事，不敢承担责任？要说你也是男子汉，自己做事都不敢承担，活在世上也有些太遗憾了。单就昨夜你们在歌舞厅的事，只有你一人外逃，而我们将你们包房这些人全部传讯到我们这，他们的态度都很好。据他们交代，多次在这个歌舞厅出现的毒品都是你一人所为。如这样看，有些责任真的都要由你承担了。”陈汉雄开始敲山震虎了。

一直在沉默的胡庆宽听到此，不觉一惊，睁开眼睛看了陈汉雄一眼。

“多次贩卖毒品，数额较大，加之你这样的态度，有些事你也不想说清楚了，不说就是默许，这样也很好，你是想一个人将这些责任全部担当起来。但是，关于小城毒品的案件，我们一直在做深入的调查，并获取了众多的证据，对你我们从去年就纳入了视线，否则，今天怎知你们在凤凰歌舞厅聚会？又怎么知道你会跑到火车站去搭那趟货车？要知道我们现在的科技是你们想象不到的。”陈汉雄站起身来，走到胡庆宽身边。

胡庆宽仍在沉默，但身子动了一下，他在犹豫。

“关于你的情况，我们是全部掌握的。从小父母离异，继母对你很不好，没有母爱，缺少亲情，你与社会上的一些狐朋狗友混在一起。近年来，又参与毒品犯罪，你的目的无非是想多赚些钱。但是，你有些事也是被迫的，并与他们订了共守同盟，你保护人家，其实人家早已将你出卖了，你只不过是一个马前卒，一个可怜的替罪羊。如果你将你的全部事情讲清楚的话，也许会得到从轻处理。如果有立功表现，我们还会从轻。”

胡庆宽一直在听陈汉雄的话，在疑虑着，看来，他的心理防线有些崩溃。

“什么永德食杂店，什么某某公司的人，你心里明白怎么回事吧？看来，我们想挽救你都难了。”陈汉雄将这些话说得很慢，并用如剑一样的目光与胡庆宽的目光对视着，胡庆宽躲避着这种让人心里发寒的目光。突然，陈汉雄高声说道：“将胡庆宽带走！”

江涛、白雪来到胡庆宽身边。

胡庆宽见此，急忙地说：“警官，我说，我全说！我想从宽处理。”

- 03 -

于是，胡庆宽将他近年来参与贩卖摇头丸的事全部交代出来。原来，胡庆宽在前几年生活非常艰难，在一建筑工地打工时，认识了也在那里打工的谢三，并成了好朋友。到冬季工地停工，他只好在家中闲呆。这样过了两年，期间一直没有见过谢三。第三年春季的一个晚上，他在家与继母怄气，从家出来，身上没有几元钱，连吃饭的钱都不够，他想到偷。于是，他盗窃了一家商店门前的一台摩托车，然而，就在他刚撬开摩托车锁，想将车推到一边打火骑走时，两名男子从商店出来发现了他，并大喊抓贼，见此，他扔下摩托车便跑，可那两名男子紧紧地追赶，他只好跑进一条小巷内，但那两名男子已追到他身边，正在这紧急关头，一个骑摩托车的人来到他身边，并叫着："快上来！"胡庆宽一见是谢三，便乘上他的摩托车逃走了。深夜，谢三将他带到一家饭店，对他非常亲近，并请他在一家饭店喝酒，叙谈几年来各自的情况，谢三说他现在永德食杂店给他舅舅打工，可以说是二老板。并劝胡庆宽找个打工的地方，别干那些偷盗的小把戏，得积攒钱说个媳妇。谢三的话说到胡庆宽的心里了，他也这么想，但这几年赚钱也难，每年打一段工，累得很，才赚了几千元钱。如果将来说媳妇，至少要几万元钱，如果还要买房子，他连想都不敢想了。后来，谢三通过一个朋友给他联系在站前食品厂当合同工。

有一天晚上，谢三又请他喝酒。席间，他说有一件事能赚大钱，但有风险，

问胡庆宽干不干。胡庆宽问他干什么，谢三说让他到一些歌舞厅推销一种黄色小药片，个别的也有粉色的，此药对跳舞的人很有刺激，他们一定会接受的。此事，只有在暗中去做，不能让公安发现，否则，会坐大牢的。就是一旦出事，也不能暴露其他人。胡庆宽沉思多时，还是答应干，并起了誓。不久，谢三给他引见凤凰歌舞厅的老板赵红霞，并告诉他怎么联系到这种东西，到哪取货，或有人送货。从此，他在永德食杂店通过谢三取过几次小药片，并几次到这个歌舞厅贩卖那种小药片。此外，胡庆宽还从谢三手为外地几个歌舞厅送过摇头丸。今年春季，谢三引见他的一位朋友，是一个公司的业务员，叫朱武。如果一旦找不到谢三时，有些事可找朱武联系，告诉他一个手机号码。但在前几天的一个晚上，胡庆宽接到朱武的一个电话，说谢三出事了，让他停止一切毒品交易，不要因此惹来麻烦，必要时以打工名义到外地躲些日子，如果没有特别的事，也不要再联系他。但是，胡庆宽想到谢三不会出卖他，并没有出走。

今天，同学鲁玉莲过生日，他多喝了点酒，看到贺浩特别有钱，想从他身上赚一点，便冒险向大家兜售了这一小包黄色小药片。此药片是他前一段时间寄存在赵红霞手中的，所以取得很快。然而在人们跳舞时，他感到有些闹，便下楼到门外凉爽一阵。突然看到远处有警车走来，他躲到歌舞厅楼边的暗处。近了见到三辆警车，并下来多名警察，他顿感大事不好，便打车先到站前食品厂，从宿舍附近的院墙跳入，到宿舍拿走几件衣服和一个皮包，因为里面有五千多元现金和两万七千多元的存折。然后，他潜入火车站内，见货场停一列货车不久将要开走，他扒上了货车，钻入一车厢内，但不久，却被铁路民警抓获。

陈汉雄详细追问朱武的情况，胡庆宽说他们只见过两次面，开始是通过谢三，第二次是朱武找的他，还有一次是前几天通过一次电话。具体他是哪个公司的，谢三和他本人都没说过。经过安排，陈汉雄让他给朱武打电话，但此时朱武一直关机。胡庆宽描述了朱武的体貌特征，但他想了好久，没发现这个人有什么特征，只是此人眉毛较重些，脖子左侧有一小块伤疤，中等个，略胖，穿着很讲究。

这样的体貌特征，让陈汉雄想到一个人，邓忠。

- 04 -

“这个人可能还是邓忠。朱武，又是他瞎编的名。”陈汉雄对江涛、白雪说。

审讯完胡庆宽，陈汉雄看了一下手机上的时间，已是早晨六点半。

“我们大家到食堂吃点东西，然后休息两个小时，九点钟，我们去明乐公司。”

上午九点，陈汉雄带着江涛、白雪来到明乐公司，得知来客商了，马占良一早就去酒店陪客商还没有回来，是一个外国客商，不但马占良陪着，城南的副市长沈光荣也一同陪客，公司办公室秘书葛红莲接待了他们。

在经理办公室，陈汉雄和这位女秘书攀谈起来。她们谈到明乐公司的兴隆，谈到小城的经济发展。谈话中，陈汉雄谈到明乐公司的员工，说到邓忠。可葛红莲挺机警，她不表任何态，只说她就负责办公室的事，有时来客人接待一下，至于公司中的一些人，她只是认识，并不了解。

陈汉雄这次到明乐公司的目的，就想通过一些职工了解邓忠的有关情况，从一些蛛丝马迹上查找他与一些人员的关系，寻找一些证据。他也想

再找马占良谈，通过察言观色来看马占良的反应。

正在这时，马占良回到了公司。

“陈队长又来了，来，请到我的办公室。”

“马总，我们又打扰你了。”陈汉雄说。

“哪里。你们什么时候来我都欢迎。谁让咱俩是好朋友呢。都坐下。”走进马占良的办公室，马占良为大家让座。

葛红莲过来为陈汉雄他们各泡了一杯绿茶，然后又退了出去。

“听说公司又来客商了？”陈汉雄问。

“是呀，我们做买卖是离不开他们的。陈队长，我想又是为邓忠的事来的吧。自那次你们走后，我对他们科的一些人做了些调查。发现邓忠这小子背着我在社会上和一些人来往,但干什么一直不清楚。他向我提出辞职，我想是不是和这些人走了。昨天我又给他打手机，打不通了。他可能真的到广东，手机换了广东的号了。这个人呀，平素看着办事挺稳重，也很老实，却这山望着那山高。”马占良说。

“马总，邓忠原名叫夏长春，这些你原先知道吗？”

“不知道。他原先是在宏达公司，我问过，在那他就叫邓忠。”

“他的亲属中谁有一辆黑蓝色的桑塔纳轿车？”

“这个不了解。”

“你说他不会开车？”

“真的，我没见他开过车。”

“马总，今天我们来的目的，一是想通过你进一步了解邓忠的下落，二是想找一些职工对邓忠进一步调查，你看……”

“那好。就在我的办公室，我回避，你们要找谁我给你们安排。”

“马总，你的工作非常忙，我想你给我们找个跑道的，我们到他的科室和他们科的人分别谈谈，不再打扰你了。”

“也好。我立即安排。”

随之，马占良给业务科打了电话，一位中年人走进来。

“马总，有什么吩咐？”

“这位是小城刑警大队的陈汉雄队长。他要了解邓忠的有关情况，你带他们到科里找个房间，分别给他们找些员工，他们要了解些情况。”马占良说。回身他将这位中年人介绍给陈汉雄，“这位是业务科的业务员，叫何勇，让他给你们安排吧。对了，陈队长，中午我请你们到酒店吃点什么吧？”

“不了，谢谢！”

在业务科的一个房间，陈汉雄先后找到五名业务科和其他部门的人员，他们不是回避陈汉雄问的问题，就是什么也不知道。了解半天，没有得到任何有价值的线索。明乐公司是一个以经商为主的公司，但人们的眼神中，似乎充满忧郁。那边是个工厂，烟囱在冒黑烟，遮挡了阳光。陈汉雄看到的不仅是黑烟，仿佛是一片缭绕的黑雾，只有黑雾散去，才有朗朗的晴天。在向一些职工了解情况时，陈汉雄看出，一位叫魏春丽的女职员时眼神和手势似乎暗示着什么。也许在公司中这位女职员有话不能直说，她也怕呀。陈汉雄看看已到中午，他决定先回刑警大队，但他要夜访这位女职员。

深夜枪战

－01－

这天天黑之后，陈汉雄和白雪穿着便装悄然找到魏春丽的家，魏春丽见到陈汉雄和白雪到来，并不惊慌，她也许想到陈汉雄会找到她的，魏春丽的丈夫此时也在家中，他是小城城南水泵厂工人，他是一个正直的人。

当陈汉雄再问邓忠的有关情况，魏春丽说：“其实，有些话我早就应该和你们说，只是心中一直有顾虑。你们问邓忠是否会开车，我发现他会开车的。那是去年夏季的傍晚，我带着孩子到小城多福商场去购货，出来时，发现一辆黑蓝色轿车驶进商场旁边的停车场，开车的走下车，我发现他是邓忠。原来他会开车，这辆车是谁的我不知道。我以为他是要到商场，但他站在车边并没有走，而是四处张望，像等什么人。孩子要吃雪糕，我带着孩子到商场另一边去买雪糕，买完雪糕，我想和孩子坐环路车回家，无意中我又向邓忠停车的地方看了一眼，发现他正与一个人说着什么。然后从另一辆轿车上搬下两箱东西，邓忠打开他开的车后备箱放进去。由于忙着坐公汽回家，我和孩子到路边的站点等到车，仅几秒钟刚好来了一辆环路车，我和孩子就上车走了。今天上午你到公司了解邓忠是否会开车，我想起此事。”

“邓忠看到你了吗？”

“当时从商场出入的人很多，我想他不会注意的。”

“你是说他从另一辆轿车上搬过两箱东西？”

“是的，用黄纸箱装着的。”

“另一辆轿车上几个人？”

“就一人。”

“你认识吗？”

“没见过，个子很矮，长得什么样因离得远没看清。”

“以后又发现他开过车吗？”

“没有，就见到那一次。”

“你看清楚了。”

“我们一个公司的，经常要见面，我不会看错的。”

“他经常和谁接触，在小城或外地还有什么社会关系？”

“这些我还不了解。”

“你们公司这些人为什么见到我们都有些忧郁呢？”

“因邓忠辞职，你们已到公司调查过，马总心情非常不好，这几天常常发脾气，说邓忠这小子在这个时候辞什么职，还在外贪了嫌疑，公安也来，影响了企业的形象。前两天晚上马总给我们开会，说要保持公司安定，也要维护公司形象。公安也许还会来，不要什么都说，更不准乱说。如果这样公安总到企业来，咱们还营不营业了，不赚钱，用什么给大家开工资。

但是，话又说回来了，我们明乐公司是有发展的，我马占良是清白的，我们没有做任何违法的事怕什么，也要支持人家公安工作，但不要引火烧身。邓忠已辞职，让他们找邓忠去好了。”

“你认为马占良和邓忠的关系怎样？”

“那可不一般。要说邓忠虽然年轻，但办事能力非常强，据说他是从宏达公司跳槽过来的。马占良说他是个人才，所以有时外出也带着他。”

“你发现邓忠有什么违法问题？”

“这个还没有发现。”

“马占良怎样？”

“他是个名人，企业家，对职工还可以，也没发现他有什么违法的事。可以说，我们都羡慕，这个总经理既有派又潇洒，还特有钱。”

“怎么看？”

“据说他在城南有一处住宅，因他妻子和孩子现在在国外，在英国。他现在多数是住在公司的办公室，很少回这个住宅。这个住宅几乎是空楼。”

“他与妻子不见面吗？”

“见面，一年他要去两次英国，他手头有护照。”

“他在小城内还有女人吗？”

“他对这个好像不感兴趣，他说现在精力十足，就是要多赚钱，以后钱多了就不干了。”

陈汉雄思虑着，片刻，他又问道：“你们公司办公室的秘书葛红莲怎样？”

“她呀，是咱小城沈副市长的外甥女。人倒没什么，长得又好，家原是北边一个小镇的，没有考上大学，便投奔他舅舅这来了，他舅舅找的马占良在公司当上了秘书，不过她已有对象了，是小城税务局长的儿子，现在她就住在税务局长家。”

“是这样。”陈汉雄明白了他们公司一些人员的关系。

“近期，你们公司都有什么人来？”

“有一个外国客商，他以前来过，和我们马总很熟，不过没发现什么问题。”

经过与魏春丽交谈，虽然没得到其他线索，但可以认定邓忠会开车，也了解了公司的一些事。在谈话中，陈汉雄得知，原来魏春丽是姜洪民所长救助的那位吸毒者魏秋桐的女儿。但是，魏春丽一直也不知他父亲所吸毒品的来源。

外面满天星斗，陈汉雄走出魏春丽的家。

- 02 -

第二天一早，沈光荣来到刑警大队陈汉雄的办公室找到陈汉雄，一阵寒暄后，对他说：“你查邓忠可以，但多次到明乐公司调查，这样会影响公司形象和企业做买卖的。特别是说邓忠的事，他原先毕竟是明乐公司职工，这样三番五次地来明乐公司，有可能会影响到马占良。马占良一心办公司，并没有什么过错呀。他还是小城优秀企业家，有些事人家不好意思说。我们干公安的也要给他留点面子。”

“这是马占良的意思？”陈汉雄看着沈光荣。

“不。我今天去了明乐公司，马占良说你几次去他公司。他不好意思说，我得说了。邓忠早已辞职，你们想办法找到邓忠不就得了吗？”沈光荣说。

“邓忠我们会找到的，一切都会真相大白的。”陈汉雄坚定地说。

“那好。我拭目以待。”沈光荣也很认真地说。片刻，他笑了，“我知道陈老弟是个主张正义的人，在办案上是有名的。但你这样劳累也要注意身体呀。家中有什么困难，是不是你和孩子老婆还住那座旧楼呢。当今是金钱社会，人们都在想办法发展经济，大把大把地捞钞票，你每月开那几百块钱工资也够难为你的。别说买楼，就是生活随礼都难维持，现在有些事不想开也不行呀。”

“沈副市长的意思是？”

“马占良和我是好朋友，也愿和你交朋友。看你工作太辛苦，有些不忍心。现在一些年轻人都在发展，像你这样有才华的人，有的都当上处级干部了，你成天这样东奔西跑的，什么时候能发展呀？要想发展，没钱不行，现在有些领导不看你工作干的怎样，不看你有多少才华，只看你给他送多少礼，量钱用人，要不你就上面有人，管他的或对他有用的他才能提拔你。你说是不是？”

“我看也不全是这样，好的领导，好的干部还是多数。只要是人民需要还向党讲什么价钱。没钱，我就干一辈子刑警。”

“话别这样说。人生如梦，几年就老了，岁数一大，想用你也不行了。看你这样有才华，有能力，将来定会当个刑警大队长、公安局长或哪个局的领导！如果在经济上有什么困难，他愿给你拿出十万八万的，反正明乐公司也不在乎这几个钱。”

“原来是这样。沈副市长，我谢谢你们二位的好意。我陈汉雄自出生以来，除靠自己的本事吃饭，还从没接受过别人的施舍和好处。人各有志，看来，我这辈子是发不了财了，也当不了大官了。”

“哈哈！既然这样，就当我刚才什么也没说。”

“沈副市长，我知道你和马占良关系特别好，也经常去明乐公司，那你也是了解邓忠的了？”

“这个人我是认识，但没发现什么问题。”

“那马占良你了解吧？”

“你看你，马占良能有什么，人家一天忙得够呛，公司几十号人，不得全靠他一人张罗。我看他是个好样的，上面给他个优秀企业家也是当之无愧的。”

沈副市长在陈汉雄的办公室坐了一会，感到无趣，只好走了。

- 03 -

这天深夜，陈汉雄和南山派出所所长徐伟从城南新圣居委会刘主任家出来，他们查得马占良在城南新圣小区是有一处住宅，是一个极普通的住宅，正像魏春丽说的那样，他很少在那里住，并没有发现有什么违法问题。他们顺便也调查邓忠的情况，但仍无他的下落。在车上，他给江涛打电话，江涛和白雪在查另一个线索。陈汉雄叫他们早点收队休息，明天继续工作。车到枫桥头，陈汉雄让徐伟的司机停下车，他要下去走走，因这里离他家并不远了。下了桥，向东走两百米，穿过两条小街就可到家。陈汉雄有半个月没有回家了，妻子秦月娥和儿子冬冬已多次给他打电话，让他别再回他们那个“旅馆”了。这里到他家也就两三里，晚上散散步是再好不过的。

马路上仍有一些车辆在行驶，只是人行道上的人很少了，喧闹了一天的小城此时才有些安静。通过前面那条小街，再穿过一条大马路就到他家的那个小区了。小街很静，只有一个骑自行车的人迎面走过，后面有灯光，

有一辆小车通过。小街的灯光很暗，陈汉雄为躲避那个冒失鬼特意靠在马路边上走。后面又有一辆车驶来，听声音车速很快，陈汉雄不觉地回头看了一下，“不好！”那辆车向他开来。陈汉雄机警地向马路牙子上一滚，这辆车刚好从他刚才走的地方通过，要不是他躲得快，非让这辆车撞死不可。陈汉雄还没有起身，便向这辆车看去，但见这辆车是一辆蓝色小货车，后边没有车牌照，此时已减了速。

“这人，是酒喝多了，还是？”陈汉雄一边拍打自己身上的尘土，一边站起身来，正在想着。突然，他发现那辆车的右车门打开，一个人探出头来，手持手枪向他射击。

“啪，啪，啪！”车上的枪口闪着火花。

陈汉雄见那支手枪从车门伸出窗口的一刹那，便把身子躲到马边的一处路灯杆子下，他躲过射来的子弹，迅速地从腰上掏出手枪，与车上的枪手对射起来。但是，那辆车却停下了，左边的车门也打开了，从那个车门中跳下一个人，躲到车厢的左边，探过头来，他手中挥动一支微型冲锋枪。

“啪，啪，啪，啪，啪！”又是一阵猛烈的射击，打得陈汉雄躲在灯杆后探不出头来。

对方枪声停了，陈汉雄一探头，对方两边的枪声又响上了，子弹从他脸边飞过，好险。

“此地对我极其不利，必须找个有掩体的地方。”陈汉雄用眼神向右边的门市楼看着，发现身后有一支撑广告牌的水泥座，如果蹲在此处，可掩护他又便于向对方射击。对方的枪声又停了，陈汉雄乘此就地一滚，滚到那个掩体后，此时，对方的枪声又响了，但都射在灯杆下了，陈汉雄乘机换了弹夹。

“打死这个小子，开枪！”对方有人叫着，枪弹又射向陈汉雄躲到的掩体前，陈汉雄从掩体旁探了一下头又躲了回去，瞧准机会向车两厢的枪手射击。然而，左边的枪手持枪悄然地向他摸来，陈汉雄探出枪口就是一枪。

“啪！”的一声，那人“啊呀！”一声倒在地上。他是腿受了伤。另一名枪手见此仍躲在车厢旁边，又向陈汉雄猛烈地射击，那个腿部受伤的人乘机滚到车门口，爬上了驾驶室的副驾座位上。

陈汉雄见此，正要再次向那人举枪射击，但已没有子弹了。

就在此时，远处响起警车的警笛声，而且离这里越来越近。那名持冲锋枪的人见此快速地退到车门边，上了车，车飞也似的向小街深处驶去，逃走了。

警车奔向这条小街，停在陈汉雄的面前，原来是江涛和白雪来了。他们刚才正好在这附近，是听到枪声奔过来的，没想到是陈队长和两名神秘的枪手展开了枪战。

“快，我们去追那两名枪手！”

由江涛驾车，向那辆货车逃的方向追去。陈汉雄乘机给刘天林和陆局长打了电话，分析这辆货车在短时间内是不可能出城的，陆局长立即调动多名刑警、武警、交警全副武装、分组上岗在出城的各路口进行堵截。

陈汉雄他们追出那条小街，上了前面一条大马路，只见马路上有车辆来往，但不见那辆小货车的踪影。他们向东追了一会，拦截一辆轿车询问，得知小货车没有向东来。那就是向西去了，他们向西追了一段，也没发现这台货车的踪影。

天亮了，各路堵截的民警均没发现有蓝色的小货车出城。就在这时，陈汉雄接到朝辉路派出所所长姜洪民的电话，说有一个群众报告，在绿叶烟草公司仓库的墙外，发现一辆蓝色小货车，但车上无人。

– 04 –

陈汉雄和江涛、白雪来到绿叶烟草公司仓库北墙外，果真在那里停着一辆蓝色小货车，前后没有牌照，后车厢有弹痕，看来这就是昨夜枪手乘坐的小货车。

车主是谁呢？经查此车不是小城的，而是平城的。

当日，陈汉雄和江涛、白雪，还有交警王泽民来到平城，在平城交警支队民警的配合下，很快查得了这台车的车主。但此车是一台被盗车，车主叫谭宏益，是名个体货运司机。

前天下午，谭宏益往东兴大厦送货，送完货是下午两点多，他准备回家。途中走到三道街时，想到一个月前给这里的香月楼食品店送货应该结账了。于是将车停在食品店门前，找到经理算了账。由于天下雨，在经理室，他和经理闲聊一会，大约半个小时，他走出食品店的店门，向外一看，惊呆了，原停在店门口的货车不见了。他下车时拔下了车钥匙，但没有锁车门。当时，天正下雨，路上没有多少行人。他想是谁和他开玩笑，但等了一会也不见有人将车开回来。他问店里的人，他们见他下的汽车，但在他进店没几分钟就发现车开走了，以为他是搭人家车来的呢，并没有在意，他们根本没有看到开车人是什么样。他到食品店前后的大街找了找，根本就没有车的影子。于是用电话向附近的三道街派出所报了案，民警接到报警后立即赶到现场，并展开调查。同时，给交警打了电话，交警说派人上路堵截了，但一直没听到结果。随后，他给他的朋友打电话，他们开车来，在平城内包括郊区都找了，仍然没发现他的车。

陈汉雄对谭宏益进行了调查，发现他与小城的人没有任何联系，也没发现他有过什么违法问题，只好让他几日后到小城来取车。

看来，这两名枪手是经过精心策划的，到平城来盗车作为交通工具，然后密谋对陈汉雄谋杀。虽然没有抓到这两个人，陈汉雄认定这两个人就是小城的，并与陈汉雄调查的案件有关。他们是耐不住性子，过早地跳出来了。近几天他调查邓忠和明乐公司，此事是否与马占良有关？

陈汉雄回到小城，将他的想法向刘天林做了汇报，刘天林也这样认为。但苦于没有发现马占良任何违法犯罪的证据，对这样一个被誉为小城优秀企业家的人，不能轻举妄动。

绑架谜案

- 01 -

就在陈汉雄对明乐公司和邓忠展开调查时，陈汉雄接到沈光荣的电话报警，他五岁的孙子沈默被人绑架了。

在今天晚上六点多，沈默被保姆从幼儿园接回家后，他非要在楼院的花坛边玩一会，半个小时后，保姆下楼去叫他，却发现他没在楼院中，她找遍了住宅楼的四周，仍没发现沈默的影子。保姆只好上楼将此事告诉沈光荣的妻子陈涵，她急得哭了起来，并给沈光荣打了电话，因沈默的爸爸妈妈去了日本，要等些日子才能回来。沈光荣回来了，他和他的司机在这附近也找了找，又给小城的亲属打电话，都没有发现沈默。天黑了。沈光荣的手机响了，原来是绑匪打来的电话，说让他准备五十万现金，明天用钱换沈默。看来，这是一起经过精心策划的绑架案，绑匪连沈光荣的手机号都知道。沈光荣为难了，说实在的，他一是担心孙子的性命，将来儿子和儿媳回来不好交代；二是一时还筹不到那么多现金，现在手中只有二三十万，其他都要去借了，再说他实在舍不得给绑匪白送那么多钱，于是，他给陈汉雄打了电话。

陈汉雄和江涛、白雪穿着便衣随即来到沈家，听沈光荣的陈述后，他认为绑匪还会来电话，于是将此事向刘天林报告，刘天林立即安排对沈家的电话进行监控，对侦破这起绑架案做了周密的安排。但是，绑匪一夜都没有打来电话。第二中午，沈家的电话终于响了，还是那个绑匪打来的，问沈光荣是否准备好了五十万，沈光荣说准备好了，绑匪让他打开手机随时听他的电话。经查，此电话是距小城一百多里的安平乡打来的。难道绑匪在安平乡？下午，沈光荣的手机又响了，还是那个绑匪打来的，让沈光荣用黑色皮包将这些钱装好。然后等他的电话。经查，此电话是从乐平镇打来的，此地距小城七十多里。然而，绑匪不但晚上没有来电话，夜里也没有再来过电话。

第二天，绑匪仍然没有来电话。

陈汉雄对这起绑架案有些疑惑，如果绑匪就是为了钱，他会尽快与沈光荣联系拿到钱，可这个绑匪为什么不着急，而要下去呢？是没有选好取钱地点，还是怕出现意外呢？

陈汉雄他们又耐心地等了一天。直到第三天凌晨四点，沈光荣家的电话终于响了，是绑匪打来的，让沈光荣今晚八点用一个黑色皮包装好钱，带着钱到益民商场东门前等他的电话，不准报警，否则就杀了他的孙子。可沈光荣想知道自己的孙子是否还活着，一定要听孙子的声音，否则他不会拿钱的，这也是陈汉雄安排他必须做的，另外还要与绑匪拖延打电话时间。绑匪想了想说，让他再等他的电话。可过了半个多小时，绑匪也没有来电话。

“老沈，这可怎么办呀，我的孙子呀！”沈光荣的老伴陈涵痛哭起来，白雪在劝着她。

大约四十分钟后，绑匪终于打来了电话，电话中传来沈默的声音："爷爷、奶奶，我想你们，你们快来呀！呜——呜——"绑匪也在叫："沈副市长，你听到你孙子的声音了吧，准备好钱，听我的电话吧。"

绑匪放下了电话，沈光荣一阵迷茫。

陈汉雄了解到电话的内容，即向刘天林汇报。看来，今晚绑匪有可能来益民商场前与沈光荣联系，另一种可能随时变换地点。于是，刘天林与陈汉雄对这次抓捕绑匪做了周密布置。

晚上八点，天已暗下来，但益民商场门前仍是人来人往，很是热闹。在商场内外都有穿着便衣的刑警，在这一带的各路边上也有内藏刑警的地方车辆，在这里编织了一个大网。沈光荣按绑匪说的，早早地来到益民商场门前，他紧紧地抱着那个装着五十万元现款的黑皮包，静等绑匪的电话。但是，直到深夜九点多，他的手机也没有响。无奈，沈光荣按陈汉雄的安排，只好先回家中。刑警也悄悄地收队了。

沈光荣到了家，陈汉雄和江涛也到了他家。

"陈队长，这可怎么办呀，我的孙子现在还在不在人世了？"沈光荣也流泪了。

"沈市长，你别着急，我想绑匪为了钱，一定还会来电话的。"陈汉雄安慰他，但自己心里也没底。

"如果他不来电话，我的孙子会不会被他害死了？"

"不会的，不会的。"

绑匪定好了让沈光荣晚上八点到益民商场门前，为什么不与他联系了，连钱也不取了，难道说他发现有警察？

陈汉雄也在思虑。

- 02 -

这天深夜，沈光荣家的电话又响了，还是那个绑匪的声音。

“沈副市长吗？对不起了，因我的车坏了，今晚与你的接头没去成，实在对不起。这样吧，明天晚上八点钟，在城南大庆路的宏宝超市门前你带着那个装钱的皮包等着我，我一定会准时与你联系的。你一定担心你的孙子，他很好，不会有任何问题的。我们拿到钱就会放了你的孙子。”

“你们说话可算数？”沈光荣疑虑地问。

“我们就是为了几个钱，没办法，赚不到钱，别人又向我催债，只好找你赞助点了。”绑匪放下了电话。

这一夜沈光荣难以入眠，他想他的孙子，更担心他孙子的安全，他把希望都寄托在明天晚上八点了。

终于到了第二天晚上八点，沈光荣还是抱着那个装钱的黑皮包，早早地来到宏宝超市门前。这个超市面临街市，是在一排商业门点的中间，仅三层楼，是一个中等超市。因这是一条僻静的街面，此时到超市的人非常少。而对面的楼虽然也是商业门点，但多数商家已关门。

“绑匪是不是有病，为什么要安排在这里与沈副市长接头？”暗中对超市门口进行监控的江涛对陈汉雄说。

“从地势上看，这里犹如一个口袋，只要我们将超市包围，再将这条路的两头一堵，绑匪是无路可逃的。我也想不明白，绑匪为什么将接头地

点选在这里？也许，他一会就会变换地点，或变换多处地点。我们注意就是了。”陈汉雄小声地说。

是的，在刘天林的指挥下，这里到处都有穿着便衣的刑警，他们有的装扮成超市中的顾客，有的在超市两边，有的是出小摊的，有的是出租车司机。在外围也都有民警和备用车辆。

时间一分一秒走过，已是晚上八点十分了，绑匪没有给沈光荣打电话，沈光荣也在看着手机上的时间，非常焦急。时间又过去二十分，绑匪仍没有打来电话。晚上九点到了，绑匪还是没有打来电话。

“这是什么绑匪，定好时间却不与送钱人联系，这是为什么？难道说他发现了我们？”江涛感到莫名其妙。

“不会的，看来绑匪一是狡猾，在试探沈光荣，也许他就在这一带的哪座楼上看着沈光荣。二是绑匪根本就没有来，而让沈光荣白折腾，他是另有目的。”

“另有目的？”

“是的。看来，绑匪不会来了。我们发信号，收队。但我们仍要保护好沈光荣的安全。”陈汉雄决定着。

按事先约定的时间，沈光荣看了一下手机上的时间，已是晚上九点五分，他抱着那个装钱的皮包离开了宏宝超市门前，在马路上打了一辆出租车，实际上是陈汉雄安排的面包车，司机是江涛。

这一夜，沈光荣也没有接到绑匪的电话。这让沈光荣和陈汉雄他们都感到此案有些怪。

- 03 -

今天外面下起了蒙蒙细雨，刘天林和陈汉雄他们心情都很沉闷。面对绑匪几次约定时间却不露面，这让大家都感到疑虑。

在刘天林的办公室，刘天林与陈汉雄、江涛、白雪、高岩对这起绑架案进行了分析。

“这起绑架案到今天已发生四五天了吧，而绑匪在两天后才约定时间与沈光荣联系，而又两次不露面，这是要敲诈钱财吗？”刘天林坐在沙发椅上先说了话。

“我看这起绑架案有点怪。绑匪绑架人质一般是为了敲诈钱财，既然为了钱财，这个绑匪为什么不急于取钱呢？”江涛说。

“在我们侦破的绑架案中,还是第一次遇到这样的。现在给我的感觉是，绑匪绑架沈默，名义上是为了钱，实际上并非为了钱，在与沈光荣斡旋中，是否在吸引我们的警力，在拖延时间？”刘天林说。

“我看也是这样，他们就是借这起绑架案为名，达到某种目的。”陈汉雄坐在沙发上边吸烟边说着。

“某种目的？”江涛有些疑惑。

“是的。此时，正是我们对邓忠、马占良进行调查之时，小城却出现了绑架案。而绑架案除了仇人间的报复外，那只有图财了。一般绑匪都要告之被害人不准报警，而这个打电话的绑匪仅说过一次，并没有重视沈光

荣是否真的报了警。难道说他有意让沈光荣他们报警？”陈汉雄分析着。

“绑匪打了几次电话，并不在一个地点，看来绑匪也很狡猾，可能有交通工具。一般的绑架，以敲诈钱财为目的，而这伙绑匪面对准备好的五十万现款为什么却不着急呢？由此看，极大可能是另有目的。”刘天林说。

“此次绑架可能与我们正在调查的案件有关，绑匪是为了拖延时间，在我们顾着这起绑架案时，顾不了那边的毒品案。看来，这是毒枭们精心策划的一起绑架案。为什么要绑架沈光荣的孙子，因为他们熟悉沈光荣，所以选择了他的孙子。”陈汉雄分析着。

“汉雄分析的有道理，我看我们要两手抓，这边面对毒品案仍不能放松，那边对这起绑架案还要尽快侦破。如果真是这样，绑匪为了拖延时间，对我们也是有利的，也给了我们时间。至于沈光荣的孙子，现在看是不会有事的，他们必须用他作诱饵，这样才能牵扯我们的精力。”刘天林说。

“那我们是否再调整一下工作方案？”陈汉雄说。

“不。毒品案让高岩他们先查着，我想这伙人也耐不住了，一是跳出来，二是逃走，只要不让他们离开小城就行了。你们三人先主抓这起绑架案，尽快解救出人质。”

“队长，我们是不是查一查绑匪的落脚藏身地？”江涛说。

“是呀。如果绑匪没有新的情况，你们现在就开始查绑匪的藏身地。看来，这伙绑匪非常狡猾，打一次电话换一次地方。不过，绑匪几次打电话都围绕一个中心，这便是榆林镇，我看绑匪极大可能就藏在榆林镇一带。前天早晨四点绑匪先是从距榆林镇北二十里的吉西乡打来的。沈光荣提出要听孙子的声音，绑匪在四十分钟后从距榆林镇南二十里的南山乡打的电话，看来，绑匪有可能从吉西带出藏在那里的沈默，为了不暴露真实的打电话地点，故又开车向南行走二十里到南山乡打的电话。榆林四周都响着绑匪的电话，而榆林为什么不响绑匪的电话呢？看来，他们是怕暴露他们就在榆林镇，这样，就是此地无银三百两了。我想和江涛去一趟榆林镇，也许会发现绑匪的行踪或线索。”陈汉雄说。

刘天林思虑片刻说道：“可以这样办，但一方面要保护好沈光荣家的安全，一方面要谨慎行事，千万不能打草惊蛇。同时要千方百计地保护人质的安全，见机行事，发现目标，如果来不及请示，可与派出所民警联系采取果断措施。”

“我想让白雪继续在沈家，一方面保护沈家的安全，另一方面能及时掌握沈家及接触人员的一些情况，便于我们联系。我和江涛先去榆林镇，如果绑匪不在榆林镇，也可能在那附近地区。这边如果绑匪再有新的动向，我在一个多小时便可赶回小城。”陈汉雄说。

这天上午九点半，陈汉雄和江涛便去了榆林镇。

- 04 -

为了不暴露目标，陈汉雄和江涛找了一辆出租面包车，出租车由江涛开着，因榆林镇离小城不过百里，一个小时便可到达。这是一个半平原半山区的地区。向北是平原，向南全部是重峦叠嶂的山峦。

到了榆林镇，江涛将车停在距派出所很近的一个地方，他和江涛步行先来到派出所。

派出所所长赵星光听了陈汉雄的来意后，便对镇内逐家分析，没有发

现可能藏绑匪的人家。再往南是群山，靠公路南约一里处有一片洼地，那里原先是一个砖窑，但近年来由于土源问题，砖厂已解体，原办公的厂房早已拆掉，现只有一座废砖窑在那里，并没人看管。

“绑匪能否藏到那里？”陈汉雄思虑着。

“我们到那去看看便知了。”赵所长说。

“不过，我们怀疑绑匪手中会有武器或凶器，加之人质在他们手中，我们得万分小心。一是先熟悉那里的地形和环境，二是做好分工，既不能让绑匪逃脱，又要保证人质的安全。此外绑匪有车，但白天能否停在砖窑那里？”陈汉雄说。

“你的意思是，先侦察，后行动，不能打草惊蛇。”赵所长说。

“对。从绑匪能在你们这一带落脚藏身，说明他们一是对此地熟悉，二是有当地人参与。”陈汉雄说。

随后，赵所长召集了全所九名民警，全部在所内待命。他和陈汉雄、江涛乘江涛开的面包车到了南郊，穿过一片树林，他们来到那个废弃的砖窑附近，将车停在树林边，他们走着来到砖窑地，这里有一条土路通向砖厂，他们查看了这条土路，发现上面并没有行车的痕迹。他们走向土台子，从那里向下看，就可看见洼地中的砖窑。但是，砖窑内静悄悄，四周没有车辆，也不见人影。

“看来，绑匪没有藏在这里。”赵所长说。

“我看还是侦察一下。”陈汉雄说。

“我去，这事好办。”江涛说。

“你一个人去，如果真遇到绑匪怎么办？”赵所长有些担心。

“不，让他去吧。我们在这里守候，有情况随时接应。”陈汉雄说。

江涛回到那辆面包车上，很快，从车上下来一位衣衫褴褛的老人，胡须很长，弯着腰，拿个拾垃圾的袋子和铁丝夹子，他是个拾荒者。虽然是位年迈的老人，但走路还很稳重，看来他的身体是好的。拾荒人从路上走到砖窑边，四处看了看，并没发现什么，他走进空窑洞内，很快又出来了。

"看来，绑匪没有藏在这里，但一定在这附近，我们还是不能大意，不妨找些可靠的群众做些调查。"陈汉雄说。

于是，赵所长又调动两名民警来到树林边，他们决定对砖窑南边这个村子进行调查。但是，为了不暴露目标，熟悉这个村的两名民警着便衣先到村中找熟人了解情况。

经查，在这个村中并没有发现陌生人来过，也不见有车辆来这个村，更没有人见到谁家有外地的小孩。但在昨天有人发现一辆没有牌照的吉普车从南山方向向榆林镇南的公路方向去了，车上好像有两个人，是男是女没看清。

"南山！"陈汉雄观看着龙王庄南，发现是一片群山。难道绑匪藏在山里？

他们继续向南山方向排查，终于又有人发现了这辆吉普车。

- 05 -

陈汉雄看了看手机上的时间，已快到中午，必须尽快查到绑匪的隐藏地。

然而就在这时，陈汉雄的手机响了，是白雪打来的，说绑匪又来电话了，经测定是在榆林南打来的。绑匪说昨天晚上他本是要到宏定超市的，但喝

酒喝多了睡过去了，醒来已是半夜了，故没有去成。不过今天晚上八点他一定会去，并将孩子也带去。地点定在小城火车站前的喷泉边。

“火车站前的喷泉边，那里晚上游人很多，不利于绑匪行动呀。看来，绑匪又在耍花招。”陈汉雄思虑着。

这时，他的手机又响了，是刘天林打来的。

“看来绑匪又要戏弄我们了。我想，不管今晚绑匪的约会是真是假，我们必须采取行动了。你那里的情况怎么样？”

“现在还没有找到他们的藏身地，但发现一个重要线索。在榆林南有人发现一台绿色吉普车，好像没有牌照，此车几次在这一带的乡路出现，此车很可疑，我怀疑这就是绑匪的车。只要找到这辆车，也就找到绑匪了。”陈汉雄向刘天林报告。

“很好，你们要尽快找到这辆车，保护好人质的安全，抓获绑匪。但一定要注意安全。”刘天林放下了电话。

陈汉雄和江涛、赵星光、楚锋乘着那辆面包车，沿着那位老乡指引的方向将车开进那片山中。山下有几个村庄，楚锋对这里的情况都非常熟悉。每到一个村庄，他都能找到熟悉的村民。经了解，也有人发现了那台绿色吉普车，是进到山中的。但车中坐的是什么人，他们藏在哪，无人知道，也没有发现哪个村中有陌生的小孩。

前面是一座在山下望不到顶的高山，但一半裸露着青石。山下有一个采石厂，楚锋以前曾来过这个采石厂，厂长周玉东就是榆林镇人。车停在山下，陈汉雄决定和楚锋到采石厂以买碎石为由去了解情况。

采石厂内几台机器在轰鸣，烟尘弥漫，一些工人在劳作。楚锋向一位头上戴着防护帽，满脸粉尘的工人打听周厂长在哪。那位工人看了楚锋和陈汉雄一眼问道："你们是干什么的？"

"我们要买几十车碎石，找厂长商量一下价钱。"楚锋说。

"他在那堆青石后边，正忙着呢。"那位工人用手一指。

在一堆大块青石旁边，两辆卡车在装青石块，厂长周玉东正在那里，他是位五十多岁的人。

"是小楚来了，让他们装车。走，到我的办公室坐坐。"周玉林看到楚锋和陈汉雄到来，满面笑容地迎过来。他知道楚锋到他这里来一定是有公干。

山沟中有几间用青石垒起的房子，他们走进一间，室内除了两张破桌子，还有几把椅子，地上有一个电水壶，桌上放着几个脏乎乎的茶碗。据周厂长说，这几间房子有工人宿舍，还有食堂。因是个人承包的山厂，他们雇了一个会计，和厂长一个办公室，现在会计到食堂帮厨去了。

楚锋向周玉东说明来意，周玉东一惊。

"绿色吉普车，我发现过。前两天晚上就从山下的路上走过，有时是进山，有时是出山，但都在晚上。"周玉东说。

"这么说，这台吉普车就在这不远的地方。"楚锋分析着。

"有可能，因再向山里走，没有人家不说，山路也不能走了，或没有路了。"周玉东说。

"那这台吉普车能藏到哪呢？"陈汉雄思虑着，问周玉东："山里还有山厂吗？"

"不，没有任何厂家了。但有一些零星的人家。"

"我想，这台吉普车有可能就藏在山里的哪户隐蔽的住户院内。这里虽然是山里，但离公路仅二十里路左右，交通还是方便的。"陈汉雄分析着。

周玉东挽留他们在这里吃中午饭，陈汉雄决定赶时间先不吃饭。他们

走出周玉东的办公室，到路上又上了面包车。面包车直奔山里，二十多分钟后，人们发现山里的沟中果真零星地有几户人家。陈汉雄决定先观察一遍这些住户的环境，并没有发现哪户院内有吉普车的，再往山里走，就没有路了。

“陈队长，会不会是绑匪将车藏到哪了，或昨夜开出去到现在还没有开回来？”赵星光说。

“有这种可能。要是这样，沈默有可能就在这几家中，当然，至少还有一名绑匪在看守着人质。”陈汉雄说。

“那我们怎么办？”江涛问。

“我们必须掌握这里所有人家的情况。”陈汉雄转身对楚锋说，“楚锋，你在这里能找到熟悉的山民吗？”

“这里我仅来过一次，是和村主任来的。认识一户人家的男人，通过村主任，他找过我办身份证。他家就住在那边的沟中，也就是刚才我们在树林中向沟中看的那户。他叫赵春生，今年三十多岁，家有一个六岁的女儿，媳妇是哑巴。”楚锋说。

“我看这样，我们俩到这家了解一下情况。”

- 06 -

他们将车停在路边的树丛后边，江涛和赵星光在车内等候，陈汉雄和楚锋下车向沟内走去。但他们走到赵春生院前的路时，陈汉雄发现院外有一种车轮印。

“楚锋，我们有可能找到那台吉普车了。”陈汉雄悄悄地对楚锋说。

“在哪里？”

“你看路上的车辙，极大可能就在赵春生家。”

“那怎么办？”

“我现在给赵所长打电话，让他们从两侧快速包围这户人家，我们俩还是直接进去，但要小心。一旦发现他家有其他男人立即注意。”陈汉雄在树丛边给赵春生打了电话，随后，陈汉雄将手枪放在裤兜中，做好了一切防止意外的准备，然后走进赵春生的院中。

楚锋在前，陈汉雄在后走进了赵春生家的院内，一阵狗叫，原来赵家还养一条小狗。一位妇女从房内走出来，这便是赵春生的老婆。

“哇，哇！”她喝住院中小狗，然后看着走进院中的人。

“大嫂，我是榆林镇的小楚，去年和村主任到你家来过。”楚锋说着。

哑女人看着楚锋，似乎想起来了，她又“哇，哇！”地用手比划着，让他们进屋。

这是三间草房，中间开门。来到室内，陈汉雄奔东屋，楚锋奔向西屋。

东屋有两个小孩儿正在炕上的桌子上吃饭，见到有生人来放下饭碗。陈汉雄看着这两个小孩儿，一男孩儿、一女孩儿，都在五六岁。

“赵家不是只有一个女孩吗？怎么还有一个男孩儿？”陈汉雄疑惑着。

西屋空无一人，但室内却用木板临时搭个床，上面铺着行李。

楚锋从后窗向后院看了看，后院是一片菜地，并有多棵果树。见此，他也来到东屋。那个哑巴女人也跟到东屋。

“大嫂，你男人赵春生呢？”楚锋问。

“哇，哇，哇！”哑女人在比画着，意思谁也不明白。

陈汉雄见此，问寻个小女孩儿：“小朋友，你爸爸呢？”

小女孩望着陈汉雄他们有些害怕，并不言语。这时，哑女人向她比画什么，小女儿仍是不作声。

“小朋友，不要害怕，我是你爸爸的好朋友楚叔叔，你忘了，去年夏天我还到你家来过。”楚锋对小女孩儿说。

小女孩儿看着楚锋终于说了话：“我爸爸到城内打工去了。”

“你们家西屋住的是谁呀？”楚锋继续问。

“两个舅舅。”

“他们干什么去了？”

“早晨开车出去给他找爸爸去了。”小女孩儿指着小男孩儿说，“他叫沈默，是走丢的孩子，舅舅说要为他找到爸爸和妈妈。”

陈汉雄随即问那个小男孩儿：“你的爷爷是不是叫沈光荣？”

小男孩儿也是胆怯地看着陈汉雄点了点头。

陈汉雄一切都明白了，原来绑匪绑架的人质就在眼前。看来，绑匪一时半会不会回来。

“楚锋，现在只有找到邻近的几位村民，亮明我们的身份，然后带走人质。”陈汉雄对楚锋说。

“我们这样带走行吗？”

“恐怕这位女子绝对不会干的，有了邻居作证他会相信我们的。还有，让赵所长再调动些人到这里来，控制好进出山的路，防止绑匪出现。”陈汉雄小声地对楚锋说。

那位哑巴女人见陈汉雄和楚锋说着什么，起了疑心，并对楚锋“哇啦”什么，大家都不明白。

陈汉雄见此立即给赵星光打了电话，赵星光迅速地来到室内，见到室内的情景一切都明白了。楚锋说来的都是他的朋友，渴了先给弄点水。哑女人为陈汉雄和赵星光倒水。楚锋出去到邻近的两家山民家。

很快来了几位山民，其中有一位山民曾见过楚锋，知道他是派出所的民警。

几位山民相继来到赵春生家，在山民的协助下，得知前几天，哑巴女人的一个远方亲属开着个破旧吉普车和一个青年男子来到人家，他们都穿着军装，但没戴帽子，领上和肩上也没有标志。他们带来一个小男孩，说是在路上捡的，这几天要帮小孩儿找他的爸爸妈妈。哑巴女人的这个远方亲属叫夏长春，家原是吉林的。现在在部队当参谋，这次是到山里来执行什么任务，和他一起来的中年人姓丁，是个战士。这几天，他们将孩子托付给哑巴女人，并叫她不准将此事和村中任何人说，也不准将孩子看丢失。他们早出晚归，这几天一直是住在哑巴女人家的西屋。因哑巴女人本就是山里人，只是十八年前见过夏长春一次，现在根本也不了解他。夏长春给了哑巴女人二百元钱，这几天时而还带回一些好吃的。至于这孩子的来历，因她听不明白孩子的话，只好信夏长春的了。

陈汉雄向大家亮明身份后，说明来意，并告诉大家，夏长春和那个青年男子是绑匪，这个小男孩儿是绑架来的，他们就是来解救这小男孩儿的。山民们相信陈汉雄，并很同情这个小男孩儿。他们也发现山中出入过吉普车，但这几天还没有人发现这台吉普车藏在赵春生家。尽管哑巴女人和那小女孩儿不让人们带，但在几位村民的劝说下，她还是同意了。陈汉雄和民警们在此取了证。

这样，被绑架多日的沈默终于又回到小城他爷爷奶奶身边。

就在这天，有人在一个山沟中发现一辆撞坏的绿色吉普车，原来这两个绑匪毁车后逃走了，后来查车的来源，是他们从平城一个人手中买的报废车。

荒郊牧羊

- 01 -

自那天深夜彭思明从柳雨倩卧室北窗进入室内与柳雨倩相会，柳雨倩一直挂念彭思明的安危，但无论如何也找不到他。第二天，以及以后的几天，柳雨倩下班后骑着电动自行车都先到彭思明家，安慰彭思明的母亲，并为他们买些食品或青菜、水果。彭思明的父母见到柳雨倩这样的诚心感动得都哭了，夸她是位好姑娘。

也是自那天以后，柳雨倩又潜移默化地做父母的工作，让他们相信彭思明不是杀人逃犯，是冤枉的。他之所以逃走是另有原因，不过很快他会洗清他的冤屈的。说实在的，柳雨倩的父母也不相信彭思明是杀死刘梦露的凶手，他们也不希望他是凶手。听到柳雨倩的解释，他们激荡多日的心总算有些平静。

可是，柳雨倩更希望尽快找到彭思明，不能让他这样独自地闯荡下去了。她曾给陈汉雄打过电话，陈汉雄也正在找彭思明，但也没有找到。

这天傍晚，柳雨倩放学后又是先去了彭思明家，帮彭母做完晚饭才回家，就在她要走进家门时，她的手机响了。她接过手机，是彭思明打来的。

“思明，你在哪儿？”柳雨倩急切地问。

“雨倩，我现在东明大街，你在哪儿？”电话中是彭思明低沉的声音。

“我已到我家楼院前了。”

“说话方便吗？”

“方便，你说吧。”

“雨倩，我是用路边的公用电话给你打的，我有事要求你，如果你有时间，我在金汇银行储蓄所东边的胡同里的春雨餐馆等你。你看可以吗？”

“可以，我现在就去。”

“记住，东明大街上的金汇储蓄所东边的胡同春雨餐馆，我等你。”电话挂断了。

柳雨倩将电动车停在楼院中，上了楼。父母还正等着她吃晚饭。

“爸爸，妈妈，我不在家吃饭了，今晚同学相聚，我要晚一会回来。”柳雨倩对他父母说。

“看你急三火四的，也不事先给我们打个电话，就等你了。”柳雨倩的母亲说。

“爸妈，是我们几个同学不久前才来电话，我反正也要到家了，这不上楼直接和二老请示来了。”柳雨倩笑了。

“你可要早点回来。”柳雨倩的母亲关切地说。

“会的，我一定会早一些回来的。”

柳雨倩斜背着她的背包，因为里边有手机和现款，她下楼了。

“小心点，路上车多。这孩子！”柳雨倩已关上房门跑下楼了，母亲还在念叨着。

“她妈，你说我放在门厅衣柜中的一套外衣怎么没了呢？”柳雨倩的

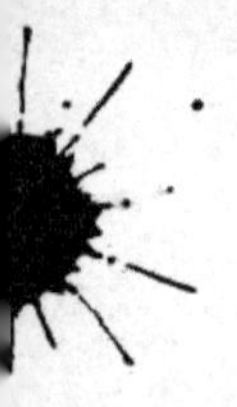

父亲想起此事。

“谁能穿你的衣服，是不是脱在单位忘了，还是让女儿收拾到哪里去了。天有些热了，反正也不能穿了。”

– 02 –

半个小时后，柳雨倩来到东明大街，找到了那个储蓄所，东面果真有个胡同，她仍然骑着她的电动自行车进了这个胡同，也看到了春雨餐馆。她将电动车停在餐馆门前，一位青年男子迎过来：“你是柳雨倩吧，思明在等你，你和我来。”

柳雨倩锁上电动车，随这名男子走进餐馆，在餐馆中用餐的人并不多，只有三四桌顾客。这名男子直接走到餐厅的后屋，原来这里还有一个小包间。柳雨倩推开房门，见到彭思明果然在小餐厅内。

“思明！”柳雨倩扑向彭思明。

“雨倩，小声点。”彭思明迎过来。

那位青年男子为他们关上房门，走出去了。

“这位青年是这个餐馆的老板，他也是我的同学，叫苏金泉，是可以信任的。雨倩，你真的来了？”彭思明既高兴又激动。

“思明，你瘦了。”柳雨倩依在彭思明的怀里哭了。

“不要哭，我这不是挺好的吗。雨倩，你一定没有吃晚饭吧，正好我也没有吃呢，金泉为我们安排了晚饭。”

柳雨倩看彭思明，抚摸着他的面颊。

“我这几天看过大叔大婶了，他们很好。只是惦记你，常常流泪。思明，你别这样独自地奔跑了，我陪你去找陈队长不行吗？”

“不，我看用不了几天，我就要彻底洗清我的冤屈了。我今天找你来，就是让你帮助我的。”彭思明望着柳雨倩说。

房门开了，苏金泉端来一个大方盘，上面是热气腾腾的两碗大米饭，还有两个炒菜，两瓶饮料，放在室内餐桌上。

“思明，你和她先吃着，还有一个炖鱼马上就好。”苏金泉说。

“金泉，够吃了，多了也是浪费。”彭思明说。

“看你，浪费我也认了，谁叫我们是同学还是好朋友呢。等你洗清冤屈，我还要好好请你呢，但到那时，你得喝点酒！”苏金泉很正经地说。

“那么，你也和我们一起吃吧！”

“不，还有几桌顾客，我得照应一下。不过你放心地在这里吃饭，没有人会认识你的。”苏金泉走了。

“雨倩，我们吃饭吧！”彭思明劝着雨倩。

“好吧，我们边吃边谈。”柳雨倩坐在椅子上端起饭碗。

彭思明也端起了饭碗，柳雨倩将菜夹到他的饭碗中。

“别，我自己来。”彭思明谦让着。

“不，你这些天也没有吃一顿像样的饭吧？你还是多吃点。”

“雨倩，你父母的身体都还好吧？”

“好的，开始也为你的事忧愁，并一再劝我。自那天你到我的房间说明真相，我已逐渐地向爸爸妈妈透露，你是冤枉的，逃跑也是另有原因的。他们似乎已相信了。思明，你说找我有事帮忙，是什么事？”柳雨倩边吃饭边问。

“刘梦露的死和我新结识的周玉成的死，还有一个食杂店的老板的死，虽然警方抓获三名凶手，但此案还没有完，还牵连一群人。并与富民公司的经理侯福军和明乐公司的人有关。他们极大可能是在制毒贩毒。这几天侯福军没在他的公司，有人说他去了天津。前几天，我曾发现明乐公司的总经理马占良和一个外商有联系，后又发现他们去了西郊。今天下午我在西郊发现了已失踪多日的侯福军和他的车，苦于没有追上他。我想他一定在西郊一带，我要找到他，拿到证据。”彭思明低声地说，但很激动。停了一下，他凑到柳雨倩耳边说：“我知道你有个表哥唐和平现住在城西，是开出租车的，我想你和他说说能否用他的车给跑跑，我要对西郊一带有个了解。这样要耽误他赚钱，不知他能否同意。因此事要保密，我必须用我能信任的人。”

“我和我表哥说说，也许他会听我的。”柳雨倩拿起手机，按动他表哥的手机号，但刚按了几个键她停下了，“我才想起一件事，两天前我遇到我表哥，他说这几天生意不太好，车不是那么忙，再有我表嫂前两天去河南她妈家了，她妈妈腿摔了，要她去照顾一段，她是领着孩子走的，至少也要半个月或一个月回来。我看，晚上你哪也别去了，就住在我表哥家，他那个地方是很安全的，自家独门独院，四周都有树，别人是发现不了的。就是发现了，谁会认识你。说是我表哥的弟弟，人们也会信的。”

“不，这样会给你表哥带来更多的麻烦。”

“不，我表哥会同意的，他听我的。”随即，柳雨倩给他表哥唐和平打了电话，正像柳雨倩说的那样，唐和平真是听柳雨倩的，完全同意。因他此时正在城内，说一会就到这个餐馆来。

房门又开了，苏金泉又端上来一碗炖鱼。

- 03 -

第二天，由唐和平开着他的夏利车，彭思明坐在后座上，他们在西郊的各个路上行驶着，但再也没有找到侯福军的车和他本人。

原来，这些天彭思明一直在暗中侦察富民公司和永德食杂店，得知蔡永德被杀后，他怀疑与谢三有关。他在暗中监视时，发现一个瘦男子与谢三有过接触，其后又发现谢三失踪。于是他极力寻找谢三，终于查到他的隐藏处，并给陈汉雄打了电话。后又找到了一直在追杀他的两名杀手，也是小城近几起杀人案的凶手，他也及时地报告给陈汉雄。但他认为此案并非这样简单，决意还要深入调查下去。

那天晚上，他无意中在诗仙大酒楼外看到曾与谢三接触过的瘦男子和一些男男女女走出酒楼，人们叫他小楞子，他便暗中进行跟踪，发现他们走进了城南凤凰歌舞厅，事后，他也混进了歌舞厅，发现这伙男女在大丽花包房。从门缝中他看到那个叫小楞子的瘦男子在向大家发一种白色的药片，然后这伙人在光怪陆离的灯光下和靡乱的音乐中都摇着头，他想到这伙人服食的是摇头丸，这是毒品。随即，他到歌舞厅外边给陈汉雄打了电话。发现警车来到歌舞厅门前，他便溜了，但他没想到那个叫小楞子的当时会逃脱。想到小楞子所带的毒品，他想到谢三。这伙人是否与毒品有关？在这几天查访中，他通过他的同学和朋友了解到侯福军与李骆峰的关系，查得侯福军与明乐公司的总经理马占良，还有业务科长邓忠的关系，查得

他们极大可能在经销毒品。但是没有证据，他必须找到证据。侯福军和马占良的车都曾几次出现在西郊一带，难道说这里有他的窝点？他就是要找到他们的窝点。昨天，他在西郊发现侯福军的车。并打一辆出租车跟踪，但跟到西郊十里堡附近的一片树林路段时，侯的车失踪了。在树林子拐弯处有两个岔道，一条通向山里，一条通向外市。通向外市的是油漆路，通向山里的是砂石路。彭思明问了从西面油漆路上来的几名司机，他们都没有发现侯的车，这说明，侯福军的车是走通向山里的路了，在这条路上途中又经过十几个村屯，经彭思明访问，也都没人见到侯福军的车走过。难道他飞上天了不成？

今天下午，彭思明和唐和平又来到那片树林地带，这一段有十几里，原来公路上有两条进入树林的小路，只能走一辆机动车。看来，侯福军的车昨天下午是进入这片树林中的路了。彭思明他们俩先沿一条小路走，走了很长时间，出了树林，发现前面是荒山野岭，此路可进山，但非常难走。另一条路是向南走的，出了树林，是一条砂石路，在路西有一个村庄，有几十户人家，此村庄叫柳林堡。这条路也是通过向山里，但途中多是荒郊野岭。彭思明他们探索着走这条路，但这条路向东又有岔道，他们沿着岔道走过去，发现岔道也是通向山里又一个地方的，路两边多是树木，还有野山、沼泽。

天有些晚了，他们也没有发现侯福军那台车的行踪。想到都有些饿了，他们决定回城西，今天早些休息。

途中，他们路过西郊菜市场，唐和平买些肉菜，还有熟食。

傍晚，他们回到唐和平的家，他住的是平房，院落也很宽敞，一个铁大门，唐和平每天将车开进院中。

唐和平家的房子布局是中间开门，中间是走廊加厨房，东屋是卧室加客厅，西屋是餐厅。走进室内，唐和平将买的食物拿到厨房，他做上了晚饭。这时，唐和平的手机响了，是柳雨倩打来的，她说她很快就到表哥家，还没有吃晚饭呢，让唐和平他们等等她一起吃晚饭。

“这鬼丫头，晚上还跑过来。”唐和平念叨着。

果真，柳雨倩到了。她带来一个塑料袋，原来里边是只烤鸭。

“表哥，你们做什么好吃的了？”柳雨倩满面笑容。

“你表嫂没在家，我会做什么，天天是乱弄饭。但今天是有好菜的。好了，饭菜都好了，我们吃饭吧。”唐和平扎个围裙，倒像个伙夫。

“表哥，把这只烤鸭也撕了，你们喝酒不？”柳雨倩说。

“那要看彭思明了”

“好，今天我喝二两，我们也不能光看着这些菜呀。”彭思明多日来也是第一次露出笑容。

菜摆上了，唐和平找出一瓶“二锅头”，倒了两杯。他们在客厅中围桌而坐。

“思明，我的这个表哥够意思吧？”柳雨倩看着彭思明，她虽是个教师，但也有孩子般的顽皮和天真。

“你的表哥，不就是我的表哥吗？我给你们找了这么大的麻烦，不知怎么报答呀。”

“看你说的，谁不行有点难处，能帮上的就帮一把。我雨倩妹子常说，人间什么最重要，是情，真情。在你们身上什么最重要，那是爱，只要有了这两样东西，什么样的困难都能战胜。再说，我也是为了我的表妹呀。”唐和平说。

“看不出来，我表哥还挺有文化呢。”柳雨倩笑了。

唐和平和彭思明都笑了。

“来，我们哥俩喝酒，先干一口！”唐和平提议。

“你们今天收获怎样？”柳雨倩问。

“我们跑了一下午，累得够呛，现在看没什么收获。不过也没白跑，查清了那里的道路，我分析我要找的人可以藏在山里，极大可能是走柳林堡东边的路。明天，还要麻烦表哥，我们往那条路的深处跑跑。”彭思明说。

“柳林堡，那不是我的老家吗？我小时就是柳林堡长大的，我大伯和老叔现在还在柳林堡，我每年放假都要去看望他。表哥，你不也知道吗？”柳雨倩说。

“是呀，今天忙着找路我忘了。对，你大伯、老叔现在还在柳林堡呀。不过我也有多年没去过了。”

“我们学校明天放一天假，教委在我们这里考试，要占我们几个班级的教室，我们将课程调到下周，加之后天、大后天是双休日，我可以连续休三天，明天表哥开车，我陪你去柳林堡。不过，叔叔婶婶非常想念你，思明，你给他们打个电话吧，不说你在哪，安慰他们一下吧。”柳雨倩用一种带着企盼而又深沉的目光看着彭思明，彭思明终于拿起了电话。

在唐和平家，彭思明想到不用再戴周玉成送给他的鸭舌帽和眼镜了，便将这些物品交给了唐和平，让他为他珍藏起来，因为他永远不会忘记那个为了正义而死的好朋友周玉成。

- 04 -

第二天上午，在柳林堡东边的土路上出现一个牧羊老人。这个牧羊人大约六七十岁，腰都有些弯了，满头白发，满面沧桑，拿个鞭子在放羊。路边有十几只羊，羊在吃着路边刚刚发芽的青草。这个牧羊人不断地将羊向南赶，因为这条路是通往山里的，据说只能进山却出不了山，因为里边再没有路了。尽管这里有一条土路，几乎没有行人和车辆。路两边除了树木，就是杂乱的石头和野草，因这里都是乱石野山，是种不了庄稼的。所以，这一带也没有人家。从这里看见山挺近，但也有几里或十几里。

牧羊人一路上赶着羊，累了就在路边的乱石上休息一会。

天有些阴云，时而遮住阳光。山野中也有些风，牧羊老人不时地看着四周的景色，不算美，但有特点，有特色。中午到了，牧羊老人坐在路边的树下，他从一个破背包中拿出个馒头，还有咸菜，又拿出一瓶水，就着咸菜吃起馒头来。

这群羊还算老实，一直是在路边吃草。天空的阴云过去，阳光又出来了。牧羊人又将这群羊向南赶着。累了，他还是坐在路边休息。

日头有些偏西，牧羊人在这条路上陆续地走了有十里路，这条路并不是直的，而是高低不平，上岗下坡，弯又很多，途中过了两条小河，河水并不深，河水中可走车。其实也不算河，也就是小溪吧。不过，这里离山

里很近了。看看天色，牧羊老人决定将羊往回赶，也就在这时，他发现从山里的方向来了一辆小车。近了，是一辆黑蓝色桑塔纳轿车。

羊堵住了路，车停下了，从车窗中探出一个头来："喂，将羊赶走！"

开车的是位年轻男子。

车的副驾门开了，从车上下来一个中年男子，眉毛挺重，脖子左侧有一小块伤疤。这个人打量着牧羊人："你是哪的，怎么到这边放羊来了？"

牧羊老人说："我是柳林堡的。我本是不想到这边来的，但这群羊有些不听话，见到路边的草芽就跑来了。"

"柳林堡的，姓什么，叫什么？"

"我姓柳，叫柳泉。"

"别往前走了，再往前走进山迷路就找不到家了，快将羊赶走！"

"你不说我也得赶走了，我得回家呀！"

这时司机叫道："邓大哥，我们快走吧，别和他啰唆了。"

"柳林堡的，到这边来放羊？"中年人还疑惑着，但还是上了车。轿车沿着这条土路向北开去。

"这个人姓邓，是明乐公司的邓忠，原来他在这里。"牧羊人自言自语着。

牧羊人赶着这群羊，向北走着。

南山工厂

- 01 -

你道那个牧羊人是谁？他就是彭思明。

原来，今天一早，由唐和平开车拉着彭思明和柳雨倩，他们来到鹤鸣乡的柳林堡村，见到柳雨倩，柳雨倩的伯父、伯母当然很高兴。彭思明昨天从柳雨倩给他伯父打电话中得知他伯父家养一群羊，又得知柳林堡村东路是一条非常偏僻的路，是进山的车，但出不了山，并发现这条路上曾有过轿车和半截美车通过，顿感疑惑。他想到化装成牧羊人在这条路上进行侦探，连夜在小城一化妆品商店中买了一套唱戏用的装老人的头套和面模及褐色手套。今早到柳林堡村听了柳雨倩的伯父柳海的介绍，他便决定独身到这条路上来放羊，一是熟悉这里的情况，二是探索这条路径，更重要的是看这条路上到底有什么人通行，有什么车辆通过。

天黑后，他将羊群赶到柳海家，柳雨倩和唐和平也正在这里。柳海夫妇为他们准备了晚餐，并备了酒。但彭思明不想喝酒，他想到今天在路上

发现的情况，越感到情况的紧急。他想，邓忠在这里，那个侯福军一定也在这里，还有更多的恶人，也许山里有他们的老巢。

这夜，彭思明是在柳海家住的，他和唐和平住在柳家的西屋，柳雨倩也没有回家，并给父母打了电话，但没有说在大伯家，而是说学校一位女同事要结婚，她为她帮两天忙，今晚就在女同事家了，让父母放心。柳雨倩快一年没来柳林堡了，伯父、伯母非常高兴。这次柳雨倩带来了对象，还有他的表哥来到此是为了一件重大事情，这叫他们捏了一把汗。但为了侄女和侄女婿，他们还是想方设法地支持。此事，他们并不能张扬，就连住在本村的老弟柳河他们都没有告诉。

第二天上午，彭思明决定让唐和平用车将他送到那条路的山边，他要进山探索。但柳雨倩一定要去，见犟不过她，彭思明同意了。怕被人认出来，彭思明继续化装成老人。

按彭思明的指点，他们出了村子，向东边的路奔去，这是一条土路，如果下大雨，行车要困难些，平素还可以。走过很多弯路，过了两个小溪，彭思明来到他昨天放羊的路段，他决定沿着这条路向南走。路两边仍是树木，相继走了十里左右，已进到山里，但前面是一条大河。河上原是有桥的，但现在是一条断桥，分析是去年山洪下来将桥冲坏了。在桥的两端仍是树木，但有两条便路，唐和平下车，发现这两边的路都可走车。

但走哪条路对呢？

犹豫一下，彭思明决定走西边的路，但走了几里路，却不见有过河的桥。在树林边上却有一户人家，一个院落，两间草房，院落中晒着渔网。彭思明决定将车停在树林中，他和柳雨倩下去问路。

就在这时，从这家破旧的草房中走出一位老翁。

- 02 -

彭思明走在前，柳雨倩走在后，没等走进这家院门前，院内突然窜出一条黑狗狂叫着。

柳雨倩吓得“妈呀！”一声躲到彭思明的身后。

“黑子，别叫！”老翁喝住了那条黑狗，它果真不叫了。

“你们找谁？”老翁看着院门外一老一少问着。

“大叔，我问问路。”柳雨倩探过头来说。不过，她眼睛瞟着院门口围着老翁转的那条狗，还心有余悸。

“你们要去哪儿？”老翁问。

“我们要过河进到山里去。”柳雨倩说。

“你们一老一小到山里干什么？这里的路不好走呀。”

那条狗要出院，老翁再次喝着：“黑子，进院待着。”

那条狗很听话，真的跑进院中，原来房下有一个狗窝，他趴在窝内。

“老哥，我想从哪边走能找到过河的桥？”彭思明装作老人的声音，此时，他仍是昨天牧羊人的打扮。

“从这向西要走五里，有座大桥，从那里可以进山，也通往郝家堡。但在这条河的东边有一座简易桥，只能过小车，重车是走不了的，你们坐的是什么车？”老翁问。

“是小车。”

“那座桥离这大约有七八里，我是听人说的，我都没走过。不过，那座桥能进山，走不了多远，出不了山。”

“老哥，我们是从东边过来的，离这四五里路的路口有一座桥，怎么断了？”

“你是说那座桥呀。已经断几年了，无人修。因前几年，山那边有一个化工厂，后来说赔钱，还污染那里的河流，停产至今。那座桥是修化工厂时修的，后来化工厂黄了，也没人走这里了。修不修桥也没有用了。”

“你是说山那边原先有个化工厂？”

“是的。”

“那个化工厂现在还有人吗？”

“我没去过，听人说后来叫人买下想投资搞养殖，但好像没有办成。现在有人看着房子。那个化工厂是一个很大的院落，前一段时间有人发现，夜里那里的烟囱还冒烟呢。”

“那个化工厂离那座断桥有多远？”

“不远，过了断桥走过那段山路就看见了。”

“那边的山里有人家吗？”

“好像就一个化工厂，周围原是有几户人家的，听说后来都搬走了，不知什么原因。”

“搬到哪去了？”

“不清楚。”

“老哥，你晒网要打鱼呀？”

“夏天到了，过些日子河水还会多，我下河打点鱼，到西边的郝家堡去卖。你看，守在这山坡边，只有房后能种点地，周围都是山林，怎么也得积攒些零花钱呀。”

“这附近有村子和小卖店吗？”

“有。从这向西走是一个村庄，村头有一个小卖店。”

一位老太婆从房中走出，见到门口有生人便问：“谁呀？是一对父女俩，让他们到屋里来说话呗！”

“不了，谢谢你们了！”彭思明向二位老人致谢，然后和柳雨倩回到车上。

经分析，他们从那座断桥走到老翁家门前，大约走了四里，如果向西走，到那座大桥那，共计九里。如果在断桥那向东走，三里就可到那座简易桥。看来，昨天他在路上遇到的邓忠的车，是从简易桥上过来的，不可能是从西边过的。因西边的大桥向北直通公路，邓忠的车也不可能在这条土路上出现了。那么，他们能在哪？极大可能是那座废弃或停产的化工厂内。于是，彭思明决定车向回开，向东去寻找那座简易桥。

他们又过了断桥，向东走了三里，果真见到大河上有一座用木桩和木杆修的简易桥，原来这里的河道窄些。过了简易桥，路是向西的，看来这条路斜到断桥那条路中，只是路两边全是茂密的山林。

彭思明决定让唐和平和柳雨倩回去，他要独自进山中寻找那个化工厂。定在晚上五点钟，唐和平开车到简易桥北接他，如果到时接不到，那就是出事了，让他们报警。因车不能进山里，一是目标大，怕引起对方的警觉，这样会打草惊蛇。二是对这里的情况一点也不了解，不能贸然行事，必须将这里的情况全部摸准。

柳雨倩不同意他这种做法，决定要和彭思明在一起，但彭思明不同意。

僵持一阵，彭思明觉得车停在这里是不行的，一旦被人发现那就坏了。于是，他们决定先将车开回桥北，让唐和平将车开到一个隐蔽处，在车内三人又研究起来。

鉴于柳雨倩坚决要和彭思明一起去探化工厂，无奈，彭思明只好同意，但要听他的指挥。如果走山路会暴露目标，他们就走山里的树丛间，到时会有很多困难的，路也不见得好走。但不管怎样，晚五点前，他们一定要回到这个隐蔽处。此时，柳雨倩感到有些饿了，看看手表，已是中午十二点了，车上有面包和水，他们决定先吃点。

吃过面包，又喝了点矿泉水，彭思明让唐和平一定要在这里藏好，晚上五点他们会来找他的。

- 03 -

彭思明和柳雨倩上路了，他们穿过简易桥，向西走去，大约走了三里路，斜插到那条断桥的路上，向南走。路两边全是茂密的山林，山林中散发着花草的芳香，但也有草木腐烂的气味。鸟儿在山林中自由地歌唱。以前，彭思明和柳雨倩都曾进入过大山中去旅游，那种心情是多么爽朗。而今，他们虽然置身于大山之中，却是一种时刻警惕、紧张的心情，哪有闲情来欣赏这山中风光。

“思明，这山里太静了，阴森森的，我有些害怕。”柳雨倩说。

“看你，后悔了吧。”

“要不，咱们别去了。”

“你看，我们已走到这步了，能回头吗？”

“不。我在考验你。”柳雨倩笑了。

“雨倩，现在不是说玩笑的时候，这里很静，能听老远了。我们不要说话了。”彭思明严肃地说。

他们又向前走着，似乎听到车辆的声音。

“雨倩，我们不能走山里的路了，快进山林中，我们从这座山顶攀登过去。”彭思明说。

“那要费多大的劲呀？”柳雨倩似乎不愿意。

“要想活命，要想找到我们要找的目标，只有这样了。”彭思明将柳雨倩拉进了山林中。山林中杂草丛生，草叶和树枝混在一起，走在上面，像走在海绵上，横长的树枝，时时刮着他们的衣裤。

就在他们走进树林中几分钟，山道方向的汽车声由远向近，很快出现在他们刚才停留的路上。原来这是一台黑色轿车。

“雨倩，我们蹲下！”

彭思明和柳雨倩刚蹲下，那辆轿车停在了路上。

“是他们发现了我们？”柳雨倩说。

“不会的，别出声。”

彭思明从树丛的空隙中向路边观看，发现从车上下来两个男子。

“是侯福军和邓忠！”彭思明差点叫出声来。

原来侯福军果真也在这里。

这两个人下了车后，向山林四周看了看，然后他们走到路的另一边，站在那里解开裤带，背朝着彭思明他们在撒尿。

“二哥，我们中午的啤酒喝多了，晚上大哥来怕是喝不进去了。”这是邓忠的声音。

“喝不进去也得喝，我们在一起还能痛快几天了。过一天少一天吧！”这是侯福军的声音。

他们撒尿，提上裤子，转过身来，向山林中看了看。

“二可，这两天我右眼皮有些跳，别有什么不好的事呀？”邓忠说。

“不会的，这里谁会发现。就是让陈汉雄他们想都想不到。走上车吧！”轿车开走了。原来这辆车就是侯福军的老式奥迪车，只是车牌子换了，开车的当然是侯福军了。

彭思明和柳雨倩捏了一把汗，刚才好险呀，要是晚进入山林几秒钟就被他们发现了。看来，他们没有选择，只有在山林中行走，攀过眼前这座大山。

山林中虽然不好走，但并不陡峭。他们一步步向山顶攀去。山中出现一条小溪，溪水边有一个破旧的窝棚。

“思明，我们休息一会吧。”柳雨倩感到累了。

“好，我们休息一会，不过要抓紧时间，还不知路有多远。”他们观察着那个破旧窝棚，发现这个窝棚好像去年谁在这里时搭的，因窝棚上的草全都晒白了或被雨浸黑了。窝棚里有一些干草，彭思明一头钻了进去，坐在干草上，柳雨倩见此，也挤了进去。

“如果进山旅游能找到这个地方，那有多么浪漫，可惜呀！”柳雨倩说。

“在这搭个窝棚干什么呢？”彭思明很好奇。

“也许是为了在这溪中捕鱼，或是去年秋天城里的人进山来采果，不想回去，为了住在这里，还有城里的一对恋人到山里游玩，晚上想在这里过上浪漫之夜，特意搭了这个窝子。”柳雨倩说。

“你说的都不是，你看这里守着水，外挖个坑能烧火做饭，这可不是什么人都能行的。我看是进山采药或挖山参的人搭的。你没看这么结实的窝棚肯定是出自行家吗？”彭思明说。

“不谈这些了，但愿我们快点找到这伙人的老巢，找到他们的证据，彻底洗清你的冤屈，我就心满意足了。”柳雨倩依在彭思明的肩上。

“是呀，今年你过生日让你失望了，我对不起你。我知道你喜爱红玫瑰，明年你再过生日，我抱一堆红玫瑰献给你。”

“用不着，只要一枝足矣，你没听人说，现在献给爱人的都是一枝花，那叫一心一意，爱情专一。”

“好，我就送你一枝。”

“思明，你用不着再伪装了吧，看脸上戴着个皮罩多难受。”柳雨倩看着还是白发苍苍的老人。

“现在看是用不着了。”彭思明摘下头套，撕下假脸，又摘下两副褐色手套，将它们扔掉，然后他走出窝棚到小溪边去洗了脸。

柳雨倩也走出窝棚看着彭思明，发现他很英俊。

“雨倩，我们走吧。”

半个小时后，他们终于攀上了山顶。

从山林的空隙中，他们发现南边山下有一个大院落，一所厂房旁还有一个铁烟囱。

“雨倩看到了吧，那就是化工厂。院中有两排厂房，最南边这排是六七间瓦房，向北那排像是二节楼，中间是大车间，也是瓦房顶，西边有几个倒塌的棚子和小院墙，原先是猪圈或养殖什么的，现在闲弃了。院内几个地方还堆着杂物，最南边有一座两层的小楼，那里就是厂部了。树挡着，我们再向前走走，看看大门在哪边。”彭思明说着，向山南走着。

又走了二十来分钟，彭思明终于看清，这座停业的化工厂，有一对铁大门，是向东开的，四周都是山，但山南有一条河，这里进山的路终点就是化工厂的院内。原来，彭思明他们今天走的这条路就为这个化工厂修的。

在这里仅能看到化工厂的轮廓，但里边是什么情况还不了解。彭思明和柳雨倩又向前走了走，因地势低和茂密的树遮挡，反而看不到那个工厂了。

“雨倩，几点了？”

柳雨倩看了一下手表，已到下午三点。

“思明，已到下午三点了，我们已查到他们的老巢，还是先回去吧，否则我表哥会着急的。再说，过了时间回不去，怕出现意外呀。”

彭思明犹豫了片刻说：“是应该回去了，但是，你回去吧，我不能回去。我要在这里等到天黑，深夜里摸进这个院中看个究竟。现在是发现了他们的老巢，但没有找到他们犯罪的证据，即使抓到一个邓忠，其他人不承认犯罪，我们是拿不出证据的。这里虽是停产的工厂，有人看房子是正常的呀。我看这样，你先回去，明早晨天亮前到那个简易桥北的树林中接我。”

“那不行，你一个人在这里会有危险的，再说你晚饭都没吃，要挨饿的。”柳雨倩关切地说。

“我不怕，一顿两顿不吃饭又能怎的。你回去吧，不用惦记我，一旦我出事，你是可以找到这里的。”

“不，你不走，我也不走。”柳雨倩来了犟劲。

这时，风有些大了，西边的天有些阴了。

“思明，说不定晚上会有雨的，你淋着怎么办？”

“这又能怎么的，那天我深夜到你的房间，不是也被雨淋了吗，我挨得住。”

“那我也不走，我给我表哥打电话。”柳雨倩掏出背包中的手机，真的拨了电话，但这里信号不通。“思明，这里信号不通。”

“看来，你必须回去。要不这样吧，我送你到刚才路过的窝棚那，我在那个窝棚中休息一会，等夜深人静时，我再过这边来。”彭思明劝着柳雨倩。

柳雨倩终于同意了。

他们走过山顶，沿着来时的路，又下了上山，回到了刚才路过的小溪边，在茂密的山林中又找到了那个窝棚。

“你不能走山里的路了，我看还是从山林中走，到那座简易桥那先观察桥的两端，然后听听动静，认定四周没有人，你快速过桥，进到对面的林子中，从林中就可找到表哥的车了，你们先回去，明早晨还到那个藏车的地方接我就行了。一旦路上你被人发现，也不要惊慌，你说和朋友想去郝家堡子，不知从哪能过河，走错路了。有人要伤害你，你就大喊，附近就是你表哥，他会听到的。如果一会到那边手机能打通，你先给你表哥打个电话。好了，我这你不要担心，一直向北。”彭思明嘱咐着。

“思明，你不要离开这个窝棚，我找到表哥弄点吃的，晚上九点前还会来的，你要是走了，我在山中迷路，遇到危险了怎么办？”

“雨倩，你不要来。明天早晨我一定会找到你们的。”

“不，你一定等我。”

“好，你快走吧！”彭思明想到她真会回来，便又叫住她，“雨倩，你等一下。你如果真的回来，能找到这个窝棚，我等你到晚上九点或十点，你到这边时，捡起路上的石块敲两下，我听到动静就知道你来了，我也敲两下石头。如果能找到手电筒，你给我带来一个。”

“好，我会记住的。”

“雨倩，天也许不久会下雨，你走吧！”

“思明，你要小心。只要下雨，你就在这个窝棚中待着，等我。”柳雨倩恋恋不舍地走下山去。

正义之剑

- 01 -

昨天，在将沈默解救回来后，祖孙相见，都流下眼泪，沈光荣一再感谢陈汉雄他们。

下午，刘天林和陈汉雄再次对小城的杀人案件和毒品案件进行分析，认为这几起杀人案都与小城的毒品有关，小城内有一个严密组织的制毒贩毒团伙，其中的成员有谢昌南、邓忠，邓忠是传令员，与谢昌南有可能是单线联系。但是，邓忠是这个团伙的主要成员，他身在明乐公司，马占良是否就是他的上司？现在侯福军外逃，他是这个团伙的成员之一，也可能是第二号人物。李骆峰也是这个团伙的成员之一，掌握大量的秘密，有可能泄露给刘梦露，所以刘梦露被害，他也有可能被人杀害灭口。现在的重点是全面调查明乐公司和马占良。为此，他们决定再次提审谢昌南。

入夜，他们再审谢昌南。

“谢昌南，你是想怎么的，不想宽大处理了？”陈汉雄对谢昌南进行讯问。

“警官，该说的我都说了，没隐瞒一点呀。”谢昌南看着陈汉雄说。

“不，你一直在说谎。”

“我没有，真的没有。”

“现在最后给你一次机会，你好好考虑考虑，也别抱着任何幻想了，希望有人救你，那是妄想。你不但参与了杀人，还参加了一个犯罪团伙。”

“我就是为了钱，按夏长春的指令，和两个朋友一起杀了我舅舅，没有别的了。”

“你不要执迷不悟了。我们这些天为什么没有再提审你，就是对你又进行了全面调查，什么明乐公司，什么富民公司，什么也掩盖不住你们这伙败类覆灭的下场。如果你明知，还是争取个立功赎罪的好机会吧。要不要将有关毒品的事全部讲清楚？”陈汉雄怒视着谢昌南，目光如剑。

谢昌南冒汗了，他再也不言语了。

“你的同伙也一个个相继落网了，你还能隐瞒住一切吗？”

“警官，我说，我说，这回我说实话。”

于是，谢昌南交代了以下的事情。

原来，他仅是个打工者，还干偷窃勾当。刚好被邓忠物色上，请他吃饭，与他交朋友。但是，邓忠却没有报他的假名，而是报的真名，他叫夏长春，在日月欣公司工作。既然是朋友，就让朋友脱离苦难，问谢昌南是否愿意和他干，但要担一定的风险。谢昌南见夏长春又有钱，又讲义气，便决定跟着他干，即使掉脑袋也不反悔。于是，邓忠将他安置在永德食杂店，刚好永德食杂店的老板蔡永德的老伴儿死去不久，他那里需要个帮手。后来得知谢昌南的母亲认识蔡永德，小时他们曾是一个村的，这些谢昌南的姑姑都知道，论起来得管蔡永德叫舅舅。原来，蔡永德也是一个毒贩子，

他的食杂店自他老伴去世后，就变成了与外地一些毒贩接触的秘密联络站，并代销一些冰毒、摇头丸以及白粉。但是，蔡永德也是与夏长春单线联系。这样过去三年。关于毒品来源，据说是从云南一个叫阿三的人手中运来的。由他们再转手加价，绝大多数贩到外地，在蔡永德家也曾藏过毒品。谢昌南，表面上是蔡永德每月给他五百元，但在每次毒品交易后，夏长春还给他一笔钱，他买了一辆摩托车。还有十几万元存款，现存入一个银行卡中，藏在他姑姑大女儿张红手中，就让张红给保管，将来娶媳妇用。后来，夏长春又给他和蔡永德引见了富民公司的两位经理，因夏长春经常去这个食杂店，邻近的富民公司经理侯福军和李骆峰也是他们的同伙，有些事交给他们去办。

五月九日晚上，夏长春曾给他和蔡永德打过电话，让他们停止一切活动，因李骆峰要叛变，他已将有些事情告诉他的未婚妻了，现在两人都被解决了。夏长春说，公安精着呢，有可能要查到这个小店，现在要做好一切准备，转移毒品，必要时都外逃。不久，夏长春在深夜中找到谢昌南取走店中的两包毒品外逃了。第二天便发现公安曾到他的店中来调查，夜里还有人对这个店进行监视。但蔡永德家中还有几包麻古，蔡永德同意转移毒品，不同意外逃，因他岁数大了，就是被公安抓到他不说便是。怕蔡永德靠不住，夏长春决定杀死蔡永德，将他家的几包毒品也转移走。那夜，夏长春制定了一个周密的杀人计划，夜里便给谢昌南打电话，让他于凌晨一点骗开蔡永德的家门，会同他安排好的两个杀手，杀了蔡永德，两名杀手逃走后，他在蔡永德家找到几包冰毒，带到与夏长春约会地，将这几包毒品交给他。然后，夏长春送他到城中，让他出外躲几天，等他的电话，并答应他给他的卡中打进十万元钱。他先打车到吉林一个朋友家，几天后，果真夏长春又给他打了电话，说已给他的卡打进十万元钱了，让他想办法再回小城，潜在朋友家，又给他新的任务，那就是近日，云南的阿三要来，他要去接阿三。可刚到小城的朋友家，他便被抓获了。至于侯福军、李骆峰的关系他不了解，也不知侯福军能逃到哪去。他认为，夏长春不会离开小城，现在不在城内也是隐藏在小城附近的哪个乡下，因为他的事还没有办完。至于夏长春的上司，谢昌南说他的确不知道。

“你是说阿三近日要来小城？”

“是的。我想他也许来了。”

“你们怎么联系？”

“我要等夏长春的电话，可没等到他的电话我就被抓了，以后的事我就不知道了。”

“阿三长得什么样？”

“个子不高，较黑，是南方人，经常带个密码箱。”

“他如果和你联系不上还会和谁联系？”

“我不知道。”

“他来能住在哪？”

“这个我也不知道。”

陈汉雄思虑着。

审讯完谢昌南，天已经黑了。就在这时，陈汉雄接到魏春丽的电话，前几天来公司那个外国外商，很可能与毒品有关。接此情报，陈汉雄带着江涛、白雪，对这名外商展开了秘查，得知此人叫李维，他不但与马占良关系特殊，与邓忠也曾在一起。陈汉雄想到江岸邮局寄出的毒品，收货方的货主就是李维，而寄货人有可能是邓忠。连夜他们带着邓忠的照片，再次找到江岸邮局那天的当班人员，经辨认照片，邮局的人认定寄毒品的人

是邓忠。后经回忆，门外还有一辆黑色车，车中有一个男子，但没有看清他的体貌特征。经分析，此人有可能是李维。经查，李维是住在小城城南的兴隆宾馆，经请示陆局长，决定对李维进行传讯。

但是，江涛他们到了兴隆宾馆，那个叫李维的外商，早在三天前就退房走了，现不知去向。

– 02 –

今天的清晨，陈汉雄接到沈光荣的电话。他说有一件事他看到后觉得非常可疑。那天，沈光荣到明乐公司，李维正在他的办公室，因多次去明乐公司，他们早已熟悉，也成了好朋友。寒暄了一阵，李维要回宾馆，而邓忠将两包东西拿到李维车上，说是马总赠送他的保健品，他要寄回国去，给他的夫人用。

种种证据证明，马占良是这伙制毒贩毒团伙的总后台老板。经局领导研究，立即对马占良进行逮捕。但是，当陈汉雄带着江涛、白雪来到明乐公司时，发现他的车虽然在公司的车库内，但人却不在公司内。经对他的住宅调查发现他很长时间没有回那处住宅了。他是否外逃了？

他的妻子和孩子在英国，他手中有出国护照，为防止他外逃，刘天林安排人员对签证部门做了安排，不经签证他是出不了国的。

陈汉雄已掌握马占良的一些社会关系，经查，这些关系人他都没有去找。从民警监控上看，他也不曾去火车站，也不可能乘公共汽车走，极大可能还在小城，另外也有可能打辆出租车隐藏到小城附近。

在刘天林的办公室，刘天林和陈汉雄再次对马占良的情况进行分析。

“我已将有关情况向陆局长做了汇报，他指示我们一定要尽快查清小城毒品案，并与那几起杀人案联系起来，无论是什么人犯罪，我们都要狠狠地打击，绝不手软。他这几天又去省城开会，回来要亲自参加我们的侦破工作。”刘天林说。

“马占良，优秀企业家，与毒品有关，是总后台吗？现在虽然没有直接证据，但邓忠等人的间接证据已说明了一些问题。”陈汉雄在思虑。

“看来，小城发现的毒品与马占良一伙有直接的关系，也许他们在制毒贩毒。”刘天林说。

“这个阿三又来了，他是谁呢？刘局，我看可以在小城内找找，也许他来了。”

“好，由你安排吧。”

“这样看来，马占良以明乐公司的总经理为掩护，暗中在组织一个秘密的制毒贩毒网。但是，他的制毒地点能在哪呢？”陈汉雄想着。

“我想就在小城附近，这伙毒贩子因他们的货还没有运出去，也不会一下子就逃走的，他们还会做最后的冒险。我们除在市内搜索外，还有在周边地区，包括一些偏僻的乡村、深山之中。”刘天林说。

“我已派高岩带领几名民警对西郊一带进行了排查，还没有发现他的制毒窝点。如果他在农村或山里就不太好查了。”陈汉雄说。

“那我们也要查，一定要找到他们的老巢。”刘天林坚定地说。

“这几天不见彭思明与我联系，我想他是不是盯上了他们，但愿他别出危险。”陈汉雄说。

“彭思明是个倔强到底的小伙子，看来，他不将刘梦露的事弄个水落石出是不会甘心的，甚至连工作都不要了，这种精神可嘉呀，只是独往独来，

怕出事呀。”刘天林也感叹地说。

“我想他发现线索一定会找我们的。”陈汉雄说。

“但是，我们在寻找马占良一伙的同时，也要注意寻找彭思明，特别是对他的安全一定要尽力地保护，必要时可找找他的家人或柳雨倩，我想说不定谁能知道他的下落呢。”

就在这时，陈汉雄的手机响了，是高岩打来的。

“陈队长，昨天上午，有人发现去往西郊的一辆面包上有一人，好像是彭思明，看来，他出了西郊向郊外去了，但去哪了，现在还不清楚。”

“彭思明在西郊外出现？这说明他在西郊外发现了什么。汉雄，你让高岩他们进一步追查彭思明的行踪，你带几个人在城内通过柳雨倩他们调查一下他的下落吧。”

刘天林发布命令：“一定要尽快抓到马占良，不能让他逍遥法外。”

- 03 -

陈汉雄想到了彭思明，他已多日没有与他联系了，会不会是他出事了？

当晚，陈汉雄带着江涛、白雪来到彭家。据彭母说，自那天晚上彭思明从刘梦露家出来后，一直没有回过家，但往家打了一次电话，问父母的身体和家中的状况。他说他是冤枉的，他正在找杀死刘梦露真正的凶手，很快就会回家来的，让父母相信他。只是柳雨倩在这一段几次来彭家，对他们进行安慰，还帮她干些家务，特别是双休日两天，每次来都要给他们买些食品或蔬菜。明天又是双休日，也许柳雨倩又会来了。

“柳雨倩，对，我们还是去找找她，也许她是知道彭思明的下落或藏身地的。”

随后，陈汉雄和江涛、白雪来到柳雨倩家。

柳雨倩的父母热情地接待了他们。柳母说：“今天雨倩她们学校有部分老师放一天假，她一早说去城西同学家帮忙做什么，今晚不回来了。”

“今晚是住在同事那里了？”陈汉雄问。

“是的。”

“她的同事叫什么名字？”

“她没说。”

“不过，她一般是不在外边过夜的。这是她的一位女同事，要结婚，她去帮忙。明天是双休日，人家将日子选在明天了。”柳母说。因柳雨倩给她打电话说了此事，她没往心里去。

“她的同事具体住在哪？”

“不知道。因雨倩从来没有做过错事，即使她在外边我们也是放心的。”

“她和彭思明的关系现在怎样？”

“这个我不清楚。不过她说过，彭思明的事是冤枉的。对于彭思明的事，我们也认为这个朴实正直的小伙子是不会干出那样伤天害理的事，一定是事出有因，据说他也在寻找杀死刘梦露的真凶。”

“这事出现后，彭思明到你家来过吗？”

“没有，我们一直没有听到他的消息。”

“大婶，你可以给柳雨倩打电话吗？”

“可以，我现在就问她在哪，你和她讲。”柳母拨动她家的电话，但柳雨倩的手机却无法接通。柳母又拨了两次，仍是无法接通。

“一定是她在的地方信号不好或是手机有了毛病。”柳母说着。

既然找不到柳雨倩，陈汉雄他们只好离开柳家。

“队长，柳雨倩如果给同事帮忙，我们找到她学校的一位老师问一下不就知道了吗？”江涛说。

“那得找女老师。”白雪说。

“我看事情并非这么简单，极大可能柳雨倩和彭思明在一起。”

“那我们怎么办？”

“柳雨倩去了城西，彭思明是否也在城西？现在我们的重点应在西郊，或是那里的农村或是山里。彭思明肯定在追查侯福军等人的下落。”

“队长，会不会在那里有侯福军的什么窝点，马占良一伙也先逃到那里隐藏？”江涛想到。

“他们有的是钱，为什么不远走高飞呢？”白雪在思虑。

“我想一定是什么事没有完结，一旦某种事完结，他们一定会离开小城地区的。”

“队长，一定是他们的毒品还没有运走或在等什么人。”白雪想到的。

“有这种可能。我看我们现在要尽快找到一些掌握马占良情况的人了解些情况，他要是去西郊能藏在哪？”陈汉雄说。

– 04 –

下午，陈汉雄带着江涛、白雪到江岸中学，找几名与柳雨倩要好的老师了解柳雨倩的下落，但问过的老师都不知道柳雨倩的下落，她们学校近期也没有女教师要结婚。

“看来，柳雨倩有可能和彭思明在一起。”陈汉雄想到。

“可是，柳雨倩一直没给我们打电话呀。”江涛说。

“给我的感觉，柳雨倩有可能没和她父母说实话，她有可能也在西郊。我们再去柳雨倩的家。”陈汉雄决定着。

来到柳雨倩的家，她母亲一人在家，她父亲上班没有回来。

“雨倩不会撒谎呀？”她母亲说。

“在西郊你们是否有什么亲属？”陈汉雄想到。

“他表哥在西郊，是开出租车的，不过他们很久没见过面了。”

“她会不会去那里？”

“我给他家打电话问问。”

柳母说着拿起客厅中的电话，但打了半天没有人接。

“他表哥叫什么名字，手机号是多少？”陈汉雄问。

“他叫唐和平，有没有手机不知道，没打过。”

“他住在西郊哪儿？”

“什么地方，不知道，是一个独门独院，两间平房吧？”

陈汉雄沉思片刻又问道：“近几天柳雨倩都什么时间回家？”

“这几天雨倩回来得都很晚，说是同学这几天有过生日的轮流请客。大前天下班到家就出去了，说同学聚会。前天是晚上九点回的家。昨天一早出去的，说给一个女同事帮忙，那位同事要结婚，昨晚往家打了电话，说晚上住在同事家，不回家了。今早打电话，说还要帮同事一天忙，晚上有可还要住在她家，因明天是星期日，是她同事正日子，她得参加婚礼。我想，都是一个学校的同事，人家一生大事，帮帮忙是应该的，何况这三天雨倩都休息。”柳母说。

“你们在西郊或附近的乡下还有亲属吗？”陈汉雄仍在追问。

“在鹤鸣乡的柳林堡有她大伯和老叔，她会不会去那里呀？”

“你家有他们的电话吗？”

“有。我找找。”

很快，柳母找到了柳雨倩老叔家的电话，他打了过去，正是雨倩他老叔接的电话，说没有看到柳雨倩来柳林堡。

柳母又问柳雨倩伯父家的电话号，又给她的伯父打电话，但她伯父家无人接电话。

想到柳雨倩可能并没有去柳林堡，但柳雨倩的行踪却是个谜。

傍晚，陈汉雄和江涛、白雪找到了马占良过去的一个旧交，他向陈汉雄反映了这样一个情况。

在七年前，小城西郊的鹤鸣乡招商，河南一个姓王的老板在鹤鸣乡南的山里开了一家小化工厂，可厂房建成投产后，开始生产一些农药、除草剂，还有些工业用化学药剂，销路还可以，但造成附近的河水污染严重，山里的果子不能生长，附近的水稻全部死亡，为此环保部门不但让他们停产，受到处罚，还包赔了山民的损失。原来化工厂周围有几户山民，相继都搬走了。无奈，这个河南王老板只好低价卖了化工厂的厂房，包括设备。但一直无人买。两年后，马占良闻讯买了去，说要在这里办养殖场。化工厂整个院落包括里边的设备，定为六十万，当时只给王老板四十万，说余下的二十万以后给，后来不知给没给。随后，马占良雇了两个中年人为他看厂护院，不知他后来搞没搞养殖业。

“这个化工厂具体在鹤鸣乡什么地方？”

“我没去过，说是南山边上，刚进山处，因山里没路。”

“好，我很快就会查到这个地方的。谢谢你了。”

当即，陈汉雄和江涛、白雪决定找台地方车去鹤鸣乡，此地离小城西郊四十多里，属半山区。

一个小时后，他们来到鹤鸣乡，据派出所所长吴振兴掌握，在贺家堡村的南山边上是有一个停产的化工厂，已停产五年多了。据说是城里一个姓马的老总买下了，在院内养过一些猪和鸡，但数量很少，开始是雇了几个人，都不是当地的，据说是马总的亲属。可近两年，什么也没养，说马总城里的买卖忙，顾不了这里了。后期只有两个人在那里看院落。去年年初时，吴所长去了一次，他发现厂内仍是两个人，吃住在那里，厂内有一辆福田小卡车，是用来到乡里或附近购买食物用的，等到秋天他们又去了一次，还是如此，那两个人在派出所都报了临时户口，一个是吉林人，一个是内蒙古人。那个马老总有时也开车回厂子看看，有时也会带几个人到此休闲，但次数非常少，吴所长一次也没遇见过。此地过于偏僻，路非常不好走，等到夏天雨大有时就走不了了。只是今年以来，因在那边没有任何事，加之路不好走，他们一次也没有去过这个废弃的化工厂，不过没听说那里有什么问题。

一切都明了了，马占良一定是伙同那伙贩毒人员逃到那个化工厂了，那里有可能在生产加工毒品，他们转移或处理掉这些毒品，然后会树倒猢狲散，不会久留在此的。那个外国人有可能也在这里。但是，谢昌南说近期要来小城的云南阿三能来吗，马占良一伙没有逃出小城地区，是否在等他？还有，彭思明是否也发现了这个工厂？

现在对那里的情况不明，不能贸然行事，更不能打草惊蛇。

已是夜间，外面下起了小雨。陈汉雄决定立即回到小城，将此事向刘天林汇报。经过研究，他们决定今夜对这个工厂进行侦察，查明情况后，即对这伙毒枭进行拘捕，他们要挥正义之剑，去斩人间的邪恶。然而在这时，陈汉雄得到罗玉辉、杜云波报告，说一个人已潜入富民公司。

“刘局长，那条大鱼果真进入了咱们的大网。”

夜探虎穴

- 01 -

再说彭思明在山中小溪边的窝棚中一边等柳雨倩，一边借此休息一会。

夜幕过早地降临了，天下起了小雨。此时，山野上已变得一片模糊，只有不紧不慢的雨声。

彭思明在那所窝棚中躲着，还真能避避雨。他担心回去的柳雨倩，千万别被侯福军一伙发现，路上千万别出事。两个多小时过去了，彭思明想到山那边去探那个化工厂，但又怕柳雨倩真的回来找他。雨带着风，他感到有些冷，又感到非常的饿。此时，他又盼着柳雨倩真的能来到他身边。

“啪！啪！”

附近的树林中有人击打石头的声音。“是雨倩来了！”

彭思明立即走出窝棚，也用石头拍击两下。

很快，柳雨倩穿着雨衣，还带着一包东西从树林中走过来。

“思明！”

"雨倩！"

在窝棚中，柳雨倩打开那包东西，原来里边是一个雨披，还有一堆吃的东西。

"我想你一定很冷，也饿了。"柳雨倩关切地问着。

"你都说对了。不过，这个雨披就能帮我取暖。你也没吃饭吧？我们一块吃点。"彭思明看着柳雨倩，她的头发被风和雨打乱了，面孔似乎也有些消瘦了。

"你吃吧，我不饿。"

"不，天都这么晚了，为了我，你一直在吃苦，怎么能再挨饿呢？"

"好，我陪你吃点。"

柳雨倩带来的是几块面包、两瓶矿泉水，还有几根香肠。

"你哪里弄来的这些东西？"

"我安全地在桥北的树林中找到表哥，我们商量，如果回柳林堡有些远，上午那家老汉说他们家西边村庄有个小卖店，我们就到那里近很多，路上还不容易遇上侯福军一伙。我们顺着那个树林子向西行，过了那位老汉的家，发现村头有个小卖店，我们就买了这些，那里刚好新进了几个雨披，我买了两个。"

"你想的真周道。"

外面的雨仍在下着，他们在野外共同吃着这顿晚餐。

"雨倩，我想这个停业的化工厂，一定是马占良一伙暗自设立的毒品加工厂。那个失踪的侯福军和外逃的邓忠都隐藏在这里。今夜下雨，这是一个很好的机会，我深入到这个厂内，一定会找到他们制毒的证据。"彭思明对柳雨倩说。

"思明，这伙人拿杀人都不当回事，那会非常危险的。我看你别去了，

我们将这事告诉陈队长，他一定会有办法的。”柳雨倩不放心，在阻止他。

“不，雨倩。我会有办法的。我吃了这些苦，终于找到他们这个巢穴，如果能拿到证据，再通知陈汉雄他们，我就可以全部洗清我的冤屈。时候也不早了，我看你早点回去，以免伯父伯母着急。对，你将手机借我，我打到震动上，一旦我手机不通或我不接手机，就是我遭到不测，你再告诉陈汉雄也不晚。”彭思明说。

“不，我就要和你在一起。有你在，我什么也不怕。”

“雨倩，这是我的事，你还是回去吧。我去去很快会回来的，如果你再卷进来，那会更危险。”

“我不怕，不管你怎么说，我都要和你去。如果找到证据，我们一起向陈队长报告。”柳雨倩非常坚定地说。

“你看你，我们别再卖一个搭一个。”

“我想不会的，外面在下雨，这伙人一定会躲到屋内，你寻找证据，我为你放哨，一旦发现情况，相互掩护。”

彭思明不语，思虑片刻，他答应了柳雨倩。

“好吧，现在已夜深人静，我们潜到那个工厂的院内。我让你带的手电筒呢？”

“在我的背包里。”柳雨倩说着，从背包中拿出一个很小的手电筒。

“太好了。”

彭思明将雨披披在身上。

- 02 -

深夜十点，外面的雨略小了些。

彭思明和柳雨倩顶着小雨悄然来到化工厂的北院墙外，院墙很高，从墙外根本看不到墙内的情况。在院墙内外有些高大的杨树。

“雨倩，你就在墙外的树边等我吧，我爬到这树上跳过这院墙。有情况，我会想办法到这里找你的。”彭思明对柳雨倩轻声地说。

“不，既然我都来了，我一定要和你在一起。你扶我也跳过墙吧！”柳雨倩说。

“这样吧，我先爬到树上看看院内的情况。”

于是，彭思明爬到树上，从茂密的树叶空隙中，发现化工厂南边的铁大门在里边紧闭着，门卫的房间已没有了灯光，看来，门卫人员已熄灯睡觉了。但朝东的小楼中，在二楼有一个房间还亮着灯光。生产车间的二楼也有一个房间有一片很暗的光亮。但院里很静，没有一人。那根在夜里时常冒烟的烟囱，今夜也没有冒烟，看来，今夜车间中没有生产。就在彭思明向院内观察时，没想到柳雨倩也爬上了另一棵树，也在向院内观看。

彭思明见柳雨倩也爬上了树，很是惊喜，但又不放心地说：“小心些，别掉下来摔着。”

“没问题，我可不是弱不禁风的小姐，去年我们学校组织爬山我还获得第一名呢。”柳雨倩小声地说。

“好了。你看这个院内，今夜工厂内没有生产，院内很静，门卫的人已睡下，但办公楼的二楼有一个房间还亮着灯光，生产车间的二楼有一个房间也亮着灯，我先跳到院里看看，你在这里等我。”彭思明说。

“不，让我也和你去吧，有什么说不定还能帮你。”柳雨倩也要去。

“不，在这里已经很危险了，进到里边，你一个女子，一旦发生情况你跑得又慢，就更危险了。”

“不，我跑得不会比你慢多少，我要去。”

“那好吧，我们一起进去，但一定要万分小心。不能弄出一点动静。还有，门卫那拴着一条狼狗。一有动静它会先叫的。我们千万躲开那里，不能在那个方向出现我们的身影。一旦我们被发现，你就往这边跑，爬到树上跳过墙，我会想办法掩护你。”

“我明白了。”

然而，就在他们要往墙里跳时，铁门那边的狼狗突然狂叫起来。

“思明，我们是不是被发现了。”柳雨倩惊慌地说。

“别慌，我看不像。”

片刻，铁大门那边出现了灯光，原来是一辆黑色轿车驶进工厂的院内。车停在二层小楼正门那，从车上下来四个人，彭思明从外形上看，一人像侯福军、一人像邓忠，另两个人是中等个的男人。

“原来，这两个人是到山外接人去了。”随之，他们进了楼内。二楼其他房间的灯也亮了。

“看样子，我们必须在外边等，他们一定还要吃饭，等他们都休息，我们再进到院内。”

于是，他们跳下树来。在院外的树下耐心地等着。

一个小时过去了，彭思明再爬上树，发现二楼只有两个房间亮灯。而院里又恢复了原来的安静。

“时间不早了，我们现在就到院中去。”彭思明决定着。

他们又爬上树，从树上跃到墙头上，彭思明先跳到墙内，柳雨倩蹲在墙头有些犹豫，彭思明过去拉着她的手，她按着彭思明的肩膀从墙头上也跳到墙内。

院内有很多杂物，这对他们向车间那边靠近很有利。他俩弯着腰小心翼翼地摸到第一堆杂物边，这是一堆水泥管。他们隐蔽在水泥管后，向南窥视着。雨仍在下，院内仍是空无一人。

“小心些，别被脚下的杂物绊倒了。”彭思明对柳雨倩说。

柳雨倩点点头。

然后，彭思明又奔向第二堆杂物，那是一大堆闲着的大铁桶，还有一些破旧的木箱子。彭思明在前，柳雨倩在后。

他们又在这堆杂物后边观察了一阵，院内仍是静静悄悄。

“雨倩，你在这里等我，我先到那边看一看。两个人目标太大，我一人过去既方便，目标又小些。但你千万别离开这里，否则，我找不到你会担心的。”彭思明对柳雨倩说。

“好，我听你的，但你千万要小心！”

于是，彭思明环视一下四周，找暗处走，慢慢地向第一排房子摸去。

- 03 -

彭思明很快摸到第一趟房子，这是一排大瓦房，只是窗户都有铁栏杆，从窗户是不能进去的，而房子前面有两个铁大门，此时都用大铁锁锁着。看来，这个房子内没有人住。彭思明爬上这个房子的北窗，从窗口向内看，里边很黑，他拿出手电筒向里边观看，发现里边堆的多是杂物，也有些铁桶之类的东西，看来，这趟房子全部是仓库。然后，他又摸向那个亮着灯光的车间房外，只见一个大门都在里边划着，而一楼的窗户也全部封闭，而二楼的窗户虽没有封闭，却全都关着。在车间的东西端各有一个边门。彭思明紧贴在这个车间外的墙壁上，围着这个车间外围走马观花巡视了一圈。为了全面了解这个厂内的情况，他又向南走，南边也有一间房子，那里一个废弃的小车间，里边只有废弃的机器，还有一些堆放的部件。再向南，是一座二层小楼，那是工厂原先的办公室。陈汉雄见四处无人，悄然地摸到那栋楼的门口，他一推那个楼门，发现门并没有划上，他慢慢地将门推开一个缝，走进楼内。一楼非常静，正对门口有一个楼梯，而两边各有一个走廊。彭思明先在一楼查看两边的房间，发现有两个房间上着锁，一个是小仓库，一个像是个办公室。而其他房间几乎全都空着。然后，他又悄悄地爬上楼梯，查看二楼所有的房间，发现二楼都是大房间，有两个房间上着锁，里边像是宿舍。而有一个房间没有上锁，那是一个废弃的水房，而挨着水房的是一个卫生间。他又悄悄地来到那个亮灯的房间门口，发现这是一个大房间，里边“哗啦——哗啦——”地响着，原来是有人在里边打麻将。

“邓忠，你小子也上来，别叫人钻进来！”这好像是侯福军的声音。

“不会的，我已叫老八精神点，他和老六刚在院内巡视完，没有任何异常。再说，这么隐蔽的地方，谁会在雨夜想到这个已报停产的小化工厂呢？”这是邓忠的声音。

“还是小心点好。胡了！”侯福军的声音。

“二哥的手气今天真好，给你六百。”一个陌生人的声音。

“这点小毛钱，不过待着也无事，只是找找乐，消遣一下！”侯福军的声音。片刻，他又说道：“这些日子情况不妙，我们的货也暂时停产几天，现在就等阿三了。我看，那个姓陈的已注意上我，我们要有充分的思想准备。但是，他们没有抓到我任何证据，也不会对我怎么样，只是这个地方，别叫他发现了。邓忠，你和老八他们还要精神点，叫门卫老妖也精神点，别喝点酒就睡大觉，让狗为他看门。”

“好，我到车间那边再看看，再到门卫看看。”邓忠说。

“慢，你到大哥那去看看，李老板需要点什么？”

“好。”

一阵洗牌声。彭思明一听邓忠要出来，马上快速地奔向附近的水房，他的身子刚刚进水房，那边门开了，邓忠拿着手电筒走了出来。因走廊中没点灯，很暗，他用手电照了一下走廊，并没发现什么。他向最东边的房间走去，很快又走出来。他走向下楼的楼梯，但不知为什么又走了回来，他要上卫生间，但路过水房时，将手电筒照向水房，但没发现里边有情况。原来，彭思明就躲在那个大水壶后，只要邓忠走进来就能发现，但他没有进来，而是到卫生间撒泡尿，提上裤子下楼了。邓忠到一楼叫醒正倒在楼内门卫室床上睡觉的老八，老八穿上雨衣，他们共同走出楼门。

彭思明从水房的窗户见邓忠和老八披着雨衣走出办公楼的房门，他在后边远远地尾随过去，这两个人到那个有灯光的车间外连围转了一圈，走到铁门边，可能是按了门铃，里边有人为他们开门，然后，大铁门又自动关上。约十几分钟后，这两个人又走出这个铁门。之后，他们到工厂院门口的门卫室边，那里的狼狗叫了几声，邓忠吆喝着什么，狗不叫了，门卫室的灯亮了。他们走进门卫室，对门卫的老头说了点什么，然后二人又回到了办公楼。

门卫的灯亮了一会又熄灭了。彭思明发现院内共停着三辆车，一辆是半截美，另一辆是侯福军的老式奥迪车，还有一辆是邓忠曾在夜里开进城中那辆黑蓝色桑塔纳。

见此，彭思明回到柳雨倩藏身的那堆废铁桶后，向她说了刚才的情况。

“雨倩，我看那个车间紧闭，里边一定有什么秘密。你还在这里等我，我到那个车间去一趟，很快就会回来的。”彭思明说。

“那个车间大门紧闭，一楼的窗户都封死了，你怎么进得去？”柳雨倩有些担心。

“你忘了，我是善于爬高的，我想找个有抓手的地方，从二楼的空窗口钻进去，只要不弄出声来，是不会被发现的。”

干脆，他脱掉雨披，将手电筒塞到腰后的裤带中，迎着蒙蒙细雨走了。

- 04 -

雨依然在滴落着，夜色更浓重了，此时，已是深夜十一点多。

彭思明悄悄地窜到那个大车间的北边墙壁下，他全面地看了看北面墙壁的情况。一楼的窗户全封着，从窗台可以登上半个脚尖，手可以把着窗户的四框墙壁，如要四框壁有破损的砖，他的脚可以登上去。但在一二楼的窗间距很远，这中间必须有蹬处，他找了一阵，终于发现一处上下两窗中间有一铁横担，原来这里是从外向二楼拉电线的地方，现在电线仅剩两上头，彭思明知道这是一处废弃的铁横担，从一楼的窗口登到此横担就可攀登到二楼窗口。

彭思明的身手非常敏捷，他瞬间登上了二楼的窗台，从窗口向内看，影绰地看到有一台机器正挡着这个窗口，但被机器挡着的后边是什么，他不知道。窗内很静，他用力推了一下窗扇，有一个窗扇竟然被他推开。他从这个窗口悄悄地攀到房内，发现这是一个大车间，车间两头是一二楼的房间，而中间一二楼却是直通的大车间，彭思明身边是一个较大的机器，并有很多梯子，他从窗口下来正好踏上机器一边的铁梯上。但他闻到这个车间有一股刺鼻的味道，他想这也许是生产化学产品的车间气味一直没有消尽，但他还是忍受了这种气味。他看到这个车间一角有很多玻璃容器，还有一些铁桶。那边有两口加热的大锅，还有过滤器械等物，他想这是原有化工厂遗留的机器设备吧。还有一件事他要记住，这是东边第六个窗口，并告诉自己：“一定要记住，从这个窗口是可以逃身的。”

借着房间内机器的掩护，还有东边那个二楼窗口射到车间内昏暗的灯光，他发现南边铁大门口处有一个小房，内有一个人正在睡觉。而室内一角，有一台机器，他听人说过，这种机器是压片机，地下还有些模具，还有一堆堆大小铁桶，也有些木箱子，还堆放着一包包东西，因离那个人太近，他不能上前去探查。为防不测，他在一杂物堆边找到一根两尺半长的铁棍，拿在手中。他又到西边，发现这里并有上下的楼梯，一楼的几个房间都放着杂物，但窗户在里边已封死。他又从楼梯上了二楼，发现二楼的几个房间都锁着，他用手电筒向里边照，发现有的堆放着一袋袋像白灰类的东西，他想到这是涂料粉，室内灰尘很厚，看来好长时间没有人进入这些房间了。于是，他又下一楼，躲过铁大门边小房内的人，悄然地来到车间的东侧，这里的结构和西边的是一样的。一楼有几个房间，有两个仓库，放些塑料袋、木箱之类的东西，还有两间办公室，内有办公桌和椅子，但都锁着门，没有人看管。彭思明又上了二楼，他先查看有灯光的那个房间，从窗口向窗内探望，原来室内有两个人坐桌边正饮着酒，桌上放着烧鸡、鱼罐头等食品。但让彭思明惊讶的是，桌子上还放着一支微型冲锋枪和一支五四式手枪。是什么地方让他们这样用武装人员看管呢？是不是这个车间在加工毒品，那么毒品能藏到哪呢？他从这个窗台的下面爬过另一面，发现这一侧有一个大仓库，房门上了一把大锁。

“这个仓库一定藏着秘密。”

但是，怎样才能弄开这个门锁，而且还不会弄出一点声响呢？彭思明脱下上衣，用衣服包住门锁，用手中的铁棍撬门锁，他曾当过架子工，用一头尖一头扁的工具，将一根根架杆用铁线绑在一起，不经过一定的磨炼，那股手劲是练不出来的。现在撬个门锁是没问题的。他将铁棍伸进门锁的铁梁中，一头担在门边，用力向下一压，门锁“啪”地一下开了。他的心在剧烈地跳动，眼睛一直在看着旁边亮灯的那个房间。还好，那边的门没有开，看来他们是没有听到这边的动静。他停顿了一会，让心静一下，然后慢慢地摘下门锁，打开仓库的门，走进仓库，又反手关上房门。他打开手电筒，发现仓库内有很多小铁桶，还有一些纸箱和木箱装的东西，还有些尼龙丝袋装的东西。铁桶中的物品像是油漆，尼龙丝袋中的物品是一些化石粉之类的东西，纸箱中装的物品里边还有塑料袋，他撬开一箱，里边是一种中药类的东西。而木箱外有商标，写的是工业用碱。他撬开木箱，发现里边也用塑料布封着，里边果真是一包包小块的碱。在这些物品的中间，还有几个木桶，他打开木桶，发现里面竟是黄干油。

“这些物品没有什么问题呀！”

彭思明感到失望，他只好走出这个仓库。但是，这样一个装着普通物品的仓库为什么要用荷枪实弹的武装人员看护？他走到仓库门口又停住了脚步，应该再检查一遍。于是，他又返身到仓库内，对这些物品又重新检查一遍，仍没有发现问题。但他的目光盯在了那一堆木箱上。

“工业用碱，用大塑料袋装就可，为什么要用非常结实的木箱来装呢？他再次看这一包包的工业用碱，并抠坏一包，发现里边全是一小块一小块如冰一样透明的结晶体，他将里面的冰块用舌头舔一下，发现这种小药片并不是碱味，他想到这一定是毒品，有可能是人们说的冰毒。于是他拿出来两包放在裤兜中，又将那个木箱盖好。他又撬开一个木箱，发现里边是粉红色的小药片，上面有个纸条，写着麻古，他想这也是毒品。还有的箱中有颗粒似的东西，写着麻黄素。他不明白麻黄素是干什么用的，也一样拿走一小包。然后他溜出仓库，关好仓库门。在他路过那间亮灯的房间时，

他从窗边侧身看，发现这两个人，一个仰在椅子上睡着了，一个坐在桌边正在打瞌睡。他小心翼翼地从窗台下再次爬过去。下了楼梯，他又来到那个大车间，向北边他曾进来的窗口靠近。快到那个机器边时，他向铁门那边看，发现小屋中的人不在了。然而，当彭思明快走到他进来的窗口附近时，他发现一个人正站在他曾钻进来的窗口下的机器的铁梯上，看着那个窗口有些疑虑。

“当啷！”彭思明光顾用眼睛盯着那个人了，脚下不小心踢到一块铁物上。

“谁？”那个站在铁梯上的人听到了声音，并向他这边走来。

必须制服他。然后快速从那个窗口逃出，否则，让有灯光的房间那两个人发现，就一切都完了。彭思明想着，屏住呼吸，隐藏在那个机器边，不敢动一下。因为，那个人眼看就要走到他身边了。但是，这个人又停下脚步，从地上捡起一根铁棍拿在手中，他也小心翼翼地向发出声响的地方搜寻。

先下手为强！就在那个人快走到彭思明隐蔽的机器边，彭思明突然从机器边窜出，举起铁棍便向那个人头部打来。然而，那个人早有防备，用他手中的铁棍一横，两根铁棍碰在一起，发现“当啷”声。

那人见到彭思明，一边举棍应战，一面大叫着:“快来人，有贼进来了！”

彭思明听到他这一喊，顿感不好，也不知哪来的机灵劲，几下子打掉那个人手中的铁棍，竟然一铁棍打在那人的后脑和后背上，将那个人打倒。他不顾一切地冲上那个铁梯，敏捷地爬上那个他曾进来的窗口，这时便听到那边室内有人喊：“快，别让他跑了！”

他钻出窗户，一手抓住一二楼中间的铁担，又蹬向一楼的窗台，跳下楼来。然后，他拼命地向柳雨倩躲身的地方奔跑。他知道，这中间也就几分钟时间，追杀他的人就会追到他，必须在他们找到他之前，他和柳雨倩逃出去。

此时，雨似乎小些。彭思明在那堆破铁桶后找到柳雨倩，拉起她说："我找到证据了，我们快走！"

"抓住那个小子，他向那个铁桶跑了。"院内顿时乱了起来，已有五六个人向这边追来，有人已发现他的行踪。

"雨倩，他们已发现了我，看来我们一起跑是不可能了。你拿着这几包证据，先藏到这，我将他们引开，然后你再向我们进来的地方从那处墙头跳墙逃走吧。无论如何，一定要将这些物证交到陈队长手中，并告诉他这里的情况，让他们马上来这里！"

"思明，不！要死我们死在一起。"柳雨倩不想走。

"你怎么这样糊涂，我引开他，你先走，我再想办法逃出去，说不上我们会很快见面的。"

"不，我不能扔下你不管，不行我们和他们拼了！"

"这样，咱俩谁也跑不了。雨倩，为了抓获这伙恶魔，为了死去的刘梦露，我只有拜托你了。不要管我，我引开他们，你就快逃出去。记住，一定要找到陈汉雄，将这几包证据交给他。"

"那你？"柳雨倩十分担忧地看着彭思明。

"我不会有事的，你一定要跑出去，否则我们都会搭进去不说，我的冤案也永远不会有个终结。"

那边已有人跑过来的声音。

"他们来了，你先藏在这里，我将他们引开后，你就向南边跑，跳过大墙就向山里跑。"

"思明，我怕。"

“不，要勇敢。为了我们，也是为了正义，你必须找到陈队长。”

“快，那个人一定藏在这堆铁桶堆里了，给我搜！”几个人影顶着雨向这边开搜。

彭思明见此，故意弄响铁桶，然后向东边拼命地奔跑。

“快，那个人在那边！”几个人举着铁棍，亮着手电筒向他追来。

彭思明又跑到东边那所厂房后，几个追杀他的人在后面紧紧地追赶着他，并叫着：“别叫他跳墙跑了，不行就打死他！”

“不，抓活的，先别开枪。”有人说着。

有一人已来到彭思明跟前，他与他那个人拼打起来。此时，更多的人围了上来，手电筒照着他们。突然，彭思明背部被挨了几铁棍，他倒下了。

“你是什么人？”有人用手电筒照着他，并问着。

彭思明趴在地上，头挨在泥水中，忍着疼痛说着：“我已好几天没吃东西了，想找点钱或找点吃的。”

“你是谁，干什么？”

“我叫陆明，是外地一个流浪的。”

“陆明，流浪汉？我看看！”一个人手持铁棍蹲到他面前，一把抓起他的头发，用手电筒照着他的脸。

“彭思明？”那个人惊叫着，原来这个人是邓忠。他对身边一个穿着雨衣的人说：“二哥，他是彭思明！”

彭思明睁眼看了一下邓忠。

“彭思明，想不到吧，其实咱俩早就认识，我在商场打工时曾给你的建筑设计室安过暖气，还送过热水器，咱们曾交谈过。所以，你去刘梦露家我就知道是你了。是我想办法给两名杀手找到你的照片，让他们追杀你。”邓忠笑着。

“你这条恶狼。”彭思明叫骂着。

那个被称作二哥的人凑过来，凶恶地说：“还是你。将他给我带回去！”

原来这个人是侯福军，他仍然戴个眼镜。

毒巢毁灭

- 01 -

彭思明被邓忠他们抓获后，被几名匪徒捆绑着，连推带搡带地到那座小楼二楼的一个房间内，这是一个套间，里边是卧室，外边是办公室，室内有办公桌，还有些沙发茶几。

一个中年人从套间中走出来，侯福军和邓忠向中年人说着什么。彭思明看着这个中年人，不觉让他一愣，这不是明乐公司的总经理马占良吗?

“彭思明，你不是曾跟踪我吗？其实我早知道。这次，我们又见面了，想不到吧。你费了很大劲找到我的老巢，真是有两下子。”中年人说。

“你是这里的老板？”彭思明有些吃惊。

“你算是说对了。我告诉你，我就是这里的老板马占良。但是，我要问你，你来我们这里是找什么来了？”马占良凑到彭思明的面前看着他，奸笑着问。

“我好几天没吃饭了，找点吃的，找点钱。”彭思明怒视着马占良。

“不对吧，你是怀疑这个已停业几年的化工厂藏着什么秘密吧？”

“我不明白你的意思。”

“好，我会让你明白的。”马占良仍奸笑着。

“马老板，我知道落到你们手中必然要死。但在我死前我想问明你一件事，你们为什么要杀刘梦露，而他的男朋友又在哪里？”彭思明并没有畏惧，他一是想拖延时间，这样柳雨倩也许会报告陈汉雄，他们会尽快到这里来救他；二是想知道马占良他们杀死刘梦露的原因和李骆峰的下落。

“哈哈哈，你小子还有这份闲心，我可以告诉你。”马占良走到彭思明的面前，斜视着彭思明。然后在室内踱着步说：“我在十几年前就是一个贩毒者，后来到小城来经商，仍然没有放弃我的老本行。李骆峰虽是大学生，但也是个贪财之人，是我让侯福军将他引到富民公司当副经理的，果然他经不住金钱的诱惑，加入了我们的行列，暗中和我们干毒品生意。因为侯福军也是我的同行，我让他在富民公司担任经理，其实，那也是我的一个买卖，并下设一下联络站，那就是永德食杂店，谁能想到一个经营房地产和一个经营小食品的小店会与毒品有关。蔡永德也是贪财之人，当然愿意多赚钱，并都发过誓。我们先靠贩毒发了一大笔财。对了，我给你介绍个人。”马占良说着，有一个中年男人走进来。

“这位是我的外国客商李老板。李老板能把这些东西销到国外去，我们能不发吗？哈哈哈！”转身，马占良问邓忠：“阿三有信吗？”

“有信，他说下半夜两三点钟就能到我们这里，不用人去接，他和老哥能找到这里来。”

“哈哈哈，阿三先给我带来一千万，你说为了这一千万，我能逃走吗？”马占良很得意。

接着，马占良又说道：“我们原来是贩毒，现在是制毒，这样赚的才

多。买毒品转手，不如进原料我们自己加工制造产品，这不，你到这里来了，这就是到我们的毒品加工制造厂，欢迎你来参观指导。话又说回来了，我要制造大量的货，赚他几千万。然而，李骆峰却在暗中背着我搞了一个对象，又一见钟情，却向我要笔钱要远走高飞，从此金盆洗手，我怀疑他将我们的事透露给他的对象刘梦露。后经侦察，发现些蛛丝马迹，我们决定杀了他，所以叫邓忠买通两名杀手，制定一个完美的杀人计划。

“那天一早，我们将李骆峰带到这里进行审查，果然发现他已将我们的事透露给刘梦露。这样，他们俩都得死。是李骆峰害死了自己又害死了他的女朋友，还好，他们在阴曹地府也许成亲了。那天晚上，我们先杀死了李骆峰，至于尸体，已投到车间的火炉中融化，这样可省一笔火化费。不过，我们意想不到的是，两名杀手走出现场，你却到了。真是天助我，本是现场没有痕迹，却叫你留下痕迹，这样，这起杀人案的凶手就是你了。这对我们是一件好事，公安人员一定会认定是你杀了刘梦露，你被抓获，任凭怎样，也是说不清的。不管你是报警也好，投案也好，或是被公安抓到也好，总之，你就是杀死刘梦露的凶手。因为你没杀人，绝不会逃走的。但是，事与愿违，你却违反常规却非要逃走，但这也是件好事，你这一跑公安人员更认定是你杀死的刘梦露，于是对你展开追捕，我们也希望公安人员很快抓到你。但有一点，我们又不放心，会不会刘梦露没被杀死，她有些话向你说了。这样你落到公安人员手中也许对我们不利。于是我派邓忠指挥两个杀手去追杀你，或将你赶出小城，不回小城也便罢了。但你却像一帖膏药，怎么也抛不掉了。而侯福军却被你怀疑，我只好让他也逃走了。你却和李骆峰的一个同学联手来对付我，我让那个姓周的也见了阎王。你又盯上了永德食杂店，发现其中的秘密，蔡永德即将暴露，我只好让邓忠和两个杀手杀了他。不过，我们却损失一个谢三，但他相信我们能将他救出去，不会开口的。事后，你又发现了邓忠，我只好让邓忠躲到我这个老巢来了。但是，那个姓陈的名义上是找邓忠，实际已盯上了我，我只好派老八和老四用在平城盗的车，夜里去跟踪姓陈的，去杀了他，没想到，没杀了他，老四却受了伤。为了赢得我出走的时间，加之要等李老板和阿三，我只好用调虎离山之计，让邓忠和老八去绑架沈光荣的孙子，终于他们上钩了，虽然陈汉雄他们救走了沈光荣的孙子，但邓忠他们逃掉了，而且为我赢得了五六天的时间。但你小子坏了我们的大事，我们想在小城办的事都办不成了。你小子也太能耐了，现在竟然发现我在荒山野岭已停产的工厂。但是，现在你是有来无回了。只是怎么个死法了。哈哈哈！这些秘密你都知道了又有什么用呢？明天早晨，这个工厂将空无一人，让陈汉雄他们找去吧。哈哈哈！”

“你们要跑？”

“不，我们已找好买主，那就是阿三。还有李老板也要些货。明早我们将货运走，买卖做成了，还要这个废工厂干什么？不过也要损失百八十万呀。”

“大哥，还和他啰唆什么，让我们带到外边宰了他算了。”邓忠持着尖刀说。

“慢，让他再活一会。等一会雨停了，阿三一到，李老板也能运出一部分，我们得个上千万，然后各奔东西不是挺好吗。”马占良得意地说。

“大哥，公安会不会发现我们。”

“我想不会的，他们一两天是找不到这里的。再说我还没有暴露，他们没有发现我的证据，又能将我怎么样，我的车都在车库中，他们想我一定是在小城。”

侯福军走过来，他看了看彭思明，然后对马占良说：“大哥，我看早一点将他杀了算了。留着这个小子，我们都得完蛋。邓忠、老八将他拉出

去宰了。然后将尸体送到炉中化掉。陈汉雄呀，再找这个彭思明，就到阴曹地府中去找吧！”

彭思明看着老八，原来他就是昨天他牧羊时，在路上遇到的和邓忠在一起的年轻人。

- 02 -

就在这时，一个中年人持手枪惊慌地跑进来，对马占良和侯福军说：“大哥、二哥不好了，我们的仓库被他撬开了，丢了几包货。”

“什么？竟有这事？你们一群废物。”他的脸变了，随手给这个中年人一个嘴巴。随即他对彭思明说：“快说，那几包东西藏哪了？”

“什么东西，我不知道！”彭思明看了马占良一眼，厉声说。

“你小子说出来对你有好处，否则，你也活不了一会了。”

“我不知道。”

马占良见彭思明不说，上前“啪啪”打了彭思明几个嘴巴，并恶狠狠地说：“你快说！”

彭思明嘴角流着血，他怒视着马占良，什么也不说了。

“邓忠，你多带几个人，沿这小子经过的地方找一找，看他能将这几包东西藏到哪。”马占良对邓忠说。

邓忠等人走后，侯福军凑到马占良跟前说：“大哥，他会不会有同伙？”

“你说的是，叫邓忠他们在院内和院外全面搜索。你再派两个人开车到这附近的路上巡查一下，发现可疑人都抓来。如果没有快些回来。”马占良对侯福军说。

侯福军去安排此事。

“姓彭的，我问你这次到我们这，是和谁来的？”马占良问。

“就我一人。但是，我没有拿你们的什么东西。”彭思明看着马占良说。

“我再问你，你的同伙是谁？”马占良吼叫着。

“真的，就我一人。”

“叫你嘴硬！将姓彭的先给我吊到旁边的空房子中。老八、老九、老四，你们给我撬开他的嘴。”马占良对看押彭思明的三个人怒吼着，老四腿上扎着绷带，拄着一支拐，原来他在前几天的夜里枪战中被陈汉雄用枪打伤了腿，现在还没好。

彭思明被老八、老九和老四带到附近一个空屋中，那里竟然有一个空房梁，他们熟练地将一条绳索抛到房梁上，然后将那条绳索的一头拴在彭思明的手腕上，将他吊起来。

很快，侯福军回来了。他看着吊在房梁上的彭思明，然后对老八说：“你们给我打，狠狠地打！”

老八和老四手持木棒对彭思明一顿乱揍。

“彭思明，你将那几包东西藏哪了，是不是有同伙？如果说了，免得皮肉受苦，你看怎么样？”侯福军凶恶地吼着。

彭思明说：“就我一人，没有同伙，我也没有拿你们什么东西。”

“我叫你嘴硬！”侯福军也持一根木棒凶狠地向彭思明身上打着。

打了一阵，停下手，又问他：“你说不说？”

彭思明没有言语。

“老八，你来吧！”

老八手持木棒又对彭思明一顿毒打。

彭思明已遍休鳞伤，多处伤口滴着血，他似乎没有声息。

“二哥，他是不是死了？”老八看着彭思明说。

侯福军看看彭思明，站到木凳上，将手伸到他的鼻孔下，发现还有点气息。

“他死不了，我去弄盆水就能让他醒过来。”于是，老九从水房端来一盆凉水，一下浇在彭思明的头上，已经昏过去的彭思明又苏醒过来。

“老八、老九、老四，你看好他，我到大哥那去，我想现在就杀了他。”

- 03 -

在这所楼的经理室，马占良在踱着步，那个叫李维的外国人坐在沙发上叹息。

“看来，我们这里不久将会被发现，怕阿三等不及了。”李维说。

“我想等到雨停了也可以。现在是半夜十二点，再等两三个小时。阿三和老哥也得脱身呀，他们带着一千万呢。”

“大哥，都是这姓彭的坏了咱的事，我看杀了他算了。还有，这里恐怕真的被人注意了，我看也是尽早将货先运走，让他们抓不到证据，也不会将我们怎么的。”侯福军走进来。

“外边发现那几包东西了吗？”马占良问。

“邓忠他们正在搜寻，我也做了安排，一伙人开车已出去了。大哥，先杀了那小子再说。”

“等一下，看邓忠他们能否找到那几包货，或是抓到他的同伙。如果找不到那几包货就麻烦了，但愿这几包货别落到陈汉雄的手中。”马占良停住脚步，坐在沙发上说。

“大哥，我到车间那边去再检查一下，说不定会在车间内找到那几包货呢。”侯福军说。

“好，你去查一下，再看看那批货，我们要有充分的思想准备。”马占良说。

侯福军走后，马占良对李维说：“李兄，你休息去吧，我想不会有事的。”

“马总，我也担心呀，这批货可值一千多万呀。”李维说。

“如果这个姓彭的不说出去，没人知道我们这已报停多年的工厂在加工白货。大不了，一会我安排一下，现在就将这批货先运出去。”

“我不说什么了，你去安排吧。”李维走了。

李维走后，马占良从办公桌的抽屉中拿来出一把手枪，放入衣兜中。就在这时，邓忠回来了。

“大哥，没有找到那几包货，但在这附近也没发现一个人影。看来，一定是姓彭的这小子将这几包货藏在院内的什么地方了。”邓忠说。

“如果这样并没有什么，只是别走出这个院子。”马占良说。

“我们分两伙，对院内和院外全部搜查一遍，没有发现任何人影，只是在那个废铁桶堆捡到一个黑色塑料雨披。我们对附近的路都搜查了，都没发现任何车辆和人影，看来，他还是一个人闯到院里来的。”邓忠说。

马占良不语，像在思虑，好长时间，他站起身来说：“邓忠，你带人到车间再找找，福军可能去车间了。如果再找不到，让大家顶着雨装车，我们现在就转移。”邓忠走了。

外面仍在下雨，天漆黑一片。

“看看那个姓彭的去。”马占良对阿三说。

于是，他们来到那个空屋子，见彭思明仍吊在房梁上，老八怀里别支手枪，老九、老四坐在一边的椅子上看着他。彭思明低着头，看了马占良

他们一眼，又闭上了眼睛。

“彭思明，我也不想难为你了，只要你说出那几包货藏到哪了，我现在就放了你。”马占良皮笑肉不笑地看着彭思明说。

“不知道，我根本就没拿你们的什么货。”彭思明仍是闭着眼睛说。

“我再问你，你的同伙在哪里？”

“就我自己，没有同伙。”

“那你到我这里来干什么？”

“既然你将一些事情的真相已告诉我，我也告诉你，我是到你这里来找邓忠和侯福军的，因我发现他俩向这里来过。”

“你怎么发现的？”老八问。

“老八，你昨天和邓忠看到的牧羊老人，不是别人，就是我。你被骗了，你聪明一世，却被我戏弄了。”彭思明笑了。

“你死到临头，还笑。你现在知道你不该知道的事，你的死期也就到了。邓忠，你们将他弄到外边杀了他，然后将尸体扔到火炉中烧掉。”马占良恶狠狠地说。

老八和老九将彭思明从房梁上卸下来，马占良从怀中掏出手枪顶在彭思明的太阳穴上说：“你说那几包货到底藏在哪了？”

彭思明怒视着他，并不言语。

“将他带出去杀了他。然后装货，我们现在就走。”马占良发怒了。突然，四周齐响，前后窗户被人踹开，随之是几条人影冲进来。

- 04 -

“不准动，放下武器，举起手来！”

原来是陈汉雄、江涛、白雪，还有几名武警破窗而入，他们手持手枪和微型冲锋枪，黑洞洞的枪口正对着室内的马占良、老八、老九、老四。

马占良想从房门逃走，但房门口已有两支枪口对准了他。是高岩和一名武警守在了这个空房子的门口。

老八见此，举起手枪要还击，被陈汉雄一枪射在手腕上，手枪掉在地上。白雪到老八的身边，将他正要举起的手枪拿了下来。

老九没等刑警们到前先举起了双手。

老四拄着一支拐，束手被擒。

几名武警上前给马占良等人戴上手铐，并在他的衣兜中搜出一把手枪。

“马占良，你以为你们制毒贩毒又杀人越货无人知晓，不过，你们想的太天真了。是彭思明给我们送的信儿，他已从你们这拿来你们制作毒品的犯罪证据，你们这个凶残的犯罪团伙覆灭了！”陈汉雄怒视着马占良严厉地说。

就在这时，柳雨倩和唐和平从门口走进来，柳雨倩、唐和平急忙地奔向彭思明身边，与白雪一同为坐在地上的彭思明解开绳索，柳雨倩流着泪扑到彭思明杯中亲昵地叫着：“思明，你受苦了。”

“雨倩！”

但彭思明由于伤势过重，差点摔倒，柳雨倩扶住了他。

陈汉雄走过去与彭思明握手："彭思明，你赢了。我们谢谢你了！"

彭思明流泪了。

在另一个房间，两名刑警抓获了正在房间忐忑不安的李维。

这时，响起激烈的枪声。

原来是，几名刑警和武警在陆长安局长、刘天林副局长的指挥下，一面已包围这座楼，一面包围了那个车间，罗玉辉、杜云波制服了门卫人员老妖，打死了那条狼狗。但在车间中的侯福军、邓忠指挥手下的三名小喽啰却在反抗，他们在车间内与前去抓捕他们的刑警、武警交了火。经过一场激战，一名喽啰被打死，一名负伤，另一名被活捉。侯福军和邓忠和一名喽啰盘踞在那个较大机器后，持着手枪和微型冲锋枪向刘天林隐蔽的地方射击着。侯福军走出那座楼时，本是想到车间看看的，但刚到车间，就听到窗户和车间的大门同时发出声响，众多的刑警和武警冲到车间内，侯福军见势不妙，只好让他手下的人掩护，他本想爬上二楼的窗户逃走，但每个窗户都有武警把守，他已无路可逃，只好和邓忠带着一个喽啰用车间的机器和堆放的铁桶等物品做掩体，与前来抓捕他的刑警、武警展开了枪战。

陆局长和刘天林躲在一堆货物旁边，手持手枪指挥着刑警和武警在射击。

"天林，我们可以向他们喊话，让他们放下武器。"陆局长庄严地说，他已是位五十五岁的老头了，中等身材，但很威武。

"陆局长，我来，我与他们打交道多，与侯福军和邓忠都认识，我来。"刘天林说。

"好，注意安全。"陆局长放下手中的手枪说。

"侯福军，你们只有放下武器举手投降，否则，只有死路一条。这里的人你们听着，抵抗是没用的，要想活命，只有放下武器，赶快投降！"在一堆货物后边，刘天林向车间内喊着。

那名喽啰将枪扔出来，举手投降。

但侯福军和邓忠还在顽抗，几名刑警和武警分成几路向他们射击。见此，侯福军喊道："别打了，我们投降！"

陆局长下令停止射击。

两支枪从机器后边扔出来，侯福军和邓忠举着双手从机器后边走出来。

"陆局长，这个戴眼镜的是侯福军，这个是邓忠，真名叫夏长春。"刘天林对陆局长说。

"将他们都押出去，这伙败类。"陆局长怒视着他们。

在那座办公楼中，陈汉雄和江涛、白雪在看守着马占良他们。马占良看着陈汉雄说："你们是抓到了我，我还有几个兄弟，你不可能都抓到吧？"

"你不要着急，很快你们都会见面的。"

正说着，门开了，侯福军、李维、邓忠被几名刑警和武警押了进来。

陈汉雄向陆局长和刘天林报告："报告陆局长、刘队长，马占良和老九、老八、老四都已抓到，彭思明得到解救。"

"汉雄，你们任务完成得很好。天林，你看，马总原来躲到这里来了。"陆局长看着马占良。

马占良看了陆局长一眼，目光转向刘天林。

"马总原来在这里呀。马总，你一定等急了。"刘天林怒视着马占良说。

"天林。你让他们将那两个人带上来吧。"陆局长说。

"好。马总，我让你再见两个人，你等的一定是他们吧？将他们带上来。"

刘天林看着被戴着手铐的马占良，严厉地说。

两名刑警从门外又带上两个人来，他们都戴着手铐，其中一个小个男子还提个密码箱，马占良一看大惊失色。

“想不到吧？我们对你们早已布下天罗地网，谁想犯罪，危害国家和人民，都是逃不掉的，正义终究会战胜邪恶。这就是你们的阿三，还有他的一千万毒资。这位是你们的老哥，善于伪装，我说是不？富民公司的沈会计。”

“我是外国人，受国际法保护，你们不能逮捕我？”李维吼叫着。

“李先生，你想错了。你这是在中华人民共和国的国土上进行着严重的贩毒犯罪。前一段，在海关发现的两包装有毒品的邮件是你发的吧？这次在你住的包间中，在你的行李中发现一大包还没有来得及发出去装有冰毒的邮包，物证充分吧。只要你在中华人民共和国的境内犯罪，不论你是哪国人都要受中国刑法的处罚。”陆局长严厉地说。

此时，外面的雨停了。刑警们在那个车间中找出大量成品冰毒，还有麻古、麻黄素等毒品及原料，还有压片机等一批制毒工具。

天亮了，一轮红日从东方冉冉升起。